アリョーシャ年代記

春の夕べ

工藤正廣

未知谷
Publisher Michitani

アリョーシャ年代記　目次

主な登場人物

アリョーシャ（アレクセイ・ワシリエヴィッチ）**・ボゴスラフ**…本篇の主人公、19歳
イーゴリ（ボゴスラフ）…アリョーシャの育ての父
筏に乗った修道士たち
　アンドリューハ…修道士たちの師／**オレーグ・ボブロフ**…写字生／**ユリウシュ・ボブロフスキ**…ポーランドから／**アドリアン**…ブルガリアから／**イヨアン**…ギリシャから
アンドレイ・ユスポフ…クシジャノフ公側近の騎馬隊長（アンドレイ侯）
クシジャノフ…クレムリ公
コジマ長老…高僧（アリョーシャが尋ねて行く隠者）
マリヤ・ユーリエヴナ…駅逓所を任されている篤信者
ナスチェンカ（アナスタシーア・チェルヌイフ）…白馬の乙女
マルファ…ナスチャが親しい祈禱師
スヴィヤトスラフ公…スヴィヤトゴロド城主
リャザンスカヤ（ドロータ妃とも）…故リャザン公の姪、病で谷間の共生園に隠棲
画僧たち
　ダニーリー…新しい聖堂の聖像画家、責任者／**ヴィタシュヴィリ**…顔や肢体を描くリチニク／**ヨシフ**…植物を描くトラヴシチク／**エリヤ**…衣裳を描くプラテチク
エフィーム・オシポヴィッチ…漆喰職人
ネルリ・ベールイ長老…谷間の薬草園に隠遁の長老画僧
ゼムニャツキー…修道院長
パーヴェル・ゴンブロヴィッチ…修道院領の森番
レギオン…若い修道士
ゲンリフ…若い修道士
サーシェンカ…修道士見習い、アリョーシャの友となる
モトヴィリ…ソロヴェイの森の軍長
パーシャ…スヴィヤトスラフ公遠征軍の七騎士隊長
ペーチャ…七騎士の一人、アリョーシャの友となる

アリョーシャ年代記　春の夕べ

第一章

1　春の夕べ

アリョーシャがいまじっと思い出しているのはあのただ一度の春の夕べ、あの幻のようにも思えるネルリ川の河畔の静かなひとときのことだった。対岸には雪のような白壁の馥郁とした聖母寺院が夢のようにに浮かび、大きなクリャジマ川にここで合流するネルリ川は、純白な寺院のある小丘を抱き抱えているようだった。アリョーシャの父もその一人だったフィン・ウゴル系の旅芸人の一座の多くは日中の稼ぎがよかったこともあって、夜の狼藉目的に、近くの大村へと、十数人で出かけて行った。若い娘っ子を騙してあわよくばものにする。明日はもうこの土地にはいない。旅芸人の一座はなるたけ家にいれないようにと教会筋からのお達しもあるにはあったが、芸能の楽しみに飢えている村々では、旅芸人が来るのを多少の被害があっても心待ちにしていた。

アリョーシャの父イーゴリ・ボゴスラフはその名前のせいで、この旅芸人の一座の中では、お前さまはご大層な姓をお持ちじゃわいな、さぞやご先祖は領主身分のボヤールの裔《すえ》でもあろうかのう、とそんなふうに嗤われ、ひやかされた。イーゴリがどのようにしてこの旅芸人の一座に身を投ずることになったのか、まだ九歳そこそこだったアリョーシャは知らなかったし、父親から直接聞いたこともなかった。旅芸人の一座というと、スコモロフと言われて、その名の通り、音曲もやれば舞踏も、一座によっては熊使いまでしたり、仮面劇を披露したり笑劇を演じたりと、まことに騒々しくも異教的で色彩に富んだものであった。

そのなかで、ただ一人、イーゴリ・ボゴスラフは、言葉の知識と才能が豊かで、同時に巷間《ちまた》の出来事を面白おかしくまた風刺的に、節回しよろしく語る才にも長けていた。ともすれば、温和な人柄なのに突然激情に駆られたように、あちこちの郡のケダモノのような領主や貴族、あるいは繰り返し襲って来ては村々を焼き払って収奪するタタール族の騎馬隊の悪行について言い及ぶことさえあった。この旅芸人の一座はこうした彼を恐れもした。しかし彼が一番好みもし、また旅の遊行の先々で重宝されたのは、村々の墓地での葬儀に呼ばれては教会の神父たちとは違ったあたたかい祈りと頌歌《ほめうた》を、敬虔な言葉を述べることであった。他の下卑て異教的な襤褸着《ぼろぎ》の芸人達と違って、彼はなぜか聖書に精通してもいたのであった。それを彼は長い流離《さすら》いの生活の中で独自に解釈し、目に一丁字《いっていじ》もないような人々の心に沁みるように語ることができた。アリョーシャのこの父はこの時すでに、四十代の半ばにさしかかっていた。

ところで、思い返して見ると、アリョーシャは生母のことを彼に一度も聞かなかったように思う。まだ物心もつかない頃に、秋の収穫時にタタールの騎馬隊に村が襲撃され、おまえの母は逃げ遅れて連れ去られてしまったとか、人からも聞かされたことはあった。ではどうして父と自分だけが生き延びられたのかとアリョーシャは疑いを持ったこともあったが、次第に忘れていった。この旅芸人の一座が、その母の生まれた大村にいつか偶然に立ち寄ることがあるかも分からないとアリョーシャは心で祈っていた。ネルリ川がクリャジマ川に合流して、その先遥かな土地でヴォルガに合流する、そのような遠い遠い土地だった。そして母への思慕は心の奥深くに仕舞われてしまった。

旅芸人の一座の誰彼が、稼ぎがあがってみだらな無礼講の酒宴になると、イーゴリの妻、つまりアリョーシャの母がどれほど美人であったかなど話題にのぼることがたびたびあった。旅芸人らのあいだでは、風のうわさとは言え、ヴェーラ・アファナシエヴナはさるタタール族長の何人目かの側妾《そばめ》になって生き延びていて、娘がいるというような話も出たことがあった。しかしこうした話もアリョーシャを苦しめることはなかった。父のイーゴリはこうした話に対してはいかなる反応をも示さなかった。そうとも、アリョーシャは七歳の頃から、この父と一座に加わって、各地を流離《さすら》い、遊芸で辛うじて生き延びてきた。イーゴリ・ボゴスラフは、どこぞの小領主の家系だったのがタタールに襲われ、その時美貌の妻をタタールに譲って、息子と自分の命乞いをした罪深い人間なのだというような話も耳にしたことはあった。しかし、幼いアリョーシャにとってそのようなことはどうでもよいことだった。ただこのようにして父とともに飢えずに生きていられるだけで嬉しかった。父は早くからアリョーシャに読み書きの手ほどきをし、そこそこ教会スラブ語も読めるようにあらゆる機会をつかまえては教えた。

父は自分の人生について何一つ弁明しなかったが、アリョーシャが九歳になった時、突然父と別れることになって、その時たしかに父が「アリョーシャ、生きてさえいればいつの日にか会える」、「永遠の命を求めなさい」と言ったように思われてならなかった。その記憶も夢の断片のようであったから、あの時、父がほんとうにそう自分に言って、あの春の荒野へと立ち去って行ったのだったかどうかも、確信がなかった。ただ、「アリョーシャ、おまえは、この別れの春の夕べに似た人になるだろう……」と父の言ったことばだけは忘れなかった。各地を流離《さすら》うあいだに教会堂でアリョーシャはもちろん多くの聖像画《イコン》に出会って来たので、聖母の像をいとおしみ、一度として忘れることがなかった。

そしていま、十九になったアリョーシャはあの別れた時の父をまざまざと思い出していたのだ。あれは、ネルリ川の右岸の湿地の初々しい春の夕べ。いま、この十年のあいだに背丈も人よりも高くなり、だれからもその美しさが気づかれるほどの少年になっていた。旅芸人の一座に加わったまま彼にも役割があって、美しい詩歌をグースリで弾き語りするのが仕事だった。彼の瞳は褐色で髪は黒かった。父の髪は明るいブロンドだったし、瞳は青かった。アリョーシャは母譲りなのだと自分のことを思った。いまアリョーシャ・ボゴスラフは、どこまでも限りなく続く白樺林の中をさまよい歩きながら、粘りつくような芳香をもたらす若葉とその光とのまだらな影の中で、ふと、倒木になった老いた白樺に腰をかけ、清水がこんこんと湧き出ている足元を見つめた。そこには青空の雲の一片さえも映って流れて行く。水辺には菫《スミレ》の花が敷き詰められているし、もうイワン・ダ・マリヤ草も矢車草《ワシリキー》の花も咲きだそうとして待っている。植物の根毛や軟泥が抱擁しあっている。そうだった、あの時も、こうだった。アリョーシャは鳥の鳴き声も聞こえない静けさの中で、あの時の、自分の幼い会話を思い出した。

あの春の夕べ、父はアリョーシャを誘って水辺で沐浴をしたのだった。水中にいるうちは気がつかなかったが、葦原から夕べの光の中に出たとき、アリョーシャは何気なく気づいた。父の背中の一部が蝦蟇の皮膚のように爛れ、左腕にもその腫れが回り込んでいたのだった。アリョーシャは吃驚して、「父さん、これはどうしたの」と思わず訊いていたのだった。すると振り向いた父が、自分の背中と腕を隠すようにして、長い麻布のルバシカをそそくさとかぶって言った。その言葉をアリョーシャは正確には覚えていないが、父は、「アリョーシャ、とうとう一緒には行けなくなったね。わたしは、一人で荒野に行く時が来たのだよ」――、そう言って携えている杖と小さな頭陀袋を肩にかけた。アリョーシャは何が何だか分からずに、そう言う父に抱きついた。さようなら、アリョーシャ、これが最後の別れになろうとも、しかし希望を失わずにおまえは生きよ、わたしはいつかこのような日が来ることを知っていたのだよ。神の思し召しなのだ。父は頬笑みを浮かべるように、そう言ったように思い出される。まだ九歳そこそこのお前を捨てて、身勝手にもわたしは広大なこの世の荒野に流離《さすら》って行くことになるが、しかしやがて十年も経てば、おまえにもすべてが見えるだろう。真の父を探し出しなさい。さらばだ！

そうだった、あの時も、真っ白な白樺林は静まり返って、父とわたしを見つめていた。春の夕べの光が埃のように匂い立っていた。父はアリョーシャをがっしりと抱きしめた。わたしは運命によってこのような身になって立ち去るが、おまえはおまえの母ヴェーラ・アファナシエヴナのことを忘れてはいけない。あの方の受難の故におまえは生きているのだから、あの方の魂を守れ。九歳の子供にこの時何が言えただろうか。アリョーシャは泣かなかった。ママの居場所は？――とアリョーシャが初めて口に出した。父は「ウソリエ村だ、忘れるな」と言って振り向かず、歌をくちずさむように、夕べの光がネルリ川をうっとりとやさしく愛撫する湿地の悪路へと足をひきずって行く。いつかおまえは旅芸人の一座から出て行くだろう、そう春の夕べが囁いたようにアリョーシャは思った。やがてあの人はこの大地の涯で行き仆れになるだろう。ネルリ川の湖沼湿地の荒野の中に父イーゴリ・ボゴスラフは見えなくなる。

いまなら、とアリョーシャはようやく立ち上がった。あの人は、「真の父を」と言ったが、どういう意味だったのだろう。わたしは忘れていない。そのの謎めいたことばはなぜか甘美だった。いまわたしは何処へ行き、何をすべきなのだろう。まだ見出していない母や、異父妹の絵姿をわたしはどこに残すべきだろう。わたしには父のような言葉の才能はないが、生き生きとこの世の物象を描くことはできる。この十年間の旅芸人の一座の人々の姿も、わたしが描かないとしたら、この世になかったことになってしまうだろう。アリョーシャが白樺林からネルリ川の岸辺に出てくると、数人の修道士たちを乗せた筏《いかだ》がこちらにやって来る。アリョーシャは声を限りに叫びながら手を振って走り出した。

2 筏

筏は岸辺でアリョーシャを乗せてふたたび航行し始めるが、それが彼には夢のような間一髪の僥倖のように思われて、そののち幾たびもこの筏が花で出来ていたかのように思い出された。実際いま彼が拾い上げられた筏は、ただの筏ではなく殆ど一艘の船といってもよいくらいの造りだった。船底が松の丸太で頑丈に組まれ、その上に白樺の丸太が敷かれて太縄で締めあげられて、しかも船縁とでもいうように手摺がついている。太い櫂が四丁横たわっていた。

この筏船に乗るのはアリョーシャが加わって七人になった。浅瀬で腰まで濡らして船縁から強い手腕で引き揚げられたアリョーシャはこれまで聞いたこともないような美しく歌うような抑揚の言葉を聞いた。《さあ、若い友よ、きみに神のご加護があらわれしならば……》――と、ぼろぼろの黒い荒布をまとった修道士がまるでかるがると網でも引くようにアリョーシャの両手を一気に引き上げ、そして、

《オッフ、フー！》と強い息を吐いた。それを見ていた残りの同じ身形《みなり》の修道士たちがみな髭もじゃの顔で、《ようこそ、若い友よ》と歓迎のことばをかけて寄こしたように思われた。船首にあたる部分に坐っていた長いあごひげの修道士が首をめぐらしてアリョーシャを見つめている。アリョーシャにはその灰色にみえた眼差しがまぶしかった。ちょうど春の夕べの最後の光が対岸の真っ白な聖母教会堂の円屋根の蔭に隠れて、扉口の脇にむれているキイチゴの灌木に優しい手指でひきあげられたヴェールのように触れている一瞬だった。筏船の舳先《へさき》の座にいた灰色の瞳のその人が、こころよく自分を迎えてくれたのがアリョーシャには嬉しかった。その人はまた顔をめぐらして筏船の前方を見つめた。

彼の後ろには、それぞれ黒い頭巾つきの寛衣《かんい》をつけた二人が坐り、またその後ろに二人が坐ってアリョーシャを見た。アリョーシャを引き上げてくれた修道士がアリョーシャを坐らせた。兄弟よ、濡れたね、拭きなさいと麻布を渡して寄こした。《兄弟よ》ということばがアリョーシャの胸に沁み入った。旅芸人の一座にあれほどの歳月を過ごしたが、このようなことばが与えられたことはなかった。それはほとんど《友よ》という呼びかけと同じことだった。アリョーシャは一足飛びに少年から青年に成長したように思った。こうしたことば一つがぼくを……。アリョーシャが筏船に場所を与えられて坐ると、艫《とも》に立って筏の舵棒を掴んでいたまだ若い修道士が、いや修道士と言っていいのかどうか、ただのよれよれのルバシカに腰縄を締めた身形で、まるで子供時代から知っているねとでもいうように眼を輝かせ、破顔一笑して、《ようこそ友よ、お見知りおきを、わたしの名はオレーグ！》と叫んで寄こした。

筏のうえは彼の声以外は静けさに満ちていたが、春の夕べの最後の馥郁とした佇まいのせいか、心のなかの賑わいがあふれているようだった。アリョーシャは船尾にある彼らの持ち物の前に座を占めた。

そこには普段の旅に必要なものが揃っていたし、そこで焚き火さえ出来るような丸石をならべた火床があった。修道士たちの杖がおかれ、頭陀袋が重ねられていた。その中に、聖像箱が置かれていて、アリョーシャは遠い昔、父とともに旅芸人の一座に加わって漂泊した時に見たものと同じものだと分かった。ああ、そうだ、ぼくの袋の中にも小さな三畳みの聖像画がある。あのとき父から貰ったものだ。最初、アリョーシャは何をどう言い、何を話しかけてお礼を言ったものか迷い、沈黙を守った。ひどく多くのことを言いたいように思ったのだが、しかし何も言わずにこのまま黙って坐っていても別にかまわないような安心感があった。この方たちは、と彼は思った。ぼくはこの人たちと、今までとは全く違った旅を共にする運命に加えられたのかも知れない。

こうして彼らを乗せた筏船は、この無限に広がる夕べの空と、小さな雲のひとひらと、そして河川をとりかこみどこまでも果てしなく広がる曠野を従えながら、一体どこへ向かうのだろうか。筏船は実はまだネルリ川の右岸沿いに下っていて、これからクリャジマ川の合流する蛇行部へとさしかかるところだったのだ。ややも流れが早くなり、艫《とも》に立って舵棒を体全体で抱えこんだオレーグが、気合いを入れた陽気な声で《アッフ、オイ・オイ！》と筏の重さをこらえるように叫んだ。思わずアリョーシャは立ち上がろうとした。オレーグが、大丈夫、ニチェヴォー、と叫んだ。そして舳先《へさき》にいるその灰色の眼の人から夕べの祈りのことばが低く悲しげな、しかし喜びに満ちた歌のように唱えられ出すと、筏の上の皆が唱和し始め、やがて日が落ちたらしく、筏船は激しく揺れながら、クリャジマ川の蛇行部へと速度を増した。筏船で川を行くなど初めての経験だったアリョーシャは、眩暈《めまい》を覚え、ふりむくと、白いライラックのような聖母寺院が闇に浮かびながら沈んで行く……、オレーグの声が闇によく響く……、夕べの祈りの鐘が過ぎ去った遠景から微かに聞こえ、筏は闇と区別がつかなくなる瞬間、筏の舳先に明るい燈りが灯された。

左手に黒々として低いぎざぎざの針葉樹の続く荒野が流れて行き、右手に広大な夕べの蒼黒い空が流れ、眼の高さの少し上方に、いつそこにいたのかとびっくりするくらい黄金色に燃える金星が現われて、輝いていたのだった。他の星たちはまだ輝き出していなかった。アリョーシャは春の夕べの寒さに父からゆずりうけた鹿のなめし皮コートの裾に、濡れた足を包む。

3　焚き火

彼らの筏船はクリャジマ川に入ってからもうどれくらい進んだことだろうか。金星は輝き、熊座の柄杓の星たちがどれほど動いた頃だったか、舳先に沈黙のまま坐していた人が影のまま振り向いて言った。アリョーシャは闇の川面の波を渡ってきたようなその声と、そのことばの意味に、これまで知らなかった自分の国のことばの荘厳なひびきを感じとって、さっと鳥肌が立つように覚えた瞬間、魂をゆさぶる喜びにとらえられた。というのも、その人のことばは、アリョーシャたちがこれまで旅芸人の一座や、大村や城壁のある町々で使っていたことばと同じでいながら、遥かな未来まで響き渡るような韻律をもっていたからだった。

アリョーシャたちの卑俗で多弁猥雑な力のあることばとは違って、澄み渡っていながら、強靭なものがあったからだった。そのことばは、《……新しい世紀が、わたしらのこの筏のように流れ入るときがあるのだろうか、数百年のちに、だれがわたしらの旅路を偲ぶことがあろうか……、この星辰《せいしん》のもとで、砂粒の如きわたしらが生きていたことを……》――と、それは瞑想の続きの呟きのように言われた。それから、ふっとわれに帰ったように、さあ、今夕はそろそろ岸辺に上がって仮寝をして先を急がないことにする、とことばが柔らかに響いた。足もとが暗くなったら平地での宿りをするように、まして浅瀬も見えない川航行ならば、早めの宿りがいい。闇に沈んで艫で舵棒を握っていたオレーグが、アンドリューハ師よ、そういたしましょう、と喜びの声を上げて応えた。するとアリョーシャを筏に引き上げてくれた屈強なボブロフスキともう一人ブルガリアから来たというアドリアンが櫂を掴んで岸辺に向かって漕ぎ始める。闇の中で誰が誰とも分からないのに、アリョーシャには、オレーグのことばから一行の修道僧たちの名がのみこめた。

この一行の師はアンドリューハ、その次が、ギリシャから来たばかりというイヨアン、そして居眠りをしているシモン。この人はこの先ざき異教徒の荒れ地へと布教に行くという。一行の筏は徐々に岸辺へと寄せられて行った。小さな入り江が闇にも見えた。オレーグが櫂の座にいるということは、ここいらの川について詳しいからだった。いいかい、ルーシの川は、春の雪解けも終わってしまえば長閑《のどか》なものだ、もうゆったりと凪いで流れ下るばかりだ。激しい流れではない、本来が浅瀬型の幅広の川が多いのさ、だからよほどの深い淵や岩礁でもないかぎりは大丈夫だよ。恐ろしいのは水の上ではない。陸に上がってからだ。そう、タタールの騎馬が数十名で襲って来たところで、水上では手出しが出来ない。オレーグは間近に坐っているアリョーシャに特別親しみを感じているらしく、元気に話しかける。いちいちアリョーシャは頷く。はい、タタールの仕打ちは……、と言ってアリョーシャはことばを飲みこんだ。この歳月の中で見聞きして来たこと……。この暗い川のようにすべてが闇に隠れているのだ。

たくみに川面に張り出した大きなヤナギの木々を押し分けながら、筏はゆっくりと小さな入り江の浅瀬に筏をあげ、岸辺に根付いている頑丈な太いハンノキに、筏の太綱を巻いた。万が一のことを考えて、焚き火の場所は、筏のすぐわきの砂地を選んで、オレーグが真っ先に岸辺に流れついている枯れた流木と枯れ枝を集め、抱えて来る。アリョーシャは枯れ葦を持って来させられた。シモンが皮小袋から火打ち石を取り出して、忽ち焚き火に火がつく。あかあかとみんなの顔が見えだした。

この時刻では、春が長《た》けているとはいえ、まだ十分に寒かった。フクロウが鳴く。あとは川音と一行の動きの音。皆は、頭陀袋からもう一枚の粗布のかぶりものを取り出して肩にはおった。焚き火が盛んに燃えだすと、どこからともなく春の木々の花の匂いが、あらためて忍び寄ってくるのが分かった。これは《チェリョムハ》だね、と頑丈な体つきのブルガリア僧のアドリアンが言った。馨《かぐわ》しく、まるで高貴な寺院のなかで燻らせる乳香の匂いに似ている。なんといったって、チェリョムハ、異教的な匂いがいい。わたしの母国の香りだ。彼はくんくんと鼻孔をふくらませる。おどけて見せたアドリアンに、まだ黙想のままらしいその人がふと、ここもまた旅先の修道院だということかな、とつぶやく。ああ、あなたはこの先異教徒のどんな荒れ野に行くことか……命さえあやういというのに。

これを聞いてアリョーシャは、自分自身が修道僧としていまこの覚悟ある人たちと偶然の旅先にあるのだという不思議な閃きにとらえられた。シモンは焚き木をくべながら、永遠の旅人、いや、時の旅人……、とことばを火にくべるように言う。七歳から十数年の流離いの旅で育ったアリョーシャは、燃え盛る焚き火の炎に見入りながら、走馬灯のように過ぎ去った自分の歳月と悲しみを思い出していた。

それから粗末だが美味しい夕食が始まった。筏に携えてある鋳鉄の鍋、ソバ粉と大麦の粥をかき回す大きな木の匙。そして木製のお椀。布の小袋から塩が手にもられ、黒いお粥のなかに入れる。それから馬肉の脂なのか、ナイフで切り取られて中に放り込まれ、いい匂いがたちこめる。ボブロフスキがブナの木から見つけたきのこを鍋に放り込む。質素な粥が炊きあがると、皆が十字を切り、祈りのことばを言い、それから黙々と静かな食事が始まった。アリョーシャは自分の木匙を持っていた。柄にはアレクセイという文字が刻まれている。食事の間に突然、背後にある背の低いブナの木の若葉が風にそよぐ。そんな時は、近くにオオカミどもが忍び寄っていることがあるのだ。ボブロフスキは焚き火の燃えている木を一本抜いて、ブナの木に向かって投げつけた。この岸辺で野宿となると、夜半のタタールや野盗の心配は、よほどのことでないとないが、オオカミだけは恐ろしい。焚き火の火を絶やさず、交替で夜明けまで見張りを立てて浅い眠りをとる。鍋の底の一滴まできれいにして食事が済むと、川で鍋を洗い、焚き火の周りに皆は頭陀袋を枕にして身を寄せ合って眠るのだ。

アリョーシャは春の夕べからこの小さな入り江までのわずか四、五時間ばかりの間に自分の身に起こったことが信じられないくらいで、眠りに就けないでいた。幸いに彼もまたこのような旅には慣れていたので、肩にかける布袋のなかに最低限必要なものは持っていた。靴とは言えないがそれでも獣の皮底があり、その上に布脚絆を巻くようなものも履いていた。これを焚き火で乾かしていた。アリョーシャの足は真っ白で綺麗だった。

オレーグがアリョーシャのそばで焚き火の火を守っている。アリョーシャはすっかり安心して今にもうつらうつら眠りに落ちそうになる。いつの間にかオレーグがアリョーシャに聞かせるともなく低い声で話し始めている。その語りの幾つかのことばがアリョーシャの眠りの境で、川波のように漂い出す。小石を投げた水面の波紋のようだった。オレーグは歌うような抑揚で話している、ときたま、そうじゃないかい、と相槌を求める。聞いたこともない知識にアリョーシャはただすべてをそのまま受け入れてその話の中に漂っている。

——いいかい、若い友よ、新しい友よ。この筏船の旅の目的について話すことにしよう。この筏船はクリャジマ川を四日下って母なるヴォルガ川まで着けば、われわれ一行は別れてそれぞれの任務につくのだよ。この筏はヴォルガで川駅の商人に売却して、そのお金を分け合って、自分たちの旅に充てるのだ。わたしは師と一緒に、さらにその先の旅を続ける。なにしろわれらのルーシにはすでに数百を越える数の修道院があるのだ。大きいのも小さいのも、わたしたちは、師が聖像画をこしらえるお方だから、すべての修道院を巡り歩いて、聖像画を見て歩かねばならない。ギリシャとブルガリアから来たあのお二人は、さらに南の異教徒の地まで足を踏み入れて、草原の民に布教する覚悟なのだ。死をも覚悟の上なのだね。この情熱にはさすがにわたしには恐ろしくて真似ができない。使命感というのだろう。

きみを筏船に引き揚げたくれたユリウシュ・ボブロフスキはポーランドから逃れて来た凄い方だ。彼は彼で、ヴォルガで別れてさらに今度は北の異族のいる土地を越えて行くのだそうだ。シモンは漂泊修道僧。つまり修道院から受け入れてもらえない人だ。なぜって、贈り物を差し出せないからだ。とにかくどうしてこんなにもわれわれは広大無辺の大地を旅するのだろう。止むにやまれない情熱の起源は一体どこにあるのだろうね。いいかい、わたしの修道僧としての任務は、聖像画を描くことではない。そうではなく古い原初年代記を間違いなく写本する仕事だった。数百年前に始まるわれわれのルーシのキリスト教の歴史を間違いなく伝えるための気が遠くなるような仕事だよ。

そうだね、わたしがどうして修道院に入ることになったかときみは知りたいのだね。それは簡単なことだ。話せば長くなるが結論から言えば、生き延びるためだ。われわれの修道院の歴史というのは、それは知っているかな、そもそもの始まりは、数百年も前のことだが、ビザンチン帝国の崩壊後に厖大な数の修道士たちが失職し、生きるためにどんどんこのルーシに流れ込んだ。そしてキリスト教の布教にあたった。ルーシはまだそのころ土着の異教を信じていたのだからね。数百年前の彼らは、いわば裸一貫でただキリスト教を信奉して、広大な荒れ野の開拓に従事した、そして修道院を建設した、するとそこに集落が出来る、経済的にも成り立つようになるね。《タタールの軛《くびき》》と言われる過酷な支配があるのだから、現にいまでも同じだが、いつまた彼らが襲いかかって全てを抹殺するかもしれない。知っての通り、二重支配のもとで私らは生きざるを得ない。ただタタールは巧妙というべきか、キリスト教を信奉する修道僧集団にはなぜか租税を免除したのだ。おかげで修道院は少しずつ豊かになっていった。

一方では人々はまたいつタタールに襲われるか知れない恐怖から逃れるために、逆に修道院の祈りに希望を求めた。そして熱烈に帰依するようになる。もちろん、ルーシの領主たちはタタールとの二重支配のもとで修道院を援助するにはするが、しかし圧倒的な修道院の集団は自らの力で現世の苦しむ人々のための逃げ場所になっていった。現世で生きられない人々がどんどん押しかけてきて、集団は膨れあがった。いわば、そうだね、現世の領主以上の王国のようになっていった。領主たちがつくれなかった施療舎もつくり、そこで難病者も不具者も暮らせるようにまでしたのだね。しかし南の土地はどうしてもさまざまな遊牧民との軋轢があって、本来の修道院の静かな瞑想の生活が保障されなくなるので、志ある修道僧たちはむしろ、まだだれも足を踏み入れたことのない東北の荒蕪地へと開拓を広げていった。

おや、若い友よ、いきなりではさっぱりこんなことは分からないだろうね。実はわたしは敬愛するあの方と一緒にさる高名な大修道院から暇をもらってこの旅に出て来たというわけだ。幻滅したというわけでもないが、やはり祈りと瞑想の暮らしからは程遠いことなのでね。修道院はピンからキリまであるよ。いまどきは、修道院と言っても、願ったからと言って、すんなり入れるようなものではない。昔もある時期からそうだったと言うが、自分の財産をすべて贈り物にしなければ修道士にはなれない。では拒まれた篤信の人々はどうするかと言えば、国内を流離《さすら》う修道僧になって、苦しみつつ、僻遠の地に、誰知らぬ森の奥に、小さな草庵を結ぶようになる。シモンのようにね。しかし、そのような中からほんとうの長老が生まれるのだ。そうして生涯を祈りと瞑想に捧げるのはいいが、もし聖像画を描くとなれば、それはどうしても請負仕事ということになるね。どこかの大修道院に属さなければ描けないことになる。生きるためには、菩提樹の板に、人々から頼まれた聖像画も描きはするが、しかし聖像画家の仕事は、はるかな未来に向かって修道院であれ寺院であれ、不滅の作品を描くことでなければならない。漂泊の画家として死ぬのでないのだね。あの方はそういう人の一人なのだ。

いいかい、若い友よ、きみがこの筏船に乗り合わせたことがどういう意味をもつだろうか。きみのこれまでの人生を、そんなにたくさんの歳月でないことは分かるが、詳しく聞いてみれば、すべてが見えてくるだろうね。しかし、いまそれをわたしが聞いたところでどうにもなるまい。しかし、見たところ、きみは、何かしら、こう言ってよければ、ハハハ、超越的なものを求めているような気がする。いや、いきなりそれを神というのではないよ。なにか抑えがたい、超越性への思慕のような、憧憬のような、郷愁のような、いや祖先から受け継いだ思い出そのもののようなものが、きみに今日、突然目覚めたということはなかっただろうか……

眠くなったかな。そうそう、わたしは偶然にも、よりによって、オレーグという名だけれど、ああ、若い友よ、きみも知っていたのかい、それはそうだね、きみはかなりの知識があるように思ったが、そうだね、そうだね、わたしの名は、ほんとうかどうか定かでないが、遥かな祖先の名、オレーグ公からとったそうだがね、わたしにはそんな法螺《ほら》はどうでもいい。しかし、オレーグ公の死についての言い伝えは、心に沁みるね。ああ、きみも知っていたのか。そうそう、彼は異教を信じる呪術師から、あなたは自分の馬がもとで死ぬ、と予言される。その予言を恐れたオレーグ公はそれまで彼をのせて数々の戦いに勝利して来た愛馬を捨てる。数年後に、従者に養わせていたその愛馬が死ぬ。ある日、ふと、戦いの宴のあとに、彼は愛馬のことを思い出す。その愛馬が死んだことを知らされたオレーグ公は、愛馬の骨が残されている馬の墓に行こうと思い立ち、そこで愛馬の骨を確認し、そのとき愛馬の頭蓋骨を足で蹴る。呪術師の予言が当たらなかったではないかと。その瞬間、愛馬の頭蓋骨に巣食っていた毒蛇がオレーグ公の足に噛みつく。ほどなく毒がまわって彼は死ぬ。

で、わたしはこの言い伝えを、ノヴゴロド原初年代記からの写本をしながらだが、不思議に思った。オレーグ公がくるぶしまで覆う靴をはいていたとして、毒蛇はそれではその上に噛みついたことになる。しかしあれほどの英雄が、そのとき、くるぶしの上まですね当ての鎧をあてがっていなかったのかと、不思議でならなかった。油断だったのか。わたしは短かい言い伝えの一字一句を美しい飾り文字で写本にしながら、修道院の暗い僧坊で思いにふけった。なるほどたしかに異教徒の呪術師による予言は、間接的ではあるが的中したことになる。どうして数年後になってからオレーグ公は突然愛馬のことを思い出したのだろうか。彼ほどの英雄が、なぜ、呪術師ごとき者のことばに躓《つまず》いたのだろうか。悪魔のささやきだったのだろうか。というのもそのように突然思い出すというのは、すでにことばに躓いていたからではないのか。若い友よ、焚き火の火を強めた方がいい。オオカミの遠吠が聞こえる。森の小丘の方角だ。

アリョーシャはふっと眠りからわれに帰った。《オレーグの馬……》、父が話してくれたことがあったのでは？　そして夢現《ゆめうつつ》に言った。ひょっとして、その言い伝えは、もっとちがう意味を持たせようとしたのではありませんか。……、アリョーシャ、起きなさい。ヨハネの黙示録の死の馬がこの川に向かって走って来る、すべて春の草たちは踏みにじられ、僧堂に火が掛けられて女たちの阿鼻叫喚の叫び……

4　青い雨、青い川

それから春の夜はアリョーシャのなかで、かたわらで静かに眠っている人々のこころの奥深くで更けていった。焚き火の番をするオレーグも眼を閉じている。目覚めたアリョーシャは睡魔に襲われて頭を垂れる彼の邪魔をしたくなかった。そのかわり、自分の想いをこころで反芻して焚き火の炎を見つめる。かすかな人の声がどこからか風に乗ってブナの木の大きな影で止まった気がする。ひょっとしたら近くに村があるのかも分からない。その声は啜り泣くようにも聞こえる。父に従ってよくアリョーシャは、村々の野辺送りに頼まれて祈りのことばを唱えに行ったものだったが、そのときの泣き女の叫びのようにも甲高いと思った。オレーグのぼろぼろに擦り切れた僧衣の胸に十字架がかかっている。その大きな十字架に炎が映る。

オレーグの愛馬、その死骸、その頭蓋骨、そこに隠れていた毒蛇。たしかに旅のさなかで毒蛇にやられて死ぬ人たちは多かった。旅芸人の一座でも死んだものが一人二人ではなかった。きっとオレーグ公がどのような英雄であろうと、毒蛇の猛毒がスネから太ももまであがって、足は丸太のように膨れ上がって、彼は苦しんだにちがいない。旅芸人の一座の滑稽な一人芝居を演じたネポムニャコフという男が、蛇の毒がまわって、丸太ん棒のように腫れあがった左足を斬ってくれと叫んだが、もう打つ手はなかった。アリョーシャのこころにはそんな光景が絵のように沈んでいる。

一体、オレーグ公が馬で死ぬという言い伝えがどうして原初年代記に紛れ込んだのだろうか。オレーグはそれを《口碑》とか言っていたけれど、それが過ぎ去った歳月にほんとうにあったことなのか、それとも、そのようにあってほしいという願いが、そのような言い伝えに残ったのだろうか。そうだ、そのオレーグ公は戦いに明け暮れ、自分でもどれほど多くの敵の首を斧で打ち落としてきたことだろうか。生き延びるということはそういうことだったにちがいない。そうでなければ自分が打ち殺される。死体が累々たる戦いの野を馬で駆け巡る。アリョーシャは自分では耐えられないだろうと思った。でも、どんな英雄であっても死の恐怖に苛まれないなどいうことはないだろう。そうやって死の恐怖を乗り越えているのだ。とすれば、その隙間に、異教の呪術師の予言のことばが入り込む余地があったのではないだろうか。一瞬、毒蛇のようにその予言のことばが彼に噛みつく。あなたは自分の愛馬によって死ぬと。そのことばを恐れたからこそオレーグ公は愛馬を捨てたのだ。そしてそれですべては終わっているはずだった。ところが、彼はそのことばを憶えていた。そしてふと思い出した。魔が差したとでもいうように。もちろん彼は敬虔なキリスト教徒だった。それでいてなお敵を殺す生き方をしなければならない。

オレーグがそれとなく暗示した、《不条理》な生き方というのは、どういう意味だったのだろう。善と悪とを同時に生きざるを得ないようなその隙間に、あの予言のことばが、毒蛇になって滑り込み、未練ある愛馬の死後の頭蓋骨に隠れて、数年後に、いきなりオレーグ公に噛みつく。そうだ、彼は、予言のことばを半ば信じたからこそ、ただちに愛馬を捨てた。そして予言を回避できたことを確認するために、愛馬の遺骨を見分しに行き、予言が成就しなかったことに安堵して、頭蓋骨を足で踏みつけた。その瞬間に、予言が成就してしまった。呪術師の予言はあくまでも《愛馬で》という限定的なことだったのに、オレーグ公としては、その《愛馬》ということばの、その広がりや転換的意味には思い至らない。やはり、彼は呪術師のことばに躓いて自らを滅びに導くことになったのだ。

ノヴゴロド原初年代記の写本を僧院で来る日も来る日も書き写しながら、まるで春の花の野のように美しい文字と色彩の中に没頭しながら、オレーグはこの言い伝えに奇妙な違和感を覚えたに違いなかった。彼とてもやはり敬虔な修道僧なのだ。このような言い伝えを記録したのも、もちろん彼の数百年も前に生きた同じような写本の書字生の学僧に違いなかった。たくさんある英雄の言い伝えをどのように選ぶべきなのか。なにもかもというわけにはいかない。会議をして決定して選ぶのだ。歴史の事実という点で、一体どういうふうな考えに彼らは立っていたのだろうか。

該博《がいはく》な知識をもっていたオレーグが、アリョーシャにふと漏らしたことばがあった。アリョーシャは立ち上がって乾いた流木を数本、焚き火に足した。火がぱちぱちと跳ねた。炎が上がり燃え尽きた薪は白骨のようにきれいだった。ああ、その不合理なことばが呪術師から出て、オレーグ公のような人にでも打撃を与える。いや、一説には、オレーグ公の死は、そのようなものではなく、夜空に槍のような彗星が現われたときに、この世の終わりを知って、死んだとも言うが、よくはわからないね、と彼が言ったのだ。もし、それが愛のことばであったなら、誰がそれに躓くことがあり得るだろうか、若い友よ、愛の予言のことばなら、誰が躓くものだろうか、むしろその成就を願うのがほんとうだろう……、そう彼が呟いたのだった。

それでは、といま炎がひときわ燃え上がった焚き火を見つめながら、アリョーシャは思い当たった。異教の呪術師のことばは憎しみのことばであったのではあるまいか。憎しみのことばに躓かない人はいないだろう。深い傷になっていつまでも疼く。そうだ、異教の呪術師が、自分たちの古い懐かしい生き方を征服するかにみえるオレーグ公を、そのようなことばで死に追いやったのだ。それにはオレーグ公の側にだって理由があることだった。彼は厖大な殺戮の荒野をひた走りに邁進していたのだから。それはイイススの考えとは矛盾することだ。

春の夜明けは早い。夜は無事に過ぎた。曠野《こうや》の縁からうっすらとした光のヴェールが揺れる。オレーグは深く眠っている。隣のユリウシュ・ボブロフスキが眼を覚ました。安心しきってまだ他の人たちは眠っている。彼は髭もじゃの顔に微笑を見せた。もう起きていたんだね、若い友アリョーシャよ、あなたは頼りになる人だ。わたしはいい夢を見ていた。彼は古い教会スラブ語の写本のようなことばの響きで言った。それは軟音《なんおん》が少ないのでとくに厳かにゆっくりとひびく。野ノ花ガ、如何ニシテ育チシヤ、働キモセズ、紡ギモセズ、栄華ヲ極メシ、ソロモンデサエ……。そうだね、若い友アリョーシャよ、わたしはポーランド人だからね、わたしの国のことばで諳《そら》んずると、《ナヴェト　サローモン　フツァーウェイ　フヴァレ　スフォエイ　ニェ　ブィウ　ターク　プショジャーヌイ、ヤーク　イェドゥナ　ズニッフ》――というふうにひびく。実に素敵だね、栄華を極めたあのソロモン王でさえ、この花の一つほどにも着飾っていなかった！　そうともわたしがこのように広大な大地を流離うのも、その花たちにわたしの名を、せめて善き名として覚えてもらい、そして風の中をわたしが進むにつれて、私の名を言ってもらいたいからだ……分かるかい？　アリョーシャにはこのときのボブロフスキの眼が涙でうるんでいるように見えた。アリョーシャは鹿のなめし皮の上っ張りを肩にかけたまま立ち上がり、そっと焚き火を離れ、岸辺に立った。そして、つぶやくように《青い雨、青い川……》――と声に出した。春の夜明けの光が雨のようにクリャジマ川に降るように思われたからだった。

5　ドラゴン

まだ数日にも満たない旅なのにアリョーシャにとっては一カ月もの長い旅に思われた。旅芸人一座の流離《さすら》いを思い浮かべるとほとんどそれほどの苦労があるわけでなかった。修道僧の人々はみな敬虔で静かに振舞い、祈りに明け暮れていた。この世の話題よりも、かなり抽象的な話題の方が多かった。汚れた世界に慣れて来たアリョーシャのこころが急速に澄んで来て、遥かなものへの本来そなわった若葉が、春のように広がり出していた。それではあの悲しみの十数年の歳月とは一体何だったのだろうか。

その日は左岸の村から岸辺にやって来た老人に乞われてその村の死者の冥福を祈るために、アンドリューーハ師とユリウシュ・ボブロフスキのお供でアリョーシャも一緒に往復半日がかりで村を訪ねた。野辺は豊かだった。花々が咲き乱れていた。春の空には雲が流れ、青空はまるで広大な舞台のようで、自分たち旅芸人の一座が町で催してきた薄汚い小さな見世物小屋など悪夢であったようにさえ思われた。ただひたすら現世で生きるために土埃と泥に慣れてころげまわって汗と体液に汚れていただけなのだった。地平線遥かに繰り広げられる雲の美しさをアリョーシャは、あれほど旅の身の上であったのに味わう余裕がなかったということだった。どこまでも続く野辺に立っていると、まるで手であの美しい雲たちに触れられるような感じがした。あの雲たちと友であり、親しく語りかけられるほど近いようにも思われた。きみたちは、いや、あなたたちはこの下界のすべてを過ぎて、そして見聞きし、そして雷雨や稲妻をもたらしながら、一体何を見てきたか、何の目撃者であったか、そんなことは決して明らかに語ろうとはしない。まるですべて何事もなかったとでもいうように、忘却がすべてであるというように流れて行く。いや、でも、あなたたちは下界のすべてを知っているのだ。考えようによってはそのような沈黙が恐ろしいのだ。

先を行くボブロフスキとアンドリューーハ師のあとから、遅れ気味にアリョーシャはついて行く。ボブロフスキは野の花たちから《ほら、あのお方よ》と、そっと名を呼ばれたかのように、時折、アリョーシャの方を振り向いて合図した。あなたは、オレーグの馬によってではなく、花によって死ぬ、とでも予言されたような笑みを浮かべて。それがアリョーシャには可笑しかった。もちろんボブロフスキは冗談交じりに、若々しい写字生のオレーグのことを言っていたのだった。彼の体にはひょっとしたら、ほんとうに、オレーグ公の血が流れているのかも分からないね。というのも、オレーグ公には一人息子がいて、父の死後、ノヴゴロドに追われて南西に逃げてそこでその地の領主になっている。彼の母の故郷だというからね……。アリョーシャにはそういった空想がさらに嬉しかった。眼を瞑ると、このルーシの新天地には厖大な人々の流亡が繰り返され、そこに土着し、そして婚姻を重ね、解きほどけない糸のように運命が織りなされているのだ。一代二代のことではない。そしてある流れは滅び、またある流れは一つになり、どこの誰だと、もはや辿ることは出来ないまでも、しかし、でもやはり、想起という力が閃くや、すべての糸がほどけていくのではないだろうか。

ボブロフスキはあの焚き火の最初の夜以来、時々、愛情をこめてアリョーシャのことを、わざと、正式に、アレクセイ・ボゴスラフ、と呼んだりした。父称をつけて呼ばれるよりも誇らしかった。というのも、ボゴスラフという姓はよく聞かれることだとしても、神を讃える者という意味を持つ姓だったので、いまの自分には、もちろんまだ修道僧への扉が開かれたわけではなかったが、未来がそこへ通じているように思われたからだった。すると、まるで数百年前の豪傑や勇士の英雄譚のようにアリョーシャはボゴスラフ公となり、ボブロフスキはユリウシュ公となって、賤《いや》しき異教徒の軍勢を打ち破るのだ。

そうした春の草原と荒れ野の光景も、実は老人が案内する村に近付くと、村からはまだ煙が上がっていて、杭打ちの関門をくぐると、焼き払われた村のあちこちに死体が散乱していたのだった。泣き叫ぶ老女たちの慟哭が止まなかった。こういうことだったのだ。三人は、この小さな村にしては立派な白壁の寺院に入った。中はすべて打ち壊されていた。襲って来たタタールの騎馬兵が内陣のすべてを打ち壊し、聖像をたたき割り、祈っていた村人を殺傷し、若い娘ならばだれでも、縄に繋いで引きあげて行った後だったのだ。老人の話では、タタールへの租税が滞ったとの理由だというが、これはどういうことなのか。ボブロフスキが言った。この一帯は、本来はクリャジマ公の支配する領地なのだが、彼はここを捨て村として、タタールのいいようにさせて、辛うじて釣り合いをとっているのだ。三人はここで祈った。ここで、残された聖像画の壁を一巡した。

アンドリューハ師はただ無言のままで残された聖像画をいとおしむ眼で記憶にとどめているようだった。老人は言った。川向こうが広大なアフマトフ汗の領土になっている。年に一度は、時には、春と秋の収穫時に、川筏に馬を乗せて押し渡って来る。春に奪っていくものは、それでなくてもわたしらどもでさえ食べるものもない時期、彼らは十二歳以上であればすべて女をひっさらって行く。そして彼らの子を産ませる。そしてまた押し寄せて来る。アリョーシャは茫然としてほとんど口がきけなかった。アンドリューハ師は長い祈りをあげた。徐々に人々が集まって来た。ボブロフスキが聖歌を歌いだした。啜り泣きながら人々の声がいつまでも続く。ここの寺院をあずかる修道士が遠い自分の修道院に帰った後の出来ごとだったのだ。タタールは僧職者を打ち殺すことは禁止されている。彼がいたとしてもどうにも出来なかったことだろう。アリョーシャの心は凍りついた。母もこのようであったのか。父と別れる時に聞いた母のいるという村の名を、アリョーシャはひそかに暗誦した。ウソリエとは、きっとアフマトフ汗の領地のどこかに違いない。かならずぼくは帰って来る。そうアリョーシャは震える体を抑えながら思った。そして壁に描かれたフレスコ画の聖母や使徒たちの姿を見た。このフレスコ画はすべて思い出なのだ、そのよすがなのだ。描く人がいなければすべてがなかったことになる。しかもこのように美しい空色を配して……

タタール支配になって以来、貨幣流通はないも同然であったものの、アンドリューハ師は肩にかけた袋から、ルーブル銀貨を三枚取り出して村おさの老人の手に握らせた。わたしたちにはいまこのように祈ることしかできないが許してほしい。やがてこのような時代が雨雲のように過ぎ去ることを祈るほかないことを許してほしい。この聖堂の壁画はわたしの想いを満たして下さった。どなたの手になるものか知らないけれども、そのお方に感謝したい。そして十字を切った。

三人は村の裏手にひろがる果樹園を抜け、ニワトリたちが騒ぎ、一斉に真っ白に花咲く桜桃やスモモ、梨の花の中をくぐり抜けてふたたび野辺に出た。秋蒔きの麦が青々と育っていた。これでもかこれでもかと、それでもわたしたちは耐えねばならないのですか、とボブロフスキが言った。アンドリューハ師は二人を見つめる。アリョーシャを灰色がかった青い眼で見つめる。確かにわたしたちはもう十分すぎるくらい見てきたではないか。いま、それ以上、わたしたちに何が出来よう。わたしたちの使命は……、そう彼は言って、歩きだす。この花たちが、それでもわたしたちを励ましてくれるではないか……。アリョーシャの眼に焼きついた斬殺された人たちの映像は消えなかったが、花たちの揺れているのを見つめて歩いていくうちに、使命とは何だろうかと、ふっと閃くように思った。

わたしも描きたい。聖ゲオルギーのドラゴンを退治するフレスコ画を。この世の洞窟に隠れ住み、毎年若い乙女を生贄《いけにえ》にもとめる醜怪なドラゴンを、わたしの疾駆する槍で打ち倒す。その聖ゲオルギーを描きたい。この国に埋葬され、まだまだ生き血を吸うドラゴンの正体を明らかにし、白日のもとに晒して打ち滅ぼしたい。せめて相打ちであっても打ち滅ぼしたい。そしてこの大地の空に流れる雲……、アリョーシャは急いでアンドリューハ師の傍らに歩をそろえた。

6　ヴォルガの別れ

クリャジマ川がヴォルガに流れ入る町に着いたのはかれこれ遅れもあって、七日もかかってしまった。アリョーシャにはまるで一カ月もの長さに感じられたが、いよいよ緑の大地に立って見ると、この七日間もつい昨日のことのようで、すでに大河となって滔々と流れている海のような光景に胸が詰まる思いだった。これまで見たこともない種族の人々も色とりどりに混ざって、聞き分けられない異教徒のことばも自由自在に飛び交い、人々が密集したバザールの喧騒には、これまでずいぶん内陸の村や町を一座で廻ったものの、まったく違う自由な風がはためいていた。

バザールは鼻にかかった鳴声をあげて、どっこい人々は生命力にみちあふれて筋肉質に動き回り、南部の光が満ちあふれている。そしてすでに初夏で太陽は燃え盛り、その中で七人の一行はとてもみすぼらしく、やせ細って見えたようだった。バザールでは内陸とちがってさまざまな貨幣も行き交っていた。まるで無茶というものだ、とボブロフスキは笑った。というのも、クナとかレザナ、グリヴナだの古い古いデナリなどの銀貨やコペイカや、ルーブル銀貨が造作もなく両替されて通用し、品物の上を飛び、アリョーシャは眼を瞠った。さすがに金のズラチンカじゃないね、みな銀のセレブリニカだ、とボブロフスキは博学なところを見せた。

筏船を埠頭の杭に結わえて、信頼できる渡し守の老人に頼み、筏船の転売先の主人を訪ねた。筏船扱いの黒い口髭がゆたかな長が筏船を確かめ、予想以上の高値でひきとってもらうことになった。首に十字架をぶらさげていた大男の長はアンドリューハ師に向かってなのか十字を切り、この先の旅の無事を祈ってくれた。七人は商談が済むと、その場で銀貨ルーブルを受け取り、長いバザールの喧騒の中を通り抜けて、町の場末らしい一角にある河川宿で一泊することにした。河川宿と言ってもただ頑丈な丸太づくりの大きな百姓家風のもので、下が居酒屋と食事所を兼ねていて、二階が宿泊の木賃宿になっている。

みんなはこの食事所の分厚くて汚い、獣脂でべとついた丸太木のテーブルについた。ようやくほんとうの食事に恵まれることになった。だれもが、ほんとうにこれまでの空腹を修業のように思っていたのかも知れなかった。それでも旅芸人のときよりも精神的に耐え易かった。あてどない、明日をも分からない旅芸人のときは何の目的もなかったが、いまアリョーシャには目的が芽生えている。

ヒマワリ油の何番油かで揚げたにちがいないチョーザメの丸揚げが焦げたように膨れあがって出てきたし、ふんだんな野菜が山盛りに添えられ、頭ほどの大きさのやわらかいライ麦パンが人数分だけどんと卓上に置かれた。木のスープ皿にはなみなみと泥のようなボルシチが盛られて出てくる。木のスプーンはひどく大きい。髪の真っ白い主人が出て来て、挨拶をし、この機会にありがたいお祈りを唱えてもらいたいと言った。どうりで、とシモンがめずらしく笑った。まだ不自由なロシア語で、この、チョンザメのあげもの、ごキシャでありすな？　ありがたくいただきましょ。神のご加護あらますように。

アリョーシャはこの薄汚い居酒屋兼食堂の東の角の上に、聖像画の小箱が扉をあけて掲げられているのを見た。アンドリューハ師がつと立ち上がり、白髪の主人は床に跪《ひざまず》き、祈りのことばが唱えられた。アンドリューハ師の声はこのとき、華やかだった。それはアリョーシャには、よくは分からないが、春の雨、夏の雨、これなる寛大なおひとに、湿った大地と聖なる母の恵みをお与えください、というふうに響き、やがて、アーメン、というふうに終わったのだ。そのとき奥からまだ五歳ばかりの女の子が走り出してきて、跪いている白髪の主人の背中に手をかけた。

ナースチェンカも、さあ、いいかい、この修道士様から祝福をもらうのだよ、と言って立ち上がった。眼を細めたボブロフスキがその子のくり毛色の頭に大きな手を乗せて、あなたもまた健やかによき人になりいませ、アーメン、と言った。その子が奥に走り去ると、主人は涙をうかべて、不憫でなりません、あの子は孤児でしてな、ここに捨てられていった子なのです。男親ではなく、さぞ女親が思いあまってここに捨てて、そっと旅立ったものでしょう。なんとなれば、その母親とて生きねばなりませんからな。

これはこれは、ふむ、ボブロフスキは、ここは一つ、ヴォトカの一杯でもいただかぬではおさまりません、と言ってみんなを見回した。みなさんはいただいていいですよ、とアンドリューハ師が言った。別離の日です、いつまた会う事ができるかも分からないのだから……。修道僧ではあっても、生き生きした人間として生きるために……

老主人が小さな酒杯を配り、みなについで回った。悲しみよ去れ、喜びよ来たれ、……祈りと乾杯のことばが次々に言われ、にぎやかな午餐になった。ナースチェンカと呼ばれた女の子は聖像画のある赤い場所にうずくまるようにしてこちらを見ていた。きみも孤児だったか、ねえ、わたしもそうだと言っていい、だから……、とアリョーシャは心につぶやきながらもりもりと食べ、空腹を癒した。彼の坐った長板ベンチのすぐ窓の外を、本流とはちがう小ぶりの運河のような川が流れている。太陽が燦燦と降り注いでいる。木枠の窓からいい風が来る。カモメが猫のように泣きながら舞っている。窓から、重く長い声が流れこむ。それは、見ると、大きな平底のはしけ船を曳く船曳人たちの声だった。

川べりの芦《ヨシ》に沿って船曳人足たちがうめきながら太綱を胸にかけて、エイ、ウッフニェン、と声を出しながら、歌いながら船をのろのろ曳いている。彼らの先頭にはアリョーシャと同じくらいの若者達が並んで曳いている。ゆっくりと彼らの顔が近づく。岸辺の道は踏み固められているが、彼らの履いている靴といったら、靴というより菩提樹皮でこしらえたものにボロを巻いたようなものだった。そして声が窓の外を行き過ぎると、この旅宿よりも大きな船体が浮かび上がった。帆を下ろした帆柱は太陽に輝く巨大な十字架のようにアリョーシャの横をゆっくりと流れて行った。

突然立ちあがったアリョーシャがみなに向かって感謝のことばを述べ始めた。わたしもまた出来ることならいま窓の外を過ぎて行ったあの船曳人の少年たちの一人に数えあげられたいのです。彼らはみな、親兄弟があるにしてもないにしても、みなこの世の孤児なのです。わたしと同じような孤児なのです。そしてあのはしけ船のような重荷を曳いて行く孤児なのです。アンドリューハ師は夜の焚き火のもとで言いました。時代の寵児になってはならない、時代の孤児として生きなさい、と。それはきっとあなた方のことだと思います。

この先、三千の夜と昼、わたしも時代の孤児として生きることになるとしても、でもわたしはあのドラゴンを倒して生贄の乙女を救いだした聖ゲオルギーのように生きたいと思います。はたしてこれは矛盾でしょうか。わたしは自分が孤児だとしても、自分を救いだしたいとは一度として思ったことはありません。わたしは人々を救い出したいのです。しかしわたしにはそのような力はないのです。三千の夜と昼、わたしは成長して、ゆたかな魂の遍歴の後に、必ずやふたたびあなたがたに再会できるでしょう。いや、再会して語り合いたいのです。あなた方はすでに修道僧として多くの経験を積み、それでもなお修道院に安住することを選ばず、ここでわたしたちはみな別れて、それぞれが目指す果てしない遍歴と探求の旅へ、北へ、南へ、さらに奥地へと、そこで死ぬ覚悟で旅立って行くのです。

わたしもまた明日の朝は、一人の孤児としてわたし自身の使命を求めて広大な大地を流離《さすら》うことにします。わたしは無力で、父とも別れ、母とも生き別れ、その母の生んだという異父妹も知らず、ただこの時代の孤児として、いや、この地のこの時代の数知れない孤児たちの一人として、百年後の未来のために生きたいと思うのです。わたしたち孤児だけが世界を新しく造りなおすことが出来るように思うのです。わたしにはあなた方のような信仰の信念はまだ少しもないのを知っていますが、しかし、わたしはそれを見出すでしょう。わたしの善はまだ力弱くて、強大な悪に打ち勝つことはできませんが、かならずや打ち勝つことが出来るのだと信じています。

そうでなければ、なぜわたしがこの世に生きている意味があるでしょうか。ただ野の花のように、枯れれば火にくべられるだけの小さな栄華だけで満足することはできません。聖ゲオルギーのように洞窟のドラゴンに向かって槍を片手に疾駆して倒れて悔いはないのです……。そうアリョーシャは繰り返し同じことを言いながら、そのまま失神したとでもいうように丸太組みの卓上にうつぶせになって声をあげて泣いた。

この夕べ、他の人たちは、町の中心部にある寺院の夕べの祈りに出かけた。彼らが帰って来たとき、アリョーシャは二階の小さな部屋の木椅子に横になって眠っていた。アンドリューハ師は夜に蝋燭の灯りで、アリョーシャのために、ここから数カ月はかかるであろうほど遠い北の、針葉樹の森にある修道院長あての手紙をしたためた。そして朝早く、みなは身支度し、袋を背負い、深い川霧が這っている四辻で、それぞれの道へ歩き出した。アリョーシャはアンドリューハ師と一緒に行くオレーグにしっかりと抱擁された。

わが友、アレクセイ、命に通じる門の狭くその道のまた何と狭いことか、しかしあなたはその道を見出せ……――とユリウシュ・ボブロフスキが右の耳元に言った。その西の訛りあることばはやさしく響いた。ブラーマとは門であり、ドゥローガとは道であり、そして命とはジヴォータ、というふうに響いた。すでにヴォルガ川には幾艘もの船が動き出し、朝日の〈ジヴォータ〉が翼をひろげて川面に羽ばたいていた。さようなら、みなさん、神のご加護を、とアリョーシャは一度だけ振り返ったが、僧形は濃霧の中に隠れて何も見えなかった。滂沱《ぼうだ》、どっと涙があふれ、アリョーシャは声をあげて泣いていた。

第二章

1 雷鳴

六月は菩提樹の大木が真っ白い花を咲かせ、すでに小さな実をつけている若い菩提樹は、空と大地を支えている——そのような小丘のつづく平原のひとすじの街道は乾いて、草原から波のような風が襲って来ると、背丈の低い蘆原のように鳴り響く。アリョーシャはむしろこのような危険な大道を選んで先を急いでいた。路の跡がわずかに残っているような古道の脇道を選ぶべきだったが、万一迷い込んだらどこへ行くかも分からないからだった。大道には樫の木で出来た里程標が立っている。これを辿りさえすれば、目指す城砦市に着く筈だった。

これで三日目だった。背負い袋に用意した食糧も底をついてきていた。ブリヤン草の一帯がどこで終わるのか見当もつかないが、その先にはすでに黄金色した麦畑の集落でもあってくれればと夢見るだけだった。水も切れて喉がからからに渇いている。アリョーシャはすでに土埃にまみれて体全体が黄土色に染まっていた。途中のハシバミの林でみつけた大きなクルミの木がすでに緑の実をびっしりと落としていたのでアリョーシャは熱心に拾い集め、袋を一杯にした。石をみつけてクルミを叩き割ると、緑の皮から黒ずんだ殻がはじけてしっとりと水分のある真っ白いクルミの実が出てくる。彼はむさぼるように食べた。菩提樹の花の実は胃薬になると知っていたので、これも手を伸ばして毟《むし》り取り、上っ張りの衣嚢《かくし》に収めた。実は一粒でさえ齧るとしびれるくらい苦かった。大道の行く手の地平線には六月のユリの花が夢のように咲き乱れて揺れていたし、その上を、雲の群れが悠然と動いては形をかえて地平線に隠れて行く。一点の黒雲が現われさえすれば、たちまちそれが大きく集まってみるみるうちに雨雲に成長して雷雨になるのをアリョーシャは経験していた。

ひと雨来るのが待ち遠しかった。その雨で体を洗いたいと思った。人っ子ひとり行きあうことのない北への大道で彼は寂しかっただろうか、人恋しかっただろうか、誰かにすがりたかっただろうか。彼は絶対的な静けさの広大な空間の底で、針の先ほどの一点に過ぎなかったが、その針の先が、この大地を突き刺しているのだという奇妙な感覚をおぼえていた。

遥かかなたから一陣の疾風のような土煙が上り、やがてその土煙の中から二十人ばかりの騎馬の男たちが現われた。彼らはアリョーシャを認めると、馬を止めた。誰だ？　何処へ行くのだ？　騎馬の男達は訛りのないロシア語で話した。修道院へ。コジマ長老あての紹介状を持っています。見せろ。アリョーシャは袋の中から濡れないように油紙とぼろ布に大事にくるんでいた手紙を差し出した。

おまえは志願者なのか？　アリョーシャは答えられなかったが、男の目を真っすぐに見て、頷いた。男は笑った。わたしは一度だけこのお方には会ったことがある。よし、さあ、行きなさい。しかし、またしても遊牧のタタールの駐屯組が出没している。油断してはならない。この里程標の三番標まで行ったら、道を変えなさい。アレナ川がある。二股川になっているから、右股の川舟に乗って下れば、そうとうな距離が助かるし、はるかに遠くまで行ける。タタールの恐れも少ない。それから隊長らしい騎馬の男は、あなたはどこから来たのだ、ともう一度訊ねた。アリョーシャは、聖母教会のあるネルリ川の辺りで修道士たちと出会い、一緒にクリャジマ川を下り、ヴォルガ川との合流点のイジュチで、みなと別れたのだと答えた。若いひとよ、えらいぞ。ところで、きみは文字の読み書きは出来るのだろうね。はい、早くから父に教わったので。おお、それは幸運だった、わたしらはここから戻るわけにはいかない。ついては、この命令書をいま見せるから、頭に叩き込んで、内容を、アレナ川のクレムリに届けてもらいたい。

アリョーシャは驚いたが、一瞬にして信頼されたという思いで喜びにあふれ、疲れも吹っ飛ぶ気持ちで、彼から渡された封蝋のない一枚の紙切れを声に出して読んだ。手違いがあってはならない。必ずこの任務を遂行して欲しい。わたしの名ユスポフをクレムリのクシジャノフ公に言いなさい。騎馬の男は上から手を伸ばして寄こし、アリョーシャの手を痛くなるほど握った。そして一隊はまた、もうもうたる土煙を上げて走り去った。アリョーシャは暗誦した内容を一字一句忘れないようにおさらいした。このような大事なことをどうして自分のようなものに託したのだろう。アリョーシャは不思議でならなかった。しかしわたしは信じられたのだ。この喜びはなにものにも代えがたかった。走り去るとき、騎馬の男は、十字を切って、神のご加護を！　と言ったではないか。わたしのようなものでもこのように役に立つことがあるのだ。

喜びもつかの間だった。二里程標を過ぎたあたりから様子が一変していたのだった。大村が見え、そこから大道へと逃れて来る人々の群れがあった。アリョーシャはその人々の歎きの渦に巻き込まれた。

村が焼き払われ、殺され、略奪され、辛うじて生き延びた人々の群れだった。号泣が啜り泣きに変わり、疲れ果てて、着の身着のままで足をひきずる無言の群れだった。すべてが分かった。村へ行く道端の低い木々には村の男たちが地面に足がつくかつかないくらいの高さに吊され、その下でカラスが群がって食べていた。アリョーシャは嘔吐をこらえた。菩提樹の苦い実の粒を取り出し噛んだ。六月の真昼は焼いていた。どこかに小川があればよかった。どこにもなかった。村の井戸にも死体が投げ込まれているに違いなかった。

アリョーシャは人々をよけながら少しでも先を急がなければならなかった。ユスポフという名。クレムリのクシジャノフ公という名。そして暗誦した手紙。人々の群れをうしろにしながらアリョーシャは突然思い出した。あれはまだ七歳だったろうか、父と一緒の旅芸人の一座が、夢のような記憶だけれども、オデッセウスという遠い国の遠い昔の英雄が立ち寄ったという言い伝えのある海のゆたかな町に巡業したときのことだった。みんなは無事に巡業を終えて、場末にある旅宿《はたご》で休息していた。場末だったが大きな街道が宿の前に通っていた。

宿の主人はユダヤ人だった。あたたかい人柄だった。アリョーシャは特に可愛がられた。宿は平屋で全部で七つくらいしか部屋がなかった。窓はびっくりするほど頑丈な内側から二重に閉じる鎧戸がついていた。一座の人々が昼の団欒をのんびり楽しんでいると、遠くから地鳴りのような喚声が次第に高まり、いやでも聞こえてくる。父があわてて飛び出してみると、街道を百人以上はあろうかと思われる男たちが、それもみな若い男たちだと分かったが、沿道の家のうち、ユダヤ人のこぎれいな商店だと分かると、群れは襲いかかって打ち壊し、喚声をどよめかし、さらに先へと進んで来るのだった。宿の主人は蒼白になっていた。アリョーシャは父のそばで震えていた。

宿の主人は、父からラビと言われたが、その意味はあとで知ったが、ユダヤ教徒の長老のことだったのだ。父は、異教徒もユダヤ教徒もわたしらのロシア正教徒もみな同じ人間なのだ、ただ神が違うだけで、その信仰故に差別すべきではないし差別されるべきではない、とよくアリョーシャに言い聞かせていたのだった。そのとき、ラビの息子、八歳くらいで、アリョーシャとすぐに打ち解けて、とても覚えられないくらいに長い名の子供が奥の居間で遊んでいたのだった。他に上の姉妹がいたが、彼女たちは朝早く中心部にある叔母の家に出かけた後だった。そのときはもう群衆の集団が門前に近づいていた。

門前と言っても簡単な木戸があって、家の裏に菜園と小さな果樹園があった。アリョーシャとその子は果樹園に隠れさせられた。その長い名前の子供は万一の場合には決死の抵抗を見せるつもりで、身震いしていた。往来に飛び出して戦うのだと言って、裏庭にある手斧を胸にかかえていた。アリョーシャはなすすべもなく彼のそばに寄り添っていた。一座の人々は往来に飛び出した。われわれは旅芸人だ、ユダヤ人ではないと叫んで往来に出た。

木戸が打ち壊された瞬間、奥にいたラビの妻が突然路上に飛び出して、地べたに顔をこすりつけて、若い彼らの前で、大声で、どうかみなさま許して下さいと泣いて頼んだ。若い彼らの多くは昼日中から酒に酔っていた。突然目の前に現われて頭をこすりつける女を見て、彼らはとっさのことでどう理解していいか迷ったのだ。その間一髪に、群れの指導者らしい金髪の若者が叫んだ。ここは捨てておけ、まだでっかいのがあるぞ、先へ行こう、と叫んだ。

父とラビは扉の隙間から一部始終を見ていたのだった。そしてあっという間に、打ち壊しの群れは遠のいて行った。そのときのことをいまアリョーシャはつい昨日のように思い出して先を歩き続けた。あのお母さんはなんという勇気だったことだろう。手斧を胸にかかえて震えていたあのわたしと同年くらいの子供も、何という覚悟の持ち主だったろう。そして、間一髪、あのとき、何が起こったのだろう。ラビのやせ細った妻のことばの何が、一瞬、恐ろしい流れの方向を変えたのだろう。そうだった、あとで父があのときのことを思い出して言ったことがあった。彼女は、子供の代わりにわたしを殺してくださいと叫んだのだと。息子の代わりにわたしを殺しなさいと叫んだのだと。

アリョーシャがいくら焦ってもこの先どれくらいの時間がかかるか見当がつかなかった。村の入口の木々に吊された農夫たちはまだしも、しかしその脇の深い夏草の生い茂る塵芥穴に投げ込まれた若い娘たちの遺体は、後で馬上から投げ落とされたに違いなかった。眼に焼きついた像はアリョーシャを苦しめていた。憎しみが吹き出してきて身が震え、これでも神は無関心でいられるのかと、憤怒の感情がこみあげていた。もしいま自分がユスポフと名乗った騎馬の隊長から頼まれた任務に遅れたらどうなるのだろうか。どれほどの死をもたらすことになるだろうか、アリョーシャは憤怒にかられながらも気が気ではなかった。ユリウシュ・ボブロフスキが言ったように、大道の道端に何ひとつ知らずに美しく咲き誇っている野のユリも、小さな矢車草の風にゆれている初々しい美しさも、もう眼に映らなかった。なぜいま自分は聖ゲオルギーのように、昔の言い伝えのイーゴリ公のように日夜をついで疾駆するような英雄でないのかと、アリョーシャは自分を呪い始めた。

《もはや死はなくもはや悲しみも歎きもない。最初のものは過ぎ去ったからである》――とボブロフスキが呟いていたヨハネの黙示録のことばが思い出され、それがアリョーシャを少し励ましもし、絶望させた。《最初のもの》は少しも過ぎ去っていないではないか。このように最初のものは少しも過ぎ去らずに繰り返し繰り返し襲いかかる。死はこのようにして尽きることなく続き、悲しみも歎きもいよいよ増すばかりではないか。こうした怒りが彼の心を逆に激励した。眼には眼をではないのか。もしイイススのようにしていたら、この世はどうなるだろうか。いや、だからこそイイススは、その反対を説いたというのだけれど、自分にはもうこれ以上忍耐ができないのだ。わたしに聖ゲオルギーの槍を与えたまえ。そして空の雲を仰いだ。人影のような次の里程標のあたりに一握りの黒雲が生まれていた。やがて空は密集陣のように、黒い船団のように青黒く染まり、激しい土砂降りの雨が降り注いだ。身を寄せる木蔭などどこにもなかった。大道は泥濘《でいねい》に一変した。土砂降りの雨よ過ぎよ、アレクセイ・ボゴスラフが命じる、そう彼は叫びながら歩いた。そして気がついたとき、彼は見知らない駅逓小屋のラフカに横たわっていたのだった。騎馬隊長のユスポフの顔が真上にあった。

2　駅逓家の夜

アリョーシャの意識は落雷の一瞬、途切れていた。それからどうなったのか、そのあとの昏睡の中で夢がつぎつぎに現われては消え、また生まれて、その隙間隙間に、悪夢が蛇のように入り込み、夢の光景の中で戦いを続けていたのだった。

やっと、気がついたね、若い修道僧よ——と記憶に残る特徴的な低く明るい声がして、ユスポフの顔に燃える稲妻が降り注いだのを思い出した。アリョーシャは雷鳴も稲妻も一度として恐ろしいとは思ったことはなかった。イリヤーという神がトロイカに乗って黒雲の大空を駆け巡るのだから、少しも恐いことはない。むしろ地上の災厄をその稲妻で焼き尽すのだと父から聞いていたからだった。夏の雷雨、地上のすべてを一瞬にして洪水にするような土砂降りの雨が好きだった。その土砂降りの中を人々が逃げ惑う。花たちが打ち据えられる。家々の屋根から水煙をあげながら滝のように流れ落ち、雨樋が決壊して水があふれる。二度目か三度目の、大道が上下に揺れるほどに雷が轟き渡ったとき、アリョーシャはその雷鳴の遠近を確かめようと思って、心の中で数を数えた。まずい、そう思った瞬間に頭上で稲妻が閃光を放ってブリヤン草の草原を引き裂いた。そこまでは覚えている……

いまアリョーシャはユスポフの笑顔に迎えられながら、上半身を起こした。まさに奇蹟的だったのだよ、と彼は言った。きみは、第四の里程標の下でぶっ倒れていたのだ。もしあの里程標がなかったら、間違いなくきみはあの平原でいちばん高かったわけだから、きみが直撃されていただろうね。あのとき、自分は第四の里程標まで行き着いていただろうか、よく覚えていない。ブリヤン草より低くなろうと思ったけれどもそんなことが出来るわけがなかった。とにかくコジマ長老あてに書いてくれたアンドリュ ーハさんの手紙を濡らしてはならなかった。雷鳴は鳴り止まない。空をひっくり返したような土砂降りの雨は、空から川が落ちて来たようだった。アリョーシャは、ユスポフが差し出してくれた黒いお茶をいただきながら、混乱して、果たして第四の里程標だなんて、わたしはそこまで届いていなかったと思うのですが……、と呟いた。

生き返るようです。こんな飲みものは初めてです。これは一体なんというものですか、とアリョーシャは聞いた。ユスポフは声をあげて笑った。なんだい、きみは《チャイ》を知らなかったのかい？　はい、はじめてです。ふむ、そうかも知れんね。これは《チャイ》と言って、タタールから諸公に友好の贈り物として献じられたものだ。なかなか貴重なものだが、わたしらはごく普通に飲みなれている。あちらの民族の謂わば香草といったところかな、さあ、たっぷり飲んで、元気になりなさい。ユスポフは、馬を見に行ってくるからと、部屋から出て行った。

丸太で頑丈に造られた窓枠も、ドアも、長いラフカ椅子も、みなどっしりとして気持ちがよかった。大きなテーブルがあった。その上に《チャイ》が入っているらしい器と、平皿がおいてある。そのそばに燭台が据えられ、太いロウソクが燃えている。その炎がまっすぐになったり少し横に揺れたりしながら、アリョーシャに《チャイ》の器の影をとどけて寄こした。皿の上にパンがおかれている。そこにも影が生まれていた。そして真ん中に、銀製のようなチャーシャがあった。酒杯よりも小ぶりでそこに静かにあったのだ。もちろん、アリョーシャは、この杯が《チャーシャ》と呼ばれるが、自分たちの生活のなかでは同時に、《運命》をも意味することばだということは知っていたのだった。何という静けさだろう、とアリョーシャは声に出して言った、その声が銅の緑青が吹いたような飾り燭台のロウソクに聞こえたかと思われた。身を起こしてロウソクの炎に見惚れていると、蠟涙がまた一滴加わったように見えた。

声がして、花模様の赤いプラトークで髪をつつんだ女の人が入って来た。湯気のあがるスープを持って来たのだ。ここは馬つぎの駅亭だった。公の王国の大道を通過する馬の用意や、換え馬を取り仕切る場所だった。彼女は卓上にその大きなスープの入った深皿を置くと、まるで知っているとでもいうようにアリョーシャをじっと見て、ふっと頬笑みを浮かべた。アリョーシャはどこか教会の壁の聖像画で会ったことがあるように思った。ありがとう、感謝します、とアリョーシャは小さな声で言ってから、そのまま我慢できずに、あなたは？——と、殆どどういうことを言いたいのか自分でも分からないまま問いかけていた。すると彼女はユスポフがかけていた同じ椅子にそっと腰をかけた。彼女は自己紹介をした。それから少し遠慮がちに、名を言い、また大胆に、自分のここまでの暮らしについて話した。こんな若い人と話すのは何年ぶりかしら。

マリヤ・ユーリエヴナさん——とアリョーシャはたっぷり飲みほした《チャイ》の力をかりて言った。お話ししていいですか。そうだったのですか。この駅逓をあなたが一人で切り盛りしているなど、誰に思いつかれるでしょう。わたしは父と一緒に旅芸人の一座でさまざまな土地を流離っていたとき、一度だけ、このような駅逓にせめて一夜の泊まりをと頼んだことがあったのを思い出しました。にべもなく断られて、叩きだされました。あなたは、馬の世話を何から何までしているなんて。食事の世話もですか。でも、人がいなくなると、どんなに危険なことでしょう。

マリヤ・ユーリエヴナは答える。いいえ、わたしはもうなにも恐いものはありませんよ。どうしてですか？　こうした静かなやりとりを交わしているところへ、馬の支度をしたユスポフが戻って来た。彼女が立ち上がろうとした。いいえ、マリヤさん、そのままそのまま。いいですか、わたしも非常に驚きましたね。このアリョーシャさんがあの稲妻と落雷から救われたのは、ほんとうに、どう考えたところで奇蹟としか言いようがありませんよ。彼の話だと、第四里程標まで自分は行っていなかったと言っているのですよ。となれば、わたしが彼を発見したのはまさしく第四里程標の下でしたから、あの樫の木の偶像みたいな里程標の方が、このアリョーシャさんの方に動いて来たということでしょう。おお、里程標が彼を救うために動く！　こんなことがあり得るだろうか！　どうです、マリヤ・ユーリエヴナさん、あなたはどう思いますか？

ロウソクの炎がふっと隙間風にゆれる。彼女は、こともなげに、ええ、ええ、とだけ答えた。昔、まじない師のお婆さんにそのような話を聞いた覚えがあります。たとえ里程標に変えられてはいても樫の木にも、魂があるのです。その魂がこの若いひとを助けようと願ったのでしょう。そのまじない師のお婆さんのことばは、わたしにはよくわからないけれども、随分たくさんの年代記の言い伝えやら教会の祈りのことばや、あるいは古来の生活の知恵のことばをみんなごたまぜにして占いをしてくれたのです。ある高貴な旅人が喉の渇きで瀕死になっていたとき、遠い小川が突然その人の前に流れて来たとか、愛する人がその花を恋人のために摘もうと思って、川に落ちて溺死したとき、その花が一人で恋人のところまで歩いて行ったのだとか……。人にだけ魂が宿っているのではなく、わたしたちの中にはもっと別の感じ方がまだまだ残っているように思います。いや、ぼくは、ひょっとしたら、あの雷雨のなかを、無我夢中で飛ぶように疾走したのかもわかりません。ぼくはあのとき、聖ゲオルギーのように憤怒に駆られていたのですから……。それに、このユスポフさんから頼まれた使命があったのですから……

おお、きみに頼んだあの使命は、無事に果たされた。というのも、城塞のクシジャノフ公はまたたくまにタタールを撃退した。あなたには万一の場合にもと思って暗誦してもらった公あての手紙の目的は達せられたわけだから、とユスポフが言った。さあ、馬の用意は出来た。夜が更けないうちに、クシジヤノフ公の城まであなたを届けよう。まだ残党がどこに潜んでいないとも限らない。それでは、このマリヤさんは、とアリョーシャが聞いた。大丈夫、中庭にはわたしの兵たちが焚き火をして見回っている、そう言って、彼はアリョーシャを促した。

人事不省で寝ている間に乾かしてもらっていた上っ張りを身につけて、アリョーシャは彼女に別れを告げた。それから、きっとまたこの駅逓所に立ち寄ることがあると思います、何年先になるか、でも、どうかお元気で、わたしのことを、アレクセイ・ボゴスラフを覚えておいてください——と言い足した。アリョーシャはユスポフの後ろに乗せてもらった。戸口でマリヤ・ユーリエヴナが低い軒蛇腹に片手をかけて見送る。夜空は星たちがきそって輝き、まるで彼らのことをいろいろ噂しあっているように瞬いている。ユスポフが、モンゴル系の馬ではなく背丈のあるアラビア系の馬に、ダヴァイ、チェルヌシュカ！　と叫んだ。

部屋にもどったマリヤはアリョーシャの忘れものに気がついた。彼女はいつかまた会うことがあるだろうと確信し、ロウソクの火を吹き消した。

3　夢で

マリヤはユスポフの居残った騎馬兵たちに夜食の賄いをすませたあと駅逓の母屋につながった小さな翼屋の小部屋に戻り、長い一日が終わったことに感謝して祈りをささげた。赤いプラトークを外し、白いヴェールの長いショールをかぶり、床に跪いて祈った。窓の閉ざされた両開き扉の隙間から星たちが低く覗き込んでいるようだった。窓のすぐ前には黒くこげたような高いヤマナラシの木がざわめいていた。鬱蒼と重なり合った硬質な葉むらを鳴らしながら風が行き過ぎると、星座が覗き込むのだった。付け替え馬を要求する不意の急使とか騎馬兵が訪れないような夜はとくに寂しいものだった。昼日中はそれでなくとも忙しさで気が紛れるが、夜になると気が滅入ることが多かった、と同時に安息の大事な時間でもあった。日中は、厩や馬、飼葉、水汲み、菜園の手入れなどしなければならないことは山のようにあった。通行手形を携えて立ち寄る人々には必要なお茶や簡単な食事も出さねばならなかった。もちろん、こうした賄いは彼女の収入になった。

あるとき、彼女が中庭のつるべ井戸で水を汲み、木桶を二つ天秤棒にかけて一滴でもあふれないようにとヤマナラシの木まで来たとき、クシジャノフ公の一隊が現われて、彼女を探して中庭に来たユスポフが、おやおや、とおおげさに笑ったものだった。マリヤ・ユーリエヴナが左利きだったとは！　マリヤは少しも驚かず、どうして分かりましたか、と言い返した。それは分かりますよ、だって、あなたは左の肩に天秤棒をかついでいる。いいですか、右利きの人は右の方に担ぎますからね。そのときの会話から二人は心が通じるようになっていた。マリヤはもちろん、この駅逓の事務処理も任されていた。男の吏員でない者がどうしてこうした仕事を任されているのか、人々には不思議だったものの、だれもそれを問う者はいなかった。

彼女は日中の仕事が終わると、横長の経理台帳にその日の収支やら、出入りの名簿を整理した。多くの人々の名が記載されていた。彼女は左手で、少しだけ台帳を傾けながら、ガチョウの羽ペンで流暢な文字を書いた。インク壺には、煤煙を魚卵でとかした黒い液が沈んでいた。ときどきユスポフは彼女のことを冗談めかして、敬愛する左利きさんと呼んだりした。

いま、跪いて聖像に向かって祈りを済ませた彼女は、小卓に台帳を広げ、立ち寄った人々の覚えを書こうとして、ふっと羽ペンを左手にしたまま、右手で頬づえをついた。ユスポフの名を書き記すのは当然のことだが、あの若者のことは、どうしたものだろうか。月に一度、検査役人がやってくる。アレクセイ・ボゴスラフと言ったかしら。そう、確かに。でも、なんだか、アリクシー・バガスラーウ、と発音したように聞こえた気がする。あのような軟音は一体どこの地方だろう。そしてどこか歌うような調子の抑揚だった。ユスポフのような一拍一拍がくっきりした音ではない。ここからずっと北部の音ではないのかしら。どこかでこのような音を聞いて耳に残っているような気がした。それも遠い遠い昔の事……

ヤマナラシの木が風に鳴っている。銀河の星たちがその上を流れている。卓上のロウソクは彼女の右側で燃えているので、羽ペンの影が長く伸びて揺れる。あの二人は無事にクシジャノフの城まで着いただろうか。半袖の上に手編みの長い上衣を羽織った彼女はうとうとと、まどろむ。気持ちのいいまどろみだった。マリヤはしばらく卓上に顔を伏せる。ロウソクの炎が彼女の黒髪を見守る。溶けた蠟がたまり、蠟涙がちいさな躓きのように流れ落ちて止まる。

この眠りの間に、過ぎ去った歳月は過ぎ去らず、マリヤはその草原と針葉樹の暗い森をさ迷っていた……。そう、わたしは若かった、わたしは美貌だった、わたしは富裕な商人の娘だった、わたしはわがままだった、すべてが許された……、そして、わたしに悪魔の誘惑が入り込んだ、わたしはそのささやきに狂喜した。そしてあの方を試みた……

あの方は暗い格子窓ごしにわたしの偽りの告白に耳を傾けた。わたしはあの方を慕っていると情熱をこめて告白した。話しているうちにわたしは自分がほんとうに心の奥底で激しく望んでいたことに気がついた。わたしは紗の薄衣を暗い格子窓の前で脱ぎ、白い豊かな肌をあらわにして、あの方を誘惑した。あの方は、じっとわたしの声を聞きながら、とても平静に、静かな声で、わたしを諭した。あの方はかすかにうめき声を抑えていた。その後、わたしを残して懺悔室から出て行かれた。

その夕べは雪で真白だった。わたしはあの方の後ろを追いかけた。細い雪道に点々とナナカマドの実のように血がこぼれていた。わたしはあの方の前にすがりついて、あの方の左手を見た。右手で左手を抑えている。血が滴っている。あの方は、右手で左手の薬指を手斧で切断しながら、わたしの話をこらえていたのだった。どうしてそこまでする必要があったのでしょうか。わたしは雪に跪いてわたし自身を呪い、あの方に赦《ゆる》しを乞うた。わたしはそのときのあの方の目を忘れない。あの方は静かな声で、あのときもどれほどの激痛をこらえていたのでしょうか、それにもかかわらず、笑みさえ浮かべて、さあ、行きなさい、あなたはすでに赦されたのです、と言ったのだった。あの方はそのまま暗い森の庵に影のようになって歩き去りました。去り際に、さあ、お立ちなさい、これはすべてあなたの罪ではない、それはわたし自身の罪だったのです、わたしの指のことなど、あのひとの、そう、あの方に比べたら、なにほどのことがあるだろうか、さあ、元気でお立ちなさい、そしてあなたの善き名をのちに残すようになさってくださいーーそう言って、雪が翼のように積もった樅の森の道を去って行かれた……

それからわたしはこの世に投げ出されて、生家も没落し、家も肉親もすべて失い、歳月を凌いで来た。

どん底を這い回るようにして生きた。わたしはもう一度あのお方に許してもらわなければならない身、風の噂によると、あの後修道院を出て、漂泊の修道僧になったのだと……

——ロウソクの炎が小さくなった。彼女はうたた寝しながら、誰かに話しているかのようだった。左手には羽ペンのしなった軸が握られたまま、まるで夢のなかでその方の名を書くとでもいうように、ロウソクの炎が指を動かしているようだった。あの方にわたしの一生が尽きる前に、もう一度だけお会いして赦しをわたしは乞いたい。このように、あれから何十年も過ぎて、ようやくこのようにして生き延びていることを、あの方に知ってもらいたい。そのときのことばをわたしはここまでのすべての歳月をかけて思いついているのです……。夢がふっと交差すると、彼女の耳奥で、アリョーシャと呼ばれた若い人の声が甦った。夢のお告げのように、そうだ、彼はあの方にきっとどこかで会うだろう。ヤマナラシの葉むらが鳴り止んだ。

4　岐路

漆黒の闇のなかを、二人を乗せたチェルヌシュカは疾駆した、いや疾駆したというより、それはとても緩やかな優しい速歩にすぎなかったのに、アリョーシャがユスポフの腰に腕をまわしてほとんど目を瞑っていたからだった。彼は漆黒の夜の闇をまるで地獄下りの急斜面のように感じていたからだった。激しいイラクサが足に絡みつき、血を流させるように思われたのだ。しかしこの夜は地の果てまでというように寝静まった曠野の、その地上だけを漆黒に塗りながら、空ではありとあらゆる夏の星座が楽器の伴奏のない歌を降らせ、その幾日かのちには満月へと満ちて行くはずの上弦の月が鎌のように浮かんでいた。アリョーシャが馬に乗れるかどうかユスポフは殆ど斟酌しなかった。アリョーシャはと言えばたくみに背後に乗ってチェルヌシュカの速歩にリズミカルに身をあずけているではないか。それもそのはずだった。というのも彼は子供時代に乗馬の経験があった。そして落馬して、右足の踝を痛めた。やがていつのまにかその打撲傷は治癒したが、右足がほんの少しだが短くなって、普通には分からないが、急ぐ歩行になると、それとなく足をひきずるようになった。その落馬の思い出は忘れられない思い出の一つだった。

旅芸人の一座に馬芸を見せる人がいて、その馬に乗って、みんなで森の湖の草原で楽しんだ夕べのことだった。だいぶ乗馬に慣れて、みんなが夜の水浴びをしているとき、一人乗りが許された馬が突然小丘へと走り出した。彼は岩石のある草地に振り落とされた。みんなが彼の姿が見えないので松の焚き木の炎を掲げて探し出してくれたのだった。いま、アリョーシャはこの激しく優しい馬から、ユスポフの背中から、振り落とされるのではないかと思っていた。やがてユスポフはゆるやかな歩みへと馬をみちびいた。そしてそのあとの出来ごとが、後になって幾ら思い返しても、夢のような、ほんとうにそのことがなぜ起こり得たのか、どうしても分からない謎として残ったのだった。

アンドレイ・ユスポフは、アリョーシャに声をかけた。チェルヌシュカはそのとき何か主人の気持ちをすべて感じとったかのように歩みを止め、そして立て髪を揺すり、頸を下げ、かすかに嘶《いなな》くように右足の蹄で草と大地を掘り起こすようにしたのが分かった。ほら、ここが第七里程標だ――とユスポフが言った。もう近いのでしょうか、とアリョーシャは言った。若い友よ、さあ、ここで降りよう。ここまでだ、そう言ってユスポフは大地と草の上に降り立ち、そのあとアリョーシャに両腕をのばして寄こした。チェルヌシュカを里程標の角柱に繋ぐ必要もなかった。堅牢な樫の木の里程標の上方には飾り文字が深く刻まれている。二人はこの里程標のそばに坐った。馬の影がかたわらにあった。アリョーシャはこのとき、てっきり、馬の疲れを癒すために、ここで休息をするのかと思った。ひと晩に馬が走れる距離は決まっている。だから換え馬が必要で、そのために駅逓所もある。しかし、このチェルヌシュカはユスポフ自身の愛馬だった。ユスポフは里程標のそばに灌木のように葉をひろげて生い茂っている牛蒡《ごぼう》を静かに罵った。それからブリヤン草のくきを引き抜いた。腰に巻いた剣と胸に下げた短剣の柄が星に輝くようだった。そして、言うともなく話し始めた。

——いいかい、若い友よ、ここでわたしの話を聞いて、わたしの正しい証言者となってくれたまえ。わたしはすでにあなたを一度信じた。そして雷に打たれても死ななかった、神のご加護あるあなたにふたたびあの駅逓所で出会った。わたしはもちろんあそこに部下たちを残して来た。いいかい、ここまでがわたしの限界だったのだ。実はわたしはあのマリヤ・ユーリエヴナにもそれとなく言ったつもりだった。ただ、最後の決心はつかなかった。いいかい、わたしは十九のときからこれまでの数十年間、わたしの時代のすべての戦闘に加わって来た、そしてここまで奇蹟的に生き延びて来た。すべては僥倖だった。幾度死の境を越えそうになったことか。どれほどの血を浴びて来たことか。どれほどの戦友を失い、また人々を殺すはめになったことか。これは立場としては当然のことだった。わたしのことを言えば、祖先は遥か北方の海に浮かぶノルマンの島、そこから遥々生き延びるためにこの豊かな新天地にやって来て征服を繰り返して来たリューリックの末裔の一人なのだ。生まれ落ちると同時に戦士として、騎士として生きざるを得ない生まれなのだ。しかし、もうそれはいい。もうたくさんなのだ。それは本来のわたしではない。わたしが殺して来た人々の顔を思い出さないことが一日でもあっただろうか。

四年前になろうか、わたしが死屍累々たる勝利の戦場から引き揚げて来る途中、日暮れの針葉樹の暗い一本道で、とある老いた呪術師に出会った。無礼にもその呪術師は、わたしの馬の前に来て、言うにこと欠いて、その杖を天に突き立てながら、あなたはいずれあなたの馬で死ぬ、と言ったのだ。勝利の後だったので、わたしはしかしその老いた呪術師をとがめず、予言の占いに感謝さえして、そこそこの褒美までとらせて、立ち去らせた。確かに、わたしは、どこかでもちろん同様の予言を聞いたことはあった。よくある話だ。（と、このときアリョーシャは、それはオレーグ公の遠いむかしの言い伝えです！――と口をはさんだ）。おお、あのオレーグ公の言い伝えであったか……そうであったな……。そうだったか。あの英雄は自分の愛馬で、いや、愛馬の骨に巣食っていた毒蛇に噛まれて死んだ、そうだったかな？　なるほど……。そのときわたしに最初の疑いが生まれたのだ。自分はこのまま、あと何年このようにして生きねばならないのか。そのような生き方に意味があるのだろうか。もちろん、公国を確固たるものにして人々を守ることにはなっても、はたしてそれが本当の使命なのだろうか。わたしは国のことを内部のからくりを知りすぎた。

クシジャノフ公は、それは大変なお方ではあるが、わたしには恐ろしいのだ。勝利のたびに、わたしは夜明けのあの人の執務室に呼ばれることがあったが、ねえ、きみには想像がつくまいよ、まるで洞窟にひそむドラゴンのようで、黄色い目をした小男が闇の奥から問いかけるのだ。いったいこの人はこの世からさらにどのような生きた貢物《みつぎもの》を求めているのか、測りがたいものがあった。この広大なルーシの大地を一つにするという野望はそれはものすごいことではあるが、わたしのようにひたすら戦場で人々を死にいたらしめている者にとっては、空虚なたわ言にしか思えないことが多かった。わたしが仮にこの方の下で、それなりの領国を任せられることになったとして、それにどれほどの意味があるだろうか。わたしは、そうだね、オレーグ公の、二の舞になるところだったのだね。あの老いた呪術師は、その昔の言い伝えをまだ持ち歩いていたことになるが、それは今も真実を言い当てていることになるのではないかね。わたしがわたしの馬、わたしのこの愛馬チェルヌシュカで死ぬということは、わたしが戦場で死ぬということに違いない。わたしはそのような死をまだ死ぬわけにはいかない。わたしにはいまなすべきことが残されている。愛馬を捨てる。それはわたしが戦場を捨て去るということだ。わたしは死の世界ではなく、命の世界へとわたしの運命を変えなければならない時なのだ。そうだね、わたしはオレーグ公のような英雄ではない。血統としてリューリックの末裔だと言っても、わたしはただ前線で生き死にする騎士長に過ぎない。わたしは死の戦いの一つの駒に過ぎない。わたしは実はこの思いを、あなたが昏睡している間に、マリヤ・ユーリエヴナに打ち明けた。彼女は涙を浮かべていた。彼女の来歴をわたしは知っている。彼女はいわば一人のマリヤ・マグダレーナなのだ、そして今は駅逓所の管理人だ。もちろん、彼女には師がいる。その師のために彼女は生きている。わたしもその師に会ってみたいのだ。そのお方がこの世におられるのかどうかは知らないが、かならずどこかに生きておられるに違いない……

そして彼は夜空の星たちの中に立ち上がった。アリョーシャが頼まれたことは、この愛馬に乗って無事に城砦に出向き、彼の旅立ちを公に告げて寛大な許しを得ることだった。あなたにはできる、と彼は里程標に手をかけながら言った。もはやわたしにこのようなものはいらない、そう言って彼はアリョーシャに螺鈿《らでん》を散りばめた短剣を与えた。いや、と彼は微笑む。人を殺すためでも、生きるためにでもない、強いて言えば、役にも立たないがアンドレイ・ユスポフの形見に。いや、どうかね、きみは袋のなかに沢山のクルミの実をもっていたが、クルミ割りにでも使い給え。いや、どうしても路銀に困ったら、売り払いなさい。ひと月ふた月くらいの旅の足しにはあまりあることだろう。彼はがっしりとアリョーシャを抱擁し、それから馬に乗せてくれた。素晴らしい鞍だった。馬上でアリョーシャは、自分がいま聖ゲオルギーのようになったかのように思った。ユスポフは愛馬の額を撫で、プロシチャーイ！　と囁《ささや》いた。永久の別れを言ったのだ。チェルヌハの大きな目が潤んだのか、星の瞬きが映った。さあ、行け、神のご加護あれ……。アリョーシャは第七里程標を右に、アンドレイ・ユスポフは大道をまっすぐに闇にのまれて行く。星たちよ、護れ、別れ行く友を……

5　こころみ

ユスポフの愛馬にまたがって跑足《だくあし》で疾駆するアリョーシャは、洞窟のドラゴンに向かって荒れ野を疾駆する聖ゲオルギーの気持ちになって高揚していたが、突然立ち止った。チェルヌハが先を嫌がるように思われた。頭上には見上げるまでもなく銀河が大きく蛇行しながら流れ、傾き、彼の行く手をさえぎった。渡るべきか、渡らずに、引き返すべきか。ユスポフは戦場を共にして来た愛馬を捨てた。そしてこの自分に託した。しかも騎士からの解任の釈明を託した。そこまではいい。しかし、その先はどうなるだろうか。わたしはもちろん、城内に迎えられ、そしてクシジャノフ公の部屋に通されるだろう。獣脂の強烈な臭いのロウソクが銀の燭台で炎をあげている。その奥の卓上に彼の顔が隠れている。黄色い眼が何かを畏れるように見つめる。じっと沈黙してこちらのことばを待つ。アリョーシャは身震いした。チェルヌハも首を振った。もう闇の中に、前を流れる川とそのヤナギの木々が鬱蒼と揺れている。橋を渡るのか、平底舟で渡るのか。かがり火が燃えている。

アリョーシャは来た道を振り返った。闇の果てまで低く星たちが敷き詰められている。そして荘厳な歌のようなものを歌っている。この蒼穹が無窮の伽藍《がらん》なのだ。勿論わたしはユスポフとの別れについて説明するだろう。目の黄色い頭だけ大きい小男は問うだろう。そして頷くだろう。現世でのこの動乱の世で何を実現してこの国の民を幸せにすべきか、そうでなく、身勝手にこの現世を出て行くのか、どちらが大事なことなのか。まだまだこの世に血は流れる。それに耐えられないようでは、もはや騎士ではあるまい。この世のために死ぬる覚悟でなければ、もはや万事休すだ。で、あなたはどうだね？　わたしの面前に通されたということは何を意味するか分かっているのかな？　即刻あなたはユスポフの身代わりとして処刑されるだろう、あるいは、捕虜のタタール兵どもと一緒に、苦役の流刑がお望みかな？　アリョーシャはどう答えられるだろう。そしてアリョーシャは言うだろう。ユスポフは命を選んだのです。あなたは死に与《くみ》して命を選ぶのが騎士だと仰るでしょうが、わたしもまた、ユスポフの立場であったなら、同じようにするでしょう。今は命について語るべきです。すると、黄色い炎の奥から小男がじっと見つめる。アリョーシャは凍りつく。そこへ小男が方向を変えてたずねる。

あなたはユスポフをどう思うのかね、あなたと同じような人物かね？　この瞬間、アリョーシャは危機に立たされる。答えは二つに一つ。さあ、どちらなのだ。アリョーシャはユスポフの信頼を思い浮かべた。その瞬間、アリョーシャは答えた。いいえ、あの方はすぐれた騎士長です、しかしわたしは彼とは違います……。――いま、馬を止めたままアリョーシャはこの川を渡ってしまえば、どのような対話がなされるか想像して再び凍りついた。引き返せ、と星たちがささやく。ヤナギの木々が風に泣く。なぜなら、馬上から眼を凝らすと、ヤナギの大木の大枝にはタタール兵の生首が鈴なりになっている。生臭い血のむせかえるような臭いが風でかきまわされる。チェルヌハの興奮はこの血の臭いによるのではなかったのか。かがり火に照らされたように、切り離された胴体がうずたかく岸辺に積まれ、闇のなかで狩りだされた住民たちが川へ運ぶ。川べりのイラクサや背の高い芦が押しつぶされてざわめく。アリョーシャは馬から跳び下りた。チェルヌハよ、わたしがいまおまえに跨ったままこの浅瀬川を渡れば、呪術師によるユスポフへの予言をわたしが成就《じょうじゅ》することになる。わたしが馬で死ぬことになる。わたしの夢想のなかでまだ聖ゲオルギーは疾駆を断念したわけではない。ユスポフの離脱逃亡の釈明をしたところで、何の意味があろう。そうだ、ユスポフはわたしの友情と信頼をこの依頼によって試したにちがいない。わたしがこの城の逆茂木《さかもぎ》の直前で、どのような身の振り方をするか、わたしを試したのだ。

動乱の歳月の現実を子供の頃から嘗めて来たアリョーシャは、一方では、現世の秩序を回復するには血を血で洗ってでも成し遂げるべきだとは思いながらも、しかし、これまでのこの世の光景を見知ってしまうと、これではもう先へ進めないと思うようになっていた。自分のこの年で、若さで、見るべきものはすべて見たとでも?……では、どうすべきなのか……。アリョーシャは、難病で荒野へと立ち去った父、タタールに拉致されて生きのびているはずの母、その異父妹のことを思って、呼びかけた。父よ――、今このわたしには大きな世界を作り出すよりも先に、まず、あなたがたを、この手でどうにかしてさし上げたいのです。どれほど長くても、どれほどの長寿であろうとも、この星たちの永遠にくらべたらわたしたちの命は短か過ぎるのです、なにほどのことがあるでしょう。たちまちにして枯れて、火にくべられる運命だとすれば、この世の権力や王国の成就など何ほどのことがあるだろう。

アリョーシャは、いまどこかの森か、生い茂る草原の中を休まずに歩いているはずのユスポフに語りかけた。わたしを試した経験豊かな騎士よ、わたしもまた、馬によって死ぬことがないようにとわたしを試みたのですね。そしてわたしはあなたとは違う道を見いだして、いつか、生きてさえいれば、会う事になるでしょう。過ぎ去った時代の数十年を、そのとき思い返して、語りあうことになるでしょう。アリョーシャはユスポフの馬から袋を下ろすと、肩にかけた。いや、このまま川に送りだせば、おまえはどうされるか。アリョーシャはユスポフの形見の螺鈿の柄の短刀を袋から取り出した。さあ、おまえも、これまでの死の戦いから自由になって、生まれ故郷の大地へ帰れ。たとえ、生きようとして流れて来る移住民の開墾に使役されようとも、いくばくかの麦の取り入れのために役立って、命を終えよ、そう言いきかせながら、轡《くつわ》の革ひもを切り、重い鞍を外し、草の中に坐らせ、揺りかごのように草に埋もれたチェルヌハを裸馬にした。そして叫んだ。行け、チェルヌハ、大地の果てまで疾駆せよ、そして荒野で生きたければ荒野で生きながらえ、あるいはまた僥倖によってよき伴侶の流亡馬と巡りあったなら、その馬がタタールの馬であれどうであれ、最後まで睦みあってしあわせに生きよ。アリョーシャはチェルヌハを強く打った。一度振り向いたチェルヌハは翼あるもののように闇の中へと走りだした。

アリョーシャはいまこの世でたった独りきりだった。袋を肩に掛け、急ぎ足で、元来た道を歩き出した。やがて大道から外れ、大熊座の星を目印に、北に向かって進んだ。行き倒れるとしても、草の花たちの中だ。あるいは雷雨に洗われてだ、いや、何を恐れることがあるだろう。わたしはこの世に何のためにもたらされた者なのか、それを見極めるまでわたしは倒れないだろう。

やがて暁の曙光がうっすらと地平線にブリヤン草の影をもたらした。そのとき彼は、小さな三畳みの聖像画を取り出して祈りたいと思ったが、袋の中に見つからなかった。彼は思い出した。マリヤ・ユーリエヴナのあの駅亭の部屋の卓上に忘れて来たのだ。そうだ、あの聖像画は彼女とともにある……それでいい。それはこの先、わたしにわたしの新しい聖像画を造れということではないだろうか……。今ごろ、ユリウシュさんは北にむかってどこまで行っているだろうか。写本の学僧のオレーグは聖像画家の師に随いてどこを歩いているのだろうか。アリョーシャは足を早めた。旅芸人の一座の十年の流離いで鍛えられた足だけが頼りだった。衣服の裾が朝の露でびっしょり濡れている。万一のことがあるので、彼は小舟を漕ぐように腰まで来るブリヤン草の波の中を進んだ。

第三章

1　天涯の孤児のように

七月の雷雨の中を幾日歩き続けたのかもうアリョーシャの意識にはなかった。一日中、人に会うこともない日が続いた。大地がこのように広大で終わりがないことが、たった一人でそこに投げ出されてみると、信じがたいほどだった。鳥を見かけることも少なかった。夜はオオカミが恐ろしかった。小丘があればハシバミの根方に焚き火をして朝を待った。彼には地図というものがなかったが方角だけは確かだった。手持ちの食料もほとんどなかった。水だけが頼りだったが、ようやく、一つ二つの木小屋に行き会うと、わずかの食料の施しを受けた。

人々はみな貧しかったが、アリョーシャをまるで流離《さすら》いの離れ修道僧だというように接してくれた。アリョーシャはすでに子供の頃から父に教わっている祈りのことばを唱えた。広大な大地に雲と一緒にケシ粒のように点在する移住民の丸太小屋は、それであっても、入口の間《ま》に入らせてもらうと、居間の奥の角には聖像画があって、暗い炎のように赤い色彩がことさら美しく見えたものだった。庭の貧相な果樹にはちいさな青いりんごが成っていた。それを袋に入れてもらうこともあった。薄いカーシャの深皿を出してもらえることもあった。そういう人々はほとんど無口だったが、自分たちがどこから来たのか懐かしい思い出のように話してくれることがあった。アリョーシャは耳を澄ませるようにしてそのことばを聞いた。

ことば数がどんなに少なくても、そのことばのひびきや間合いから、アリョーシャは人々の、その家族の気が遠くなるような来歴を思い浮かべることができた。そういうとき彼は薬草茶をいただきながら、彼らのありったけの思い出の野辺に立っているように思った。なぜこのようにしてまで命をつないでいるのだろうか。いや、偶然にこのようになり、それを必然のように苦労してつくりあげ、明日をも知れない生きざまだと知りながらもこの日一日を生きているのだ。まして居間の隅っこでうずくまるようにして襤褸《ぼろ》を繕っている老婆の思い出の深さといったら筆舌に尽くせないものがあるように思われた。とくにその眼が青い場合などは、言いようのない流亡の辛酸といったものが漂っているように見えた。あなたさまは何処から来なさった、そしてどこへ行かっしゃるのかえ——というように古いひびきのことばで不意に言われて、なおのことアリョーシャはこの人たちの流亡の原因について思いを深めた。そういう移住民の丸太小屋の家に出会うと、やがてはその先にそれなりの修道院がある村に行きついたものだった。つまり、修道院が出来て後、その辺りに移住民が集まって来て、開拓が行われ、修道院の援助もあって、耕地も広げられ、小さな村が出来ていくもののようだった。そういう村では、アリョーシャは真っ先に修道院の門をたたいた。というのも、彼は遥かな地に隠棲するコジマ長老宛ての紹介状を大切に持っているからだった。それが分かると、そうした村の修道院では彼を大事な客人のようにもてなしてくれた。

数日、僧坊におかせてもらい、旅の食糧をもらい、さらに安心して先へ進むことができた。不思議な人々にも会った。不思議な、と言ったが、それは何か生き生きとした静けさのような雰囲気だった。写本をしている院内の離れの二階にある明るい小部屋に案内されたときは、その仕事場に驚かされたのだった。仕事は、まるで絵を描いているようだった。その細やかな手仕事は、一日に何行書けるだろうかと訝るほど、手のこんだものだった。飾り文字の美しさといったらなかった。しかも彩色されているのだ。アリョーシャは、ことばというのは声で言うものだと思って来たものの、このように書かれる、文字で書かれるということが、どのように大事な仕事なのか知ったように思った。もちろん彼はこのような教会の厳粛なスラブ語についてはほとんど知らなかったが、それでもすべてが分かるように思ったのだった。というのも、話しことばを、もっと簡潔にぎゅっと圧縮して、文字にするのだ。そのときにことばに何かが起こるのだ。案内してくれたネズナンヌイという碩学の老修道士にアリョーシャが訊ねると、思いがけない答えが返ってきた。お若いひとよ、たとえて言えば、この世でみなさんや、わたしどもが生き生きとたくさん話していることばとは、果樹園のりんごの花のようなものです。そうして、いまこのように写している文字のことばは、たとえて言えば、りんごの実とでも言うべきなのです。このときアリョーシャは、僧坊の窓から輝いて見える修道院庭のりんごの木々をながめた。まだ若いりんごの木々が緑をいっぱいに茂らせながら、その枝枝に小さいりんごの実をたわわにつけている。剪定をしないらしくりんごの庭はまるでりんご林とでもいうようだった。あのまま青いままで食べられるりんごなのだ。そうだったのか、文字で書かれたことばは、りんごの実なのだ。そしてわたしたちが無尽蔵だとでもいうようにしゃべっていることばは、りんごの無数の花だったのだ。花びらだったのだ。アリョーシャは眼を細めて、写本の手を休めたネズナンヌイ修道士のそばにかがみこみ、これはどのように読むのでしょうか、とたずねた。

老修道士は子供でも見るような眼で、これはマルコ伝ですよ、ほら《ノ　ヴ　トゥイヤ　ドゥニー　ポ　スコルビ　トイ　ソンツェ　ポメルクネット……》、お分かりかな、そうそう、そうです。その日々、悲しみゆえに、太陽は暗くなる、という意味ですな。いまわたしどもが話していることばよりも、もっと引き締まっているのです、まあ、むしろどうでしょうか、奥地の森人や農民たちが話している舌足らずのことばのようでさえあるけれど、おもしろいことですね。これは権威ある教会の書きことばではあるのですが、しかしそれだけではありません。これはわたしたちの数百年もむかしに舌がくっついたように話していたかのように今からでは思われるでしょうが、いいや、これが本来だったのでしょうね。だから、わたしどもはこの文字でことばのひびきを聞くと、魂が震えるように思うのです。なにしろ、りんごの実ですからね、花よりははるかに実質があるのです。ことばは綺麗な花だけではなりません。実質がないといけないのです。そう言って彼は、聖像画に添えるようにしておいてあった青い、明るい薄緑色の小さなりんごの実をアリョーシャの手にのせた。さあ、ご訪問の記念に、差し上げましょう。

そしてまたふたたび、アリョーシャはこの先、千ヴェルスタも先へと進まなければならないのだった。七月の太陽に焦がされ灼かれながら、修道院でわけてもらった新たな粗布の衣服を腰紐でくくり、幾度でもふたたび歩き出すほかに道はなかった。ことばを声に出しながら、まるで痴愚放浪者のように歩き、意識が薄れてくるにつれて自分が天涯孤独の孤児だというような思いが募る。父とも母とも生き別れなのだ。そしてその他の親類は果たしてどこかにいるのだろうか。いや、夢のように覚えているが、母方にだれか、いや母の弟がいたのではなかったろうか。父方にはどうであったろうか。母方の姓は、たしか、ヴィヤゼムスキー……。そんなことを思いつつ、自分がこの世のこの広大無辺の大地では何の意味もない一粒の麦にもあたらないように思った。

修道院を出てからまた数日後の夕べに、アリョーシャは平原の中でほんの少し丘陵になった細長いクルミ林の中を進んでいた。日が落ちたので野宿の準備をした。キイチゴの大きな灌木があった。夕べの中で大切にキイチゴの実を摘んで食べた。それから眠りに落ちた。そして明け方だった。目覚めの前に静かな夢が引いていく。そのとき、ユスポフの愛馬のチェルヌハが夢に現われた。チェルヌハの名は、黒馬という意味だった。しかし実際は、チェルヌハは美しい白馬だった。なぜユスポフが自分の白馬にチェルヌハという名を付けたのだろうか、聞きそびれてしまったが、それには何かの暗示が秘められているに違いなかった。夢から覚めたとき、低い丘陵の下の草原を、夜明けの曙光に染まりながら、一頭の白馬が夢のように駆けているのが見えた。あまりの神々しさにアリョーシャは魂が震えてその白馬を眼で追った。草原の草は夜明けの露に濡れて、白馬はその膝まである草の波の上を飛ぶように疾走している。いや、駆けまわっている。離れ馬だというのだろうか。あれがもしチェルヌハだとすると？　いや、それはあり得ないことだ。だれかの持ち馬に違いない。とすれば、ここはどこだろう。どこか大きな村か、どこの領主の土地なのか。いや、神があの白馬を？

そしてまた眠りに落ちた。眠りに落ちながら、アリョーシャは、起きなさい、という声が遠くでひびくのを聞いていた。白馬は翼あるもののように夜明けの曙光と露に濡れながら駆けまわっている。歓喜にみちあふれ、その純白な優美と力強さをふくらませ、あるいは引き締め、あるいは後ろ脚で立ち上がり、全身が命にみちあふれて、そしてアリョーシャをつつみこむ……、彼の中でいままでになかった変化が始まったようだった。

2　ナスチャ川で

あなたはどこのだれだ、どこから来てどこへ行くのだ?――その声でアリョーシャの夢は吹き飛んだが、目の前に立っていたのは赤いほどに金色の髪を頭にぐるぐる巻きにした、黒い瞳の若い娘だった。若いと言ってもアリョーシャには自分よりも若いというように感じられただけだった。まだあどけない笑顔を無理にひそめているようだった。アリョーシャの答えを待つようにして、答えが明瞭に分かると、安心したように、マリーナの灌木の下をくぐって小丘に立ち、夜明けの草原に向かってよくひびく叫び声をあげた。叫び声はまるで角笛のようにやわらかく草原の朝の空気を通って行った。

分かった、若いひとよ、あなたは旅の途中らしいね、わたしについてくればいい、そう言って、アリョーシャに手を差し出した。彼は吃驚した。これまで若い娘の手など握ったこともなければ、そのようなことを想像したこともなかった。娘は挨拶のつもりなのか、アリョーシャが立ち上がる前にぐっと力一杯にひっぱって、アリョーシャを立たせた。彼女はシナの木の皮で編んだとわかる目の詰んだ手籠をもっている。中にはキノコや薬草らしい草花と、キイチゴの実が入っていた。すっかり成熟した身体つきのこの少女は、娘にはちがいないが、ただの移住民や昔からの定住者とは明らかに異なっている。それはことばで分かった。彼女のことばは、軟音が欠けているようだった。それでことばがぶっきらぼうで強くひびくのだ。それでまた野性的な印象がもたらされたのだ。最初アリョーシャは恥ずかしいように感じたが、慣れてみると彼女のことばの方が自然だった。アリョーシャはどちらかというと歌うような調子のことばだった。一緒に来なさい――という言い方でも、イッソニ来イ、というふうに強く聞こえた。アリョーシャが彼女にじっと見つめられながら、持ち物の袋を肩にかけたとき、キイチゴの灌木のそばに、あの夢のような白馬が音もなく、鼻を鳴らすこともなく来て草を喰んでいて、アリョーシャを驚ろかせた。

アリョーシャがこの不思議について問うと、彼女は、あたしの馬だ、と答えた。アリョーシャはさらに驚ろいて、あなたは裸馬に乗るのか、と訊いた。彼女は声をあげて笑った。笑ったときに糸切り歯で唇の端っこが少しだけめくれて、娘というより、まだあどけない少女のままに見えた。彼女が先になって小丘を下りはじめる。白馬は手綱をひかずとも彼女と並んで歩く。アリョーシャはまだ夢を見ている気がした。彼は急に元気になって、矢継ぎ早に彼女に質問を浴びせもし、また自分のことを語り始めた。彼女の方もそれなりに相槌を打ちながら、自分のことを話す。アリョーシャは彼女の名を知った。姓を知ったときにはさらに驚かされた。《チェルヌイフ》?――と彼はほとんど叫ぶように言った。彼女がいかにも怪訝《けげん》な様子でアリョーシャを見つめたので、彼はその説明をした。若いナスチャ・チェルヌイフ、わたしは、別れた騎士長の白馬を知っていたのです、あんなに美しい白馬なのに、名前が《チェルヌハ》だった。そしてこの夜明けにふと眼が覚めたときに、このあなたの白馬が神々しい曙光をあびながらこの草原を駆けまわっているのを見たのです。そしていま、この白馬の持ち主が、チェルヌイフという姓だったのだから、この符合に吃驚したのです。彼女は、符合《フゴウ》？――と、このことばの意味がのみこめなかったらしく、聞き返した。ははは、とナスチャは笑った。あたしの瞳は黒い。だから、あたしの姓もチェルヌイフ、黒い、という意味だ。タタールの血が半分流れているから、と彼女は振り返った。彼女の黒い瞳が、アリョーシャの褐色の瞳と重なった。すぐにアリョーシャはあの夜、クシジャノフ公の城砦の流れのほとりのヤナギの大木に吊されていたタタール人たちの首を思い出したがすぐに封印した。

草原に出ると朝の気持ちのいい速い風の流れがあった。草原の花たちは光と風に揺れながら歌っていた。すでにアリョーシャの名を知った彼女は、語尾を長くして、アリョシャー！　というふうに言った。あなたは馬に乗れるのかい？　アリョーシャはすぐに答えた。裸馬でも？　分からないが、なんでもない。よし、乗れ、あたしが乗ったら手を引っ張る、あたしのうしろに乗れ。そう言って彼女は白馬を草原の中の土饅頭があるところで止め、土饅頭の上から簡単に馬の背に飛び乗り、ついでアリョーシャを引き上げた。彼女は、あたしのからだに両手を回せ、と言った。そのときアリョーシャは彼女の草花の匂いと汗と肌の馨しい匂いに気が遠くなるような気持ちで彼女の背中に触れ、両手で彼女の腰をしっかりとつかんだ。そして白馬は走り出した。

草原の海はつぎつぎに後ろに去って行った。こんな至福に出会うとは夢にも思わなかったアリョーシャは子供時代へと一瞬戻って行った。草原を回りこんだとき、一筋の川が見え出した。馬上なので手に取るように川の流れが黄金色にかがやいて見えた。そして彼女が川の方に向かって向きを変えると、今度は川は紫色や青色に変わった。ババさまに会わせるまえに、アリョシャアー、あなたは身体をきれいにしなければならないよ。川で水浴びしないといけないよ、そう彼女は言った。

この川はあたしと同じ名前だ、ナスチャ川だよ――ナスチャは言った。岸辺は七月の草花と背の高い夏草、スゲ、牛蒡の大きな葉でおおわれていたが、踏みしだかれた細道を行くと、川の小さな入り江に造られた船着き場のように、杭打ちに板敷きの小さな桟橋があった。そのほとりに小さな丸木舟がつながれている。二人は水に飛び込んだ。いまはじめて自分の体が悪臭を放っていることに気がついたアリョーシャは、ナスチャの前で羞じるゆとりもなく我慢しきれずに最初に飛びこんだ。髪を巻き上げたナスチャはスゲの蔭から泳ぎ出した。朝日はみるみるうちに高くなり、七月の朝は草原に暑い風を吹きつけ始めていた。修道院で見せてもらったあのマルコ伝の一行、悲しみゆえに、太陽が暗くなる――というひびきは嘘のようだった。ここではすべてが喜びゆえにますます明るく輝きだしている。大きな水面に魚が飛び跳ねる。川カマスにちがいなかった。いや、ボラだったのかもわからない。

水から上がると草の上に広げられた衣服は太陽に消毒されていい匂いがした。ナスチャは頭からかぶるだけの寛衣を幅の広いなめし皮の帯紐でくびれた腰部を締めあげた。彼女はアリョーシャのずいぶん伸び放題になった髭に手で触って、可笑しくてならないとでも言うように笑うのだった。こんなに若いくせしてこんなに髭もじゃだ、ババさまにはよく切れるハサミがあるから切ってもらいなッし、そう言ってまた笑う。さあ、どこの馬の骨とも知れない若いアリョシュカよ、ババさまの所に行こう。やはり、ババさまの占いがあたった！――と彼女は言って立ちあがった。キイチゴの丘で髭もじゃの若い男に会ったら連れて来なさい、そうババさまが言ったというのだ。

3　祈禱師

水浴びを終えるとナスチャが言った。アリヨシュカ、先に乗れ。ここは断れない。アリョーシャは彼女の手に足を乗せてもらって馬の背に跨った。今度は彼がナスチャの手を引くと、彼女は軽やかな身のこなしで後ろに跨った。彼女は軽くアリョーシャの痩せた胴に腕をまわして、ベラチカ、行け！――と声をかけた。馬はアリョーシャの手綱さばきに関係なく早足になった。うっすらと立ちこめた川霧はもうどこにもなかった。草原の遠くに緑の黒ずむ森に縁が帯状に右に伸びている。うしろからナスチャが、うまい、うまい、そのまま、とアリョーシャの肩越しに声をかける。裸馬の背中がこんなにどっしりと深いのか、アリョーシャは安心できた。鞍なしだと滑り落ちるのではないかと不安だった。ユスポフの後ろに乗せられたときよりはるかに安定感があったし、うしろではぴったりとナスチャが護ってくれている。《ベラ！　だく足》と言って、彼女がベラチカの横腹をヤギ皮のかかとで軽く蹴ったのが分かった。アリョーシャは思わず前かがみになった。いい、いい、もっと、そのまま、彼女が声をかける。風を切るようだった。

野アザミの茂みがまるで宝石のかたまりのように過ぎ去り、矢車草の花たちは左右に道をあけた。谷地坊主のかたまりは軽く越えられた。そして踏みならされた細いひとすじの野道に出る。もうベラチカは見知らない騎手の手綱さばきなど意に介さなかった。ナスチャは風のようなことばで囁いた。あたしは、乗馬尻よ！　それがアリョーシャには何のことか分からなかった。大きな声で、何？　とアリョーシャは聞き返す。彼女は笑った。それがアリョーシャには最初、ポプと聞こえたので、《司祭》って？と聞き返す。するとまた笑いながら、《ポパ！》と答える。アリョーシャは顔が火照った。それは臀部のことだ。アリョーシャは《ヤーゴヂツイ?》――と言い直す。ナスチャがアリョーシャを後ろから強く抱き締める。ベラチカは野道を走った。アリョーシャはまるで自分が馬上で婚礼をしているおとぎ話のイワン王子のように思った。馬の尻は大きい。後ろではナスチャの尻では落ちそうではないか、アリョーシャは気が気ではなかった。

やがて森の縁飾りがぎざぎざに見えだし近付いた。松林だった。松林はヴォルガの船の帆柱のように空を支えて静かに波立っている。高さを西風が渡っているのだ。ナスチャが方向を指図した。アリョーシャが手綱を引くまでもなくベラチカは野道から森の小道へと進んだ。マルファばばさまが待っているよ。もうすぐ。ナスチャがささやいた。松林の中の空き地に、三本松が立っていた。一本が落雷にやられたのに違いなく、真ん中から裂けたように折れていた。その真下に、小ぶりな丸太造りの小屋が立っている。そして草地になって、家の木の入口の階段が見えだした。ニワトリたちが真っ赤な布切れのような鶏冠を揺らして飛び回っている。オオカミのような黒犬が寝そべっている。彼女は、わたしたちはここに居る――というような言い回しで、着いたことを言った。先にナスチャが跳び下りた。アリョーシャは彼女に助けられて跳び下りた。袋は肩に背負っていた。ナスチャは手籠をいったいどうやって持っていたのだろうか。彼女は手籠をもう手にかかえている。庭に立つと、鼻孔が奥まで清涼になるほど馨《かぐわ》しい匂いがみちていた。ウイキョウの白い花序が辺りいちめんに黄色く揺れていた。まるで夢の中の無限花序のようだ。いま花の中にいるのだ。アリョーシャは懐かしさで一杯になった。この香りはまちがいなくウィキョウだね、とアリョーシャが言った。ナスチャは、そうだ、と答えた。それがどうしたのかというように無関心だった。ウィキョウの裂けた葉っぱは花を咲き乱れさせながら、アリョーシャの背丈よりも高く茂っていた。なつかしい匂いのなかを、ナスチャに導かれて彼は丸太階段を数段上り、上りがまちの狭い入口に背をこごめた。

お若いひと、ごきげんよう、というようなくぐもった声と眼腐れのような眼でアリョーシャは迎えられた。この人がおばばさまだったのか。アリョーシャはこころをこめて挨拶した。よし、よし——というように彼女が呟いた。それが、《ホロショ、ホロショ……》と聞こえたのが可笑しく、アリョーシャはほっとした。居間に秩序があるのかどうか、ひどく混沌としているが、目が慣れると、中はとても秩序整然としているのにアリョーシャは驚いた。薬草らしい乾燥草花が丸太壁に一面に吊されている。横の長いラフカ椅子には毛皮が敷かれていた。小さい窓には、外で見たとき窓の軒に雨だれのような美しい飾りがついていたが、いま、その小窓には内側にも波模様の渦巻きが彫り込まれている。そして部屋の奥にはペチカのような炉の口が開いていた。その左わき奥に低い木板のテーブルが据えられていて、その上に奇妙なものが置かれていた。

お若いひと、さあ、坐りなされ、さあ、すっぱいクヴァスでも飲み干しなされ、ナスチェンカ、このお方に持って来なされ——というようにマルファばばが命じた。ふとアリョーシャはこの瞬間、自分がここに冬が来るまでとどまることになるのではないかと思った。いや、黄金秋が来るまで、ここにおかせてもらえたらという気持ちが不意に動いたのだ。ナスチャがすぐそばに来て掛けていた。ナスチャからウィキョウの匂いがぷんぷんした。そしてなるほど、立ちあがって奥に行くナスチャの乗馬尻が不思議に盛り上がっていて、まるで馬に乗っているように見えた。寛衣の腰を革ベルトで締めてあるのでいっそう目立った。菩提樹皮で編まれた小笊に彼女はマリーナの赤く熟れた実と蛇苺を盛って戻って来た。おばばさまの占いが当たったので驚ろいたよ、と彼女が言った。窓の外では七月の真夏日がしだいに燃え上り、太陽がぐんぐん白熱していたが、丸太小屋の中はひっそりと薄闇のまま、両開き戸の開けた窓からウイキョウの匂いが風と一緒に入って来て辺りに触れてまた出て行った。窓掛けの粗布がときにはひるがえるのだった。

お若いひと、とマルファが言い始めると、ナスチャが、アリョーシャだよ、と知らせた。するとおばばさまが、アリョーシャに正式の名前を、父称までふくめて訊ねる。というのも、これからあんたを占うには、それがとても役に立つのだと言うのだった。アリョーシャは、アレクセイ・ワシリエヴィッチ・ボゴスラフ、と答えた。——おほほ、それでは、アレクセイ・ワスリエヴィッツ、これからマルファおばばが、あんたの運命について語ることにしよう……。いま何歳だ？　よろし、ホロショ、ホロショ、生まれは？　なるほどリャザンだね、随分遠い遠い所だ。両親は？……彼女の質問は、おそらく占いのための材料になるのに違いないとアリョーシャは思った。

ナスチャはおばばさまと呼ぶが、見た眼にはマルファはさほどの老齢とは思われなかった。ただ眼が腐っているので年寄りに見えるのだ。鼻梁の高い、美しい顔立ちだった。プラトークで頭を包んでいるが、髪の色は亜麻色のようだった。眼の色は空色だったから、タタールの血ではなくやはりルーシの血に違いない。もちろん、部屋の奥に聖像画の棚がないのだから、まだ異教徒ということだろう。アリョーシャにはそれが不思議だった。それではナスチャはこのマルファとどういう血縁になるのだろうか。アリョーシャはナスチャの祖母だと思い込んでいたのだった。マルファは立ち上がって、奥の祭壇のような卓子《テーブル》の前にかがみこむ。アリョーシャもそのうしろに胡坐《あぐら》をかくことになった。ナスチャも同じだった。マルファがシャーマンであることが直ぐに分かった。大きな数珠をまさぐり始める。数珠には青鹿の骨やら牙やら赤い石やら革ひもやらがついている。そしてそばに小ぶりな平べったい太鼓がある。数珠をまさぐって何か祈りを述べるのがひとしきり終わると、今度は太鼓を打ち鳴らす。その音が心の奥まで響き渡る。アリョーシャは彼女のことばを聞き分けるのが最初は困難だったが、次第に早く打つ音に乗るうちに、まるでナスチャの白馬に乗っていたときと同じように分かる感じがした。

大地のすべての地霊と精霊の名が、聞いたこともないような異教的な名がつぎつぎに、花渦のように呼び出され、マルファのことばは速度があがり、ほとんど聞き分けられないところまで来るとまた下降して大地に下り、白馬が大空を疾駆し、ナスチャが太陽からジャンプしてここに降り立ったとでもいうように、彼女の別名であるらしいカーラ、カーラシュカという名が呼ばれ、するとナスチャがそばで声を殺して涙に濡れるのだった。それからアリョーシャの名が、ボーグ、ボゴスラフ、ボガスラウ……と呼びだされ、アリョーシャの生まれぬ先の世のいさおしと善悪とが述べたてられ、いまここにいるアリョーシャがすでに遥かな先の未来においてなすべきいさおしについて、太鼓の迅速な打音にあわせて披露されるのだった。アリョーシャは思わず、そばにいるナスチャの手を握る。マルファの祈禱は真っ白に燃え上がり、額には汗の粒がしたたり、やがて断ち切られたようにことばが失われる。アリョーシャにくっきりと分かったことばは、《チャーシャ》ということばと、ナスチャ姫という言い方だった。マルファは声が途絶える直前に、おまえは《チャーシャ》を書く者になる——という叫びだった。汝、ナスチャ姫を救い出せ、というようなことばだった。祈禱の没我からわれに帰ったマルファは、息も荒く、もう自分が何を言ったのか覚えていなかったのだ……。《チャーシャ》ということばがアリョーシャの中で銀色の音を響かせた。彼が知っている限り、それが《酒杯》という意味のことばであるに違いなかったが……

　七月のこの夕べに、ナスチャはふたたび白馬に跨って帰って行った。アリョーシャは丸太小屋の庭先に出て、彼女を見送る。もっと先まで見送りたい、と彼は思った。というのも、これでもう会えないこともあり得ると思ったからだった。祈禱のさなかに、マルファが幾度となく、アウー、アウー！ と人を呼び、それがボゴスラフであったり、チェルヌイフであったり、マルファははっきりとアリョーシャたちを呼び戻そうとして叫んでいたのではなかっただろうか。きみは、どこへ？——とアリョーシャは白馬に跨ったナスチャを見上げて言った。ヤナギのタターリノヴォまでよ……家があるの？ あるといえばある、ないといえばない、そう彼女は答える。神のご加護を祈るよ！ としか、このときアリョーシャには言えない。彼はそのタターリノヴォという集落がどこにあるかも知る由がなかった。ヤナギの木々に囲まれた川の村なのかも分からない。

　この思いの瞬間、アリョーシャに閃きが走った。わたしの生き別れの母もまた……、いや、覚えている名は、違う、違う。アリョーシャがさらに思いきって問いかけた。明日は？ 分からない。ナスチャは白馬に低くしゃがれた声をかけ、夕べの雲たちが染まった草原へと立ち去った。ウイキョウの茂みの中をかきわけながら、アリョーシャははっと思い出した。マルファの祈禱のことばに、ナスチャ姫の生まれの暗示があったことを思い出した。彼女の父は、ルーシの騎士だったのではないか！　まちがいなく彼女の母はタタール人だ！　この一帯の汗国のだれか……。まさか、ユスポフが?……、アリョーシャはこの不意打ちの妄想を打ち消そうとした。

4　ふたたび夜明けに

卓上の小皿で獣脂の炎がちろちろと燃えてこの夜は暗く更けて行った。祈禱師のマルファとアリョーシャは静かに語りあった。祭壇に立てかけてある弓の影が動く。並べられてある石たちの影が動く。アリョーシャはこれまでの自分の旅路を語る。マルファはときどき頷きながら繕いものの針を動かす。ダー、ンダー……、という頷く声を発する。若い旅人よ、そなたはここに八月の刈り入れの時までいなさるといいが、しかし、そうなればずるずると、黄金秋までということになるのは目に見えている。なぜというに、そなたの魂にはすでに慾がめばえて一夜ごとにそれは大きくなっていくだろう。ほほほ、あのナスチャのことだよ。それはいたって自然なことだから善も悪もない。あの娘も同じように思っているのがすぐに分かった。これは間一髪、どこから生まれてどこへ行くのか分からないような慾なのだよ。若いうちはなおのことだ。もしかりに八月までここに居ろうものなら、まんず、そなたの身は八月の太陽に灼き尽くされるだろう。それほどにあの乙女の慾は激しい。あれには、ルーシの国の激しい血が流れている。たしかにさる名のある騎士がタターリノヴァを襲ったときに孕ませたという噂は聞いてはいるが、その母がどうなったか、ほんとうの父が誰だということは全くわからない。生み落として後、その子を捨てて、タターリノヴァを立ち去ったとも言われている。一族がすべて殺されたのだとも言う。もし、そなたがここにとどまるならば、まちがいなくそなたは同じようなことになるだろう。ナスチャを孕ませてそなたはここを立ち去ることになるだろう。同じことを繰り返してはならない。この動乱の歳月はまだまだ時間がかかるだろう。すべてがおさまるまでには、あと二十年そこいらはかかるのだ。一度殺し合えば、子の代だけでは終わらない。その憎しみの思い出は繰り返し襲いかかってくる。もしそなたが、こころ聡い若いひとよ、ほんとうにあのナスチャが欲しいというのなら、明日の夜明けに、ここを立ち去るがいい。あの娘の父親と同じ不幸を生みだす前に、そなたはここを立ち去るがいい。わたしが占いで、あの娘に、そなたを草原の丘で見い出すだろうと予言したのは、ほかでもない、この別れの意味を真に知ることをあの乙女に教えたかったからだ。

アリョーシャは丸太梁《はり》の小部屋の寝椅子に横たわった。そして健やかな寝息を立て始めた。夢の中だった。草原の月明かりの中で、彼はナスチャを、そっとアナスタシーアと呼びながら、その名の中の音に甦《よみがえ》りという意味が含まれているのをはっきりと意識しながら、アナスタシーアを抱擁している。ナスチャは笑いながら、お乳だけ、とささやく。アリョーシャは大きな憐れみと優しさにつつまれる。そして彼女の胸を開きながら、一方では肩甲骨に手をかけながら、そして同時に自分が騎士長のユスポフから形見にもらった螺鈿の柄の短刀を思い出し、その短刀でこの肩甲骨をこじ開けて、このアナスタシーアのすべての旅路を辿りなおしたいと激しく思いながら——とつぜん涙がこぼれ落ちるのを感じ、それを知られないようにと、草の深い褥《しとね》に横たわった彼女に、ナースチェンカ、蚊に食われるよ、覆いなさい、とささやくのだった。アナスタシーアの乳首はキイチゴの実のようにアリョーシャの前にあったのに……。夢は豪華な写本の頁のように閉じられた……

夜明けに、彼はマルファに起こされた。夜の内に、彼女はこの先の秋までの旅に必要な薬草酒やら干果物やらこまごまと用意しておいてくれたのだ。行くべき道をマルファは手に地図を書くようになぞって教えた。アリョーシャは戸口でマルファを抱擁した。生きていればまた、とアリョーシャは言った。命は生きている間にしか使えないよ、と彼女は笑った。うっすらと見え出した暁の明星が、ひときわ大きくただひとり輝きを増した。いまアリョーシャにとって、このひときわ燃え上がる静かな星はアナスタシーアの星でなければならなかった。この星を介して、どこでどうして生きているにしても生きている間は、すべての思いがことばになって飛翔してぶつかって反射して伝わるのだ。アリョーシャは長い影を祈禱師の丸太小屋とウイキョウの庭に残しながら歩き出した。ウイキョウの馨《かぐわ》しい芳香が夜明けの露に濡れて彼を見送った。

第四章

1　美しい町

祈禱師のマルファおばばと、《ナスチャ姫》（と彼は心でそう呼ぶようになっていたが）に別れてから、アリョーシャは日に三〇ヴェルスタを歩き通したとしても、あれからもうすでに十日以上は歩き続けていた。満月は欠けて細い金色の鎌のようになり、日は昇り、日は沈み、もっともこの世界で古い古い年老いた太陽であるにもかかわらず、毎日、若々しく出現しては地上に光と炎暑をもたらした。この間に彼は幾つもの村を、幾つもの小さい町を通り抜けた。人々はみな困窮し、貧窮し、飢えと旱魃に苦しみ、野辺に出て、盲目の祈禱師女の祈りとともに異様な雨乞いを行っていた。ひとひらの黒い雲が地平に見えただけで哭き女のように、あるかなきかの黒雲にむかって両手をあげ、地にひれ伏さんばかりに叩頭《こうとう》して祈るのだったが——雨はほとんど降ることがなかった。熱風が西から押し寄せて来るばかりだった。両側に杭乗せの木小屋の窓窓がただれたような目で見つめている村の街道を通るときなどは、アリョーシャ自身までが不意に襲われるような気持ちにさせられた。野犬と化した犬たちがうろつきまわっていた。

アリョーシャは幸いにも細身だが牛殺しという呼び名の黒い杖を手にしていた。牛殺しの灌木から拾った枯れ枝だった。村で野犬たちが後ろからついて来る。ある距離で彼らは立ち止まる。アリョーシャは牛殺しをさっと振りあげる。前から来る野犬はいない。村の墓地の脇を行くとき、墓地が掘り返されているのが目についた。槲《かしわ》の木々が大きな葉を打ち鳴らしていた。アリョーシャはその異様さに気づかないわけにはいかなかった。白樺の墓標は十字架形になっていたり、あるいはただの棒杭であったりした。アリョーシャ自身、激しい雷雨の来ることを自分のために祈った。自分の旅のうちにかならず地上を洪水にしてくれるはずの豪雨が来るはずだと奇妙な確信が、彼のなかで膨らんでいった。しかし、そのような大豪雨になれば、収穫時の麦がやられてしまうだろう。村のほとりの泉も井戸も、川のほとんども枯れ川と化している。

こうして彼は指折り数えてどれほどの村を通り過ぎたことだったか。彼自身はすでに飢えに苦しんでいたけれども、気持ちと足だけはまだ強靭だった。その気持ちを支えていたのは、一つの限りない問いかけだった。わたしはなんのために、このようにこの地上に生きているのか。わたしの生きる使命とは何か。何をしなければならないのか。そして真にわたしは何をしたいと望んでいるのか。あまりにも広大無辺な大地にただ一人投げ出されているうちに、すべてがどうでもよくなり、自分はまったくの無意味な命に過ぎないと思い知らされるのだが、果たしてほんとうにそうなのだろうか。わたしはもっともっと美しいものに出会いたいのだ、それはこの世のどこにあるのだろうか、いや、どこかで見出すのだろうか、いや、見出さずには死ねないのだ……

繰り返し繰り返し彼はこのことを思い続けた。そんなときアリョーシャは、祈禱師のマルファのお告げのことばを思い出した。《チャーシャ》！――、大きな酒杯なのか、小ぶりな酒杯なのか、それは円いのか、いやあるいは三角なのか、いびつなしゃれこうべのような酒杯なのか、炎天に灼かれながら朦朧とした意識下でアリョーシャにはその《チャーシャ》ということばがまるで一つのモノになったように思われた。いや、祈禱師のことばなど、信じていいものかどうか。しかし多くの知恵から絞り出された言い伝えと直観とによって、そうしたことばが支えになる。わたしはいま支えられているのだ。そのわたしの《チャーシャ》には何が満たされるのか。甘い葡萄酒だろうか。それを想像しただけでアリョーシャは恍惚となった。甘い葡萄酒が体じゅうに血を巡らせる。いや、それは清らかな水だろうか。そうだ、命を保つ清らかな水だ。いや、水ではない、もっと違うものだ。いや、やはり水だ、そしてそこには夜の銀河の星たちが映るだろう。わたしはその水を星ごと一滴もこぼさずに運ばなければならないのだ。それが使命なのだ。でも、それをどこへ？　その酒杯をどこへ？　この地上でほんの一瞬間の滞在に過ぎない者が、その酒杯の水に映った永遠を運ぶのだ、どこへ、なぜ？……

そんな思いが募る夜は、いかにも貧窮しているのに信心深い家族が、菩提樹の木蔭で疲労困憊しているアリョーシャを見つけ、母屋の脇の藁小屋に一夜を泊めてくれるのだった。ほんのひとかけらに過ぎないが、石のように固くなったパンをくれるのだった。アリョーシャは井戸水からわずかの水をもらい、そのパンのかけらを溶かして飲みこんだ。庭の野性りんごの小さな実を袋に入れてくれる人もいた。こんな夜は、わら小屋のやぶれた屋根から星たちを見ながら平安な眠りに落ちることができた。朝になって、別れるときには、野辺に出ている彼らにお礼を言い、まるで流離《さすら》いの修道僧とでもいうように、彼らのために祈りのことばを唱えた。一日の苦労がやがて喜びをもたらさんことを、神のご加護がもたらされんことを、アミン、と言って十字を切る。そういう人たちはアリョーシャのことを、修道院には入れないが同じように魂の旅を続けている多くの流離い修道僧だと思っていたからだった。アリョーシャはこころひそかに、あなたたちを酒杯のなかの星に数えよう、と思った。善きことのみを思え、アミン……そしてアリョーシャの旅を支えたのは、《チャーシャ》という予言と同時に、もう一つの謎、それがアナスタシーアという乙女だった。夢にあらわれたナスチャ姫について、彼はまるでそれを黙示録の光景のように思ったのだった。

いよいよ新しい大道に出て、炎天下をよろめきながら足をひきずっていた。大道には新しい里程標が続いていた。騎馬で行き過ぎる者や、荷車の馬や人々、行き交う人の数も多くなっていた。大道の場末にある小さな旅籠屋《はたごや》からピローグをあげる油の匂いがしていた。彼は引き寄せられるように軒下に行って、中を覗いた。にぎにぎしく人々が集っていた。どこの旅芸人の一座なのか、まん中で人々を笑わせていた。アリョーシャは幻影のようにかつての自分の姿をそこに見出した。彼はそっとその軒端を離れ、ふたたび大道に出、大きな菩提樹の木蔭に倒れ込んだ。その菩提樹に彼は、どういうわけか、妹よ、と呼びかけていたのだった。その一瞬間のまどろみに、まるで時間の中に説明しがたい裂け目があるとでもいうように、夢が広がっていた。そこで、ナスチャがほとんど全裸であるかのように薄い紗のヴェールを身にまとい、熱風に吹き上げられ、乳房を見せながら、太陽のように燃え立ち、砂の上に立って、あたしだよ、アリョーシュカ、ここをどこだと思う？——と笑い声をあげている。

それは砂漠だった。遠景に、謎のようなライオンがうずくまっている。いや、それはうずくまったドラゴンの頭のようだった。アリョーシャは旅芸人の一座で南部の砂丘地方を旅したことがある。彼は夢のなかで、こちら側の、彼女を見る側にいながらにして、ナスチャ、きみはいまどこにいるの？——と呼びかけている。遠いところ、アリョーシュカには来られないような遠い国、と彼女は太陽に灼かれながら透けて見えるヴェールを砂塵まじりの風にもてあそばせていた……、アリョーシャは胸がつぶれるような悲しみに襲われた。どうしてそんな国にいるんだい？——と彼は言った。そういう運命だから。アナスタシーアの真剣な声がひびいた。でも、あたしたちは会うでしょう、十年先、いや七年先、いや四年先……、そのときアリョーシャは？……、そして夢は消えていった。

十二日目のその日、アリョーシャは大きな川を前にした小丘に坐って、余りにも目の覚めるような眼前の町の美しさに見惚れてことばを失っていた。白亜の寺院の丸屋根に十字架が輝く。鐘の音が風に乗って届いて来る。家並みと通りが見える。並木道のポプラが波のように光を撥ねている。スヴィヤトスラフ公の町だったのだ。関門の東側の上空に、思いがけない速さで寄せて密集する雨雲の船団が見えた。密雲がアリョーシャのいるニレの大木の上にさしかかったとき、八月の初めの驟雨がとつぜんやって来た。土砂降りの雨が乾燥した大地の草木を一気に甦らせた。彼は、夢の中のナスチャをこの驟雨《しゅうう》のなかに連れて来たいというふうに振り返った。まるでそこがすぐ彼女のいた砂漠であったとでもいうように。雨宿りの木蔭を探して、三人の修道士たちがずぶ濡れになった裾をたくしあげて駆けこんで来た。雨ということばには、雨乞いの叫びの意味が入っていた。神よ、与え給へ、と。八月の驟雨は惜しみなく降り注いだ。アリョーシャが泣いていたとしても三人には分からなかっただろう。

2　驟雨の下で

八月の雨は降り止まない。驟雨は喜びに溢れていくらでもいくらでも、ここぞとばかりに降り注ぎ、土砂降りにして跳ね上がり、真っ白く小さなものたちのダンスのように足元に撥ねかかる。アリョーシャは生き返った気持ちだった。新鮮な空気が呼吸を強くした。菩提樹の老木はがっしりとした体躯で微動だにしない。こんな驟雨であっても、一滴でも雨を通さないほどに葉むらは生い茂っていた。アリョーシャのいる裏側に三人の黒衣の人たちが立って、静かに、ときにはよく響き、はっきり聞こえるくらいの美声で話しあっている。聞き耳を立てるわけではなかったが、アリョーシャは思わずその話題に引き込まれていった。その三人の声のまわりでは驟雨がますます勢いに乗って狼藉を働いているのに、アリョーシャにはその雨脚の白い音などまるで聞こえないように思われた。その美声で話されるひと所だけが光に満ちているように思われた。

これは雨ではなく光の驟雨にちがいない。その光が音のないやわらかい雨になって降り注いでいるのだ。三人の黒衣の人たちがアリョーシャに気づいているのかどうか、気づいたとしてもただ髭ぼうぼうの浮浪者くらいに思っていたのかもしれなかった。雨に濡れないように彼は袋を背負って、菩提樹のびくともしない体躯によりかかっていた。蟻たちがせわしなく行き来してアリョーシャの袋に迷い込んで、頸すじを這い回る。それさえも気にならなかった。驟雨の勢いに驚いて、甲虫が地べたの草に墜落して姿を消した。アリョーシャは同じように眼下で驟雨にけぶる美しい町を眺めてうっとりとしていた。せめてこの美しい町に秋までても過ごせたらどんなに幸せなことだろう、そう彼はため息をついた。これまでの長い長い荒蕪地帯の旅にさすがに彼は心が弱っていたのだ。ここで英気を養って、まだ、わたしの旅は終わらないのだ。しかし、この美しい町は自分のような者を受け入れてくれるだろうか。ふと雨脚の速度が弱まった。密集した雨雲が何らかの理由で先を急ぐことを命じられたのか、方向を変えたのか、あるいは雲の層が離散し始めたのか、今度は雨の匂いよりも激しい夏草の匂いが盛り返し、草の芒《のぎ》や穂状の実が重さからもとにもどって風に揺れた。驟雨の走り抜けたあとに風が立ったのだ。

なんという完璧な美しさだろう！――歌うような抑揚の美声がくっきりと聞こえた。アリョーシャは耳を澄ませた。何のことだ？　この目の前の町のこと？　とアリョーシャは思ったが、三人の語らいは話題が移ったようだった。途切れがちだったがアリョーシャにはその話の内容がまるで自分が見たことのように話され、残りが相槌を打ち、また一人が話をひきとって展開させるのだった。……、あのルカの生神女（一瞬間、アリョーシャには聞きとれなかったが）の美しさには敵うまい。わたしも実際あのフレスコの聖像画を見たときの驚きは生涯忘れない。あのような遠い時代にどうしてあのような聖像画が描けたのだろう。なんという技術だろう、いや何という信仰の力だろう。そうだね、フレスコ画は、われわれもまだあの遠い時代からそれほど進歩出来てはいないかも分からない。いや、技術も、顔料も、それはずいぶんよくなったとは思うが、夢見る力が、あの遠い時代には敵うまい。

（フレスコ？――とアリョーシャはさらに耳を澄ませた。そうだった、あのネルリ川のほとりの白亜の寺院、あそこの内陣の壁に描かれたイコーナだ、わたしも忘れない。あのような壁にどのようにしてあれほど色鮮やかな聖像が描かれたのだったろう……）。しかし、ヴィタシュヴィリ、われわれの知らない国では、ジオトとかいう聖人が描いた聖像画も素晴らしいものだと聞いたことがあったね。ほら、若い時分には相当な放蕩をしてのち、聖人になったとかいう人だ。もちろん、彼もフレスコ画だ。そうだね、われわれのフレスコ画はこの先もずっとこのまま続くことになるのだろうか。新しい顔料が生まれるのだろうか、大きな教会寺院の壁画は、それはすばらしい事業だが、そしてそれはみなわたしたち無名の修道士画家たちの、もちろん個人の名のある作品ではなくみんなの共同制作なのだが、それがいちばん重要なことだと思うが、どうだろうか。そういうことだね。個人の名がついた聖像画ではないことが最大の善ではないだろうか。というのも、人々に信仰への道を指し示すものなのだから、個人がどのように天才であっても個人的な入れ台詞を聖像画の中に入れてはなるまい。そうだね、これはわたしたちの分業で描いて行くのだから、だから、その役割の部分において、個人の魂の表現がなされる、それでいいのではないだろうか。しかし、大きな壁のフレスコ画全体を自分一個の力で描いてみたいと思わないだろうか？　いや、そうなるにはもう何百年もかかるのではあるまいか、というのも、いま、この現在では、この今の時代を生きるより他がないのだから、あなたの説はまだ早すぎる。このような動乱の時代ではまだまだそれは実現すまいね。先ずは、人々のためにもっとも美しい物語の聖像画を描くことなのではないか。

そうですね、ヴィタシュヴィリさんが羨ましいですよ、なぜなら《リチニク》ですから。聖像の顔や肢体を描く書き手ですから。わたしは《プラテチク》ですから、まあ、衣裳係りといったところで各段の困難もありません。それならわたしは何と《トラヴシチク》ですから、後景に植物を描く、いや、つまらなくはありませんよ、植物を観察する喜びには大いなるものがありますから。それにしても、ムーロゾフ家寄進のこのたびの《主変容祭聖堂》のフレスコには、どうしたって聡明な助手が不可欠でしょう。雪が来るまでに完成させねばなりません。スヴィヤトスラフ公から雇われた画家と、町で雇った画家だけでは、どうにも人手が足りませんね。足場組みその他はいくらでもいるが、顔料の調合から下絵の手伝いまで、魂のある若いひとがどうしても必要です。先だっても面接を十人ばかりやったのですが、まるでだめでした。お金のためにやるのはそれなりに分かるが、これはそれではいけない。少なくともある使命感をもってかかわるような若者が不可欠でしょう……

雨が去って、滴が匂うように、菩提樹は身震いした。というより、それはアリョーシャ自身が喜びで身を震わせたにすぎなかったが、滴がざっと葉むらから流れ落ちた。長い長い旅の無人の荒野から彼はいきなり人間社会へと抜け出たような眩しい感覚を覚えた。分からないことばはあったが、おおよそは分かった。こんな自分でも採用されるのではないかという希望が浮かぶ。声をかけようと思った瞬間に、三人の黒衣の人たちは小走りになって下りて行ってしまった。町にそう幾つも修道院があるわけもないだろう。アリョーシャは明日の朝一番で訪ねようと思った。すがすがしい風が青い空を渡って行く。この色だ、とアリョーシャは思った。

3　髭を剃る

アリョーシャは生まれ変わったような清々しさで雨上がりの町に下りて行った。川にはこれまで見たこともないほど大きな橋梁がかかっている。橋桁の巨石は花崗岩だと直ぐに分かった。ということは、ここに運んで来るほどの富に恵まれているとか、あるいは奥地に石切場とかをかかえているのに違いなかった。橋の両岸には埠頭があって大小さまざまの平底が舫《もや》ってある。人々がせわしなく働き、動き回っている。アリョーシャは雨の匂いが残る橋を渡り始める。多くの人々が行き交う。はなやいだ衣服をつけている人々も多かった。アリョーシャの衣服は汚れてぼろぼろだった。しかしだれも彼に注意を払わなかった。同じような流離《さすら》い人は他にもぞろぞろ歩いていたからだった。騎馬兵も荷車もてんでに渡って行く。馬にひかれた荷車には黄金色の麦わらが積まれ、風で藁しべがこぼれ落ちる。そこへ太った雀たちが跳び集まった。灰色の鳩たちが一斉に飛び立つ。いよいよ関門の前に来て、だれもそこで佇む者はいなかったが、アリョーシャは関門の上に輝く聖像画を見上げた。それはそれほど大きくないのに、とても大きく見え、黄金に輝いている。関門の脇に露店の売り台が幾つも並んでいる。聖像画のやわらかい顔が見下ろしているようだった。聖像画をよく見ると、それは聖母マリヤではなく、銀の錫杖《しゃくじょう》を持った誰やら老いた聖人らしかった。その聖像画の真下には、美しい飾り文字で大きく、《スヴィヤトゴロド》と書かれている。この美しい町の名だったのだ。

まだ夕べには時間があった、というのも、ここもまたすでに白夜のある土地だったのだから、日が落ちても、花は咲き乱れ、昆虫たちは婚礼飛行で水辺に集結し、空高く乱舞し、交尾したあとの厖大な白く汚れた死骸が川と通りに敷き詰められている。いや、一時間は続いた激しい驟雨のあと、アリョーシャが気がつかないうちに白夜の始まりだったのかも分からない。アリョーシャはもう空腹に耐えきれなかった。関門の脇にこれみよがしに並ぶ露店のラフカには油で揚げたピローグのたぐいが山盛りになり、果物やら肉やら、そして川魚の丸揚げが並んでいた。アリョーシャはここまで大事にしてきた残り金のグロシュ硬貨を、袋の中の小袋から探し出した。タタール系らしい顔のおかみさんはびっくりしたようにグロシュ硬貨を手に取った。多過ぎるのだ。若いひと、多すぎるよ、全部でかい？　と聞くのだった。アリョーシャはようやくここまで無事に辿り着けたお礼にと、釣りをもらわなかった。その場で、関門の壁にもたれながら、彼は我を忘れて揚げもののピローグを食べ、揚げ魚をむさぼり、露店のおかみさんからクヴァスを分けてもらい、喉を潤した。それからようやく彼は見守っているおかみさんとゆっくりことばを交わした。

彼は、思い切って、実は、ここの修道院で修復の仕事、いや、新しい聖堂の聖像画の仕事があると聞いたので、自分はそこに応募してみたいのだと打ち明けてみた。すると彼女は驚きながらも嬉しそうに賛成した。でも、その髭もじゃでは浮浪者同然で門前払いだろうから、その髭だけは綺麗にして行くのだね。なんならわたしが髭切りの人を知らせてあげよう。さあ、善は急げ、そう言って彼女はその場所を教えてくれる。いいかい、関門をくぐったらすぐ左に折れて、城壁沿いに行くと、そこいらは町の場末で、なんでもある。安宿もある。そこの一軒に髭切り屋があるよ。看板があって、そこに絵が描いてあるからすぐに分かる。まるで、板画だからね、可笑しいじゃないか、なんでも有名なお方が若いころにお礼にと言ってわざわざ描いてくれたものじゃそうな。髭切り屋はエゴーロフという人だ。わたしから聞いたと言えばいい。ひょっとしたら、ただでやってくれるかも知れないよ。まあ、馬が合えばだけれど、何しろ偏屈な男だから。この間はけちな役人が来たので、わざと恐がらせてやったとかいうよ。鼻にハサミをわざとあてがったんだとさ。アリョーシャはこれまで鏡で自分を見たことがなかった。体を洗いに川や沼、ため池に入るときに、それとなく水に映る顔つきを見ることはあったが、それほど伸び放題だとも気がつかずにいた。髭面《ひげづら》はごく当たり前のことだが、まだ若すぎる者にとってはやや異様であった。

アリョーシャは関門の壁に沿って、静かだが埃っぽい道を辿った。壁にそってアカザが伸び放題だった。この草も食べたのだったと彼は思った。おまえたちは何のためにこの世に生い茂っているんだい、と彼はつぶやいた。

やがて、ごちゃごちゃした木小屋が現われた。得体の知れない人々があちこちにたむろして地べたに坐ったり、立って言い争いをしたり、にぎやかだった。女たちも立っていて、腕組みをして、アリョーシャをじろじろ見まわした。暑いのか衣服の裾をばたばたさせると土埃が立った。ようやく目的の看板が見つかった。まるで小さな丸太組みの洞窟の入り口のように思われた。おもてからだと中が良く見えないほど暗かった。

アリョーシャが声をかけると、奥から、といってもすぐ脇にある椅子から髭もじゃの小男が腰を上げた。頭がとくに大きい。目は濁色だったので、どこを見ているのか分からない。アリョーシャはさきほどのおかみさんに言われた通りに用件を言った。お若いひと、分かった、さあ、そこにかけなさい。いいとも、あのばあさんの仲介となれば銭っこを貰うわけにはいくまい。小男は、自分はこう言う者だと自己紹介をした。エゴーロフ。あとは分からない。これが名前なのか姓なのかだって？　そんなことは知ったことじゃない。普通に考えれば姓にきまっているが、わたしは名前だと思っている。さあ、暇をもてあましているところだった、さっそくあなたをきれいにして差し上げよう。あなたのほうも自己紹介をしてください。そうなると、髭切りも安心というものだ。わたしのハサミがどう動くか、わたしにも確たる自信はない。カミソリの方は、これはやっかいだ。チュルクの捕虜から買い取った短剣を研ぎに研いでこしらえたすぐれものだからね。心にやましいたくらみがある者は危ない。しかし、あなたはどうやら正直者だとすぐに分かる。なかなかの生まれと見たがどうかな？　アリョーシャを椅子に坐らせてすぐにハサミを使いだした主《あるじ》はたちまちぼうぼうの髭を刈り取った。黒くはなく、まるで黄金の蕊しべのようだった。

アリョーシャは少しだけ来歴というか、省略しながら、自分のことを話した。母のこと、父のことは伏せた。天涯の孤児であって、あるスコモロフ、つまり旅芸人の一座に拾われて国中を歩いたが、ついに縁を切って自分だけの旅に出たのだと話した。主は、頷きながら、この国はあなたのような者たちで一杯だ、それで成り立っているようなものだと言って、アリョーシャに手鏡を持たせた。さきほどのむさくるしい顔ではなく輪郭の美しい端正な顔がそこに映っていて自分でも驚かされた。驚いたかね？長いこと髭を伸ばしているうちに、顔が少しずつ出来たのではないかね、若いひとよ。さあ、これでは中途半端で、むさ苦しかろうから、ここからはお代をいただくことになるが、チュルクの名カミソリであたるかね？　アリョーシャは即座に、よろしくお願いしますと答えた。というのも、この後自分にはグロシュもコペイカもグリヴェン硬貨もいらないのだと思ったからだった。アリョーシャの頬から顎にかけてやわらかい馬油の液のようなものが塗りたくられた。鼻を殺がれたらたまらない、と主は言って大きな声で笑った。いいかい、昨今ではこの鼻が綺麗な服をまとってあちこちをさまざまな教訓をたれて歩き回っている板画の絵草紙があって、無学なひとびとに読み書きまで教えているそうだ。あなたの鼻もじつに鼻梁ただしく、少し崖が、うむ、ギリシャ鼻とまではいかないにしろ、わたしらの丸鼻とはちがう。何か、教えて回るような鼻だと見たが、どうかね？　髭をきれいにして、あなたは何をするつもりかな？

アリョーシャは思わずこれは代々の家系の鼻だと言ってみたい誘惑に駆られた。馬油の液体で剃られた顔面がすべすべになっていた。その間、幾度か、主は革ベルトにチュルク短刀のカミソリをシュッシュとあてがって切れ味をよくした。さあ、手鏡で見なさい、これがあなた本来の顔だ。平たいわたしどものことばで言えば、《リツォー》だが、ちゃんとしたことばで言えば、《リーク》だ。ふむ、若々しい聖像画のような《リーク》だねえ、これは驚いた。ここんところ、賤しき者たちのへんてこな鼻ばっかり見てきたものだから、いま、わたしは嬉しいね。若いひとよ、いい面構えだ！　さあ、しばしわたしの自家製クヴァスでも飲んで、ゆっくりして行きなさい。白夜はまだ日が沈むようでいて沈まない。あなたも気づいてくれて、わたしの店に掲げられている板画のことを言っていたが、関心があったらしいね、わたしとしてもぜひ、若いひとよ、あの板画の縁起《えんぎ》について語っておきたいものだ。

主に導かれて裏庭に出ると、驚くほど根元の太いポプラの木が天をついている。大人二人でも腕が回らないような太さで、根元の直ぐ上に若い枝をびっしりと張り巡らしている。小さな若葉の緑が目に沁みる。そこにテーブルがおいてあって、クヴァスがふるまわれることになった。ポプラの天上の葉むらが鳴っている。

4　昂ぶり

エゴーロフは上機嫌だった。耳の上に髪が少し残っただけの禿頭の彼はまるで湯気をあげているように雄弁だった。自家の果実酒をフメーリという野性の花の苦い実でさらに強くしたのだという酒壺をアマリヤという少女に持って来させて自分の饒舌にも酔い痴れるのだった。お若いひとよ、酒と女はよろしくないから、あなたには勧められない。禁断の木の実というべきかな。それはそうと、あなたには美芸の素養が備わっているように直観したわけだが、それで髭切りは無料となったのだ、云々と饒舌がまた始まる。白夜は更けて行く。遠くでかすかに清らかで悲しみにも似た歌声が聞こえて来るのだった。幾人かで女たちが歌っているようだった。八月を悲しむ歌のようにも、またアリョーシャにはそれがふと、言い伝えのイーゴリ公の死を嘆く妃や女たちの歌のようにも聞こえた。歌が聞こえて来るとエゴーロフは、あれは、河岸通りで娘っ子たちが歌っているのだと言った。なおのことアリョーシャには着飾った薄い夏衣裳の娘達の姿が目に見えるようで、白馬に乗ったナスチャのことが思い出されてならなかった。いかん、いかん、若いひとよ。さて、わたしの店に掲げてあったろうが、あの板画の縁起について実は話して聞かせたかったのだ。ここらの賤しい者たちには、話してもさっぱり分かってもらえないのだ、わたしはそれがいかにも苦しいのだ。あなたも見ただろうが、あれは菩提樹の厚板に、油とにかわで溶かしたらしい顔料で描かれた傑作なんじゃよ。おお、あなたはピローグ売りのばあさんから聞いておったのか、いや、それは話がちょっと尾ひれ葉ひれがつきすぎている、どうも民衆《ナロード》というのはそのきらいがあるのでわたしは好まない。そうではないのだ。わたしのところにそんな高貴なお方が髭切りに来て、お礼にあのような聖像画を描くなどとてもあり得ないことですぞ。そうではなく実はあれは、この町に流れ着いたある旅芸人の一座があって、二十数年も昔のことだが昨日のことのようにわたしは覚えている。その旅芸人の座長が、あれをわたしのところに持って来たのだ。なんでも遠い遠い聞いたこともないような国の誰とやらが描いたものだそうで、それも盗品で、それがなんの因果か座長の手に回って来て、しかしここの地に来て、彼の一座はついに駄目になって、というのも、流行《はや》り廃《すた》りがあるものだから、彼の歌舞やら手品やら、見世物小屋ではもうやれなくなっていたのだ、それでわたしを見込んでやって来て、幾らでもいいからひきとって欲しいということだった。

わたしはと言えば、昔から、この分野では目利きなんだよ、うむ、麻袋から取り出された瞬間に本物だと分かった。それで、よくよく、意気消沈した座長を問い詰めてみると、なんのことはない、一座の熊使いと猿使いの男が、隣国の某家から盗み出したものだと分かったのだ。こんなものを持ってこの先旅を続けては危うい。それでこんな場末のわたしのような髭切り屋に持って来たというわけだ。わたしはなけなしのルーブル銀貨五枚を彼に握らせた、座長は涙を浮かべて感激した。わたしの全蓄えといってもいいのだ。どうだね、そういうことだったのだ。とにかくわたしは美芸には目がない、こんな仕事をしているのとはわけが違う。美しいものと信仰的な物語には目がないのだ――そこまでくだくだエゴーロフは言い、また手酌で強い芳香のあるナリフカ酒をぐっと啜る。アリョーシャは話半分に聞くつもりではないまでも、なんとなくおかしな話のようにも思った。

ポプラの巨大な根方には水たまりがあちこちと残っていた。そこに風で吹き寄せられた真っ白い綿毛が汚れてよじれた塊になって大きな毛虫のように死んでいる。綿毛はその中に緑色したたくさんの実をびっしりと匿っていた。エゴーロフはアリョーシャの髭切りが終わってから、その板画をわざわざ店の入り口から外して持って来て説明をしてくれたのだった。それは、彼によれば、アダムとエヴァが禁断の木の実を食べて、楽園を追放される図だそうだった。しかし、その二人を、エゴーロフの説明によれば、イイスス・フリストス様がお許しになっている絵柄だというのだった。二人の男女の顔は醜いほどに歪んでずんぐりした裸体のままで逃げるところだった。

何という残酷な仕打ちだろうとアリョーシャはあらためて感じとった。どこにイイスス・フリストス様の赦しがあるのだろう。二人の苦しんでいる顔を微細に描いているのがアリョーシャには辛かった。股間が手と葉っぱで覆われているのも不自然で強烈だった。どうしてこんなものが聖像画と言えるのだろうか、アリョーシャはエゴーロフに質問してみたかったが、なぜかよした。エゴーロフの喜びに満ちた顔を曇らせたくなかったのだ。そしてこの二人はどこへ？　この苦しい世へ？　神はいかにも残忍過ぎはしないか、とアリョーシャは思った。わたしなら、こうは描かない、とも彼は思った。

それはエゴーロフには言えなかったが、わたしがもしこのような聖像画を描くことが許されるならば、もちろん、もちろんわたしは楽園を追放される二人の顔に喜びの表情を与えるだろう、そうアリョーシャは思った。この聖像画家は技術的にも素晴らしいにちがいない。この顔料でなら数百年でも後に残るに違いない。そして同時にアリョーシャは、壮麗な寺院の内陣の真っ白で塗ったばかりの新鮮な漆喰壁に描かれる聖像画も大事だが、しかし、このようにだれにも容易に手に入るような菩提樹板の画がこれからは必要になるだろうと思ったのだった。

エゴーロフは謙虚なアリョーシャに満足していた。夜明けとともに、アリョーシャが修道院を訪ねて、新しい寺院の壁画の助手に応募するのだと知って、大いに賛同した。聖像画家になるには十年そこらの修業では足りない。それに修道僧とならなければ、そのような画家の仕事は許されない。うむ、まずは助手としてなら見込みはある。わたしも修道院のゼムニャッキー院長とはそれとなく縁がある。行きなさい。試みなさい、若いひとよ――そう言ってエゴーロフは酔い潰れたのか感激したのか眼を潤ませて、アリョーシャを抱きしめる。アリョーシャはクヴァスだけなので少しも酔わないのだが、それでも魂は昂ぶって、まだ面接に受かりさえしないことなのに、白馬、ナスチャ、いやユスポフ、聖ゲオルギーの姿、牛蒡《ごぼう》の生い茂る荒野、流浪する父の姿、異族の村のどこかに生きているはずの母、その子、そしてあの別れと出会いのネルリ川、その蛇行、あの焚き火、あの同行の修道士たち……――あれらすべてがわたしの未来の聖像画の主題と変奏のように活かされるだろう、それはすべて甦るのだ、わたしの菩提樹の板画には、アダムとエヴァではなく、あの駅逓所で、わたしを看病してくれたマリヤを、聖像画の縁に、物語のようにその面影を描くことではないのか……、歌声はとだえていた、教会の鐘のひびきが遠く近く夜明けの薄明を渡って来る。アリョーシャは木卓でうつぶせになっていびきをかいているエゴーロフを残して、そっと立ち去った。

5　泉で

教会の鐘がガンガン鳴りだし、町全体が朝の輝かしい光で湧き立つ、その中の迷路のような横丁をぐるぐる迂回しながら進むうちに、人々にも出会い、道を聞きながら、やがて、どのようにしてこのブク川が市内に入り込んでいたのか、川岸に城壁を聳えさせた城砦が赤く見え出したのだった。これまでアリョーシャは公国の領土内で幾つものクレムリを眼にして来ていたが、これほど威容を誇る姿ははじめてだった。もしかしたら、まちがいなくこの城が他をもすべて支配することになるのではなかろうかとアリョーシャは占った。鳩たちが空を飛び、鐘がガンガンと鳴り響き、青い空に雲が幾つも浮かびながら城の遠景にゆっくりと流れて行く。太陽はすでに明るく白く輝き、木造の街並みは美しい同心円状になっているのが分かった。塔がある。寺院がいくつか聳え、丸屋根と尖塔がうず高い。ブク川には渡し船が麦わらを積んだ荷馬車と小さな人影を乗せて渡って来る。

アリョーシャは時間に遅れてはなるまいと、教えられた新築の聖堂を目指した。ほんとうは修道院へ行くはずだったが、ひとに訊いて分かったが、この市中ではなく郊外の森の奥にあるというので諦めたのだ。市中に入り込んだ川の対岸の遠くに、地平線のように濃緑の縁取りの低い森があった。あそこまでとなると半日ではすむまい。それで判断を変えて、直接に聖堂の現場に行きさえすれば面接させてもらえるのではないかと思ったのだった。八月だ、そうだ、確かに、雨宿りのときにあの黒衣の人たちは、

《主変容祭聖堂》という名を言っていた。黄金秋までに、冬が来るまでに内陣の壁画を完成させないと首が飛ぶというような会話だったではないか。とにかく人手がたりないのだ。

アリョーシャは人に教えられたとおりに、もうすぐそこだと言われたので、広いむきだしの土に板を敷いた通りを、まっすぐに広々とした空間に向かって歩くのだが、すぐそこだと言うのは、かなり遠いということなのだ、そう思って、先を急ぐ。家がまばらに途切れて、貧相な杭乗《くいの》せの丸太小屋がぽつりぽつりと並ぶ。杭乗せということは、ここは低地で水が出るのに違いなかった。つるべの井戸があちこちに目立つ。井戸には屋根が宙吊りみたいに乗っかって、井戸の周りでは女や子供らが水を汲んで、木桶に汲みいれ、汲み終わった女たちは両肩だったり、片肩だったり、思い思いの天秤棒を肩に乗せてゆっくりと歩き去る。そばを通るとき、アリョーシャは水の新鮮な匂いにうっとりとなった。井戸のそばには、ハシドイの茂みがあって遅咲きの真っ白い花房が芳香を放っていた。手に載せたなら白い重さがあるような、白く軽やかな葡萄の房のようでさえあった。ハシドイの芳香に誘われて、アリョーシャは水汲みの女たちに水を乞い、大きな四角い柄杓でごくごくと飲ませもらい、お礼の《スパシーボ》というこ とばを力強く言うのだった。もともと、この感謝のことばは、《神よ・救い給え》という語がつまったことばだったから、アリョーシャのような若者が八月のよく晴れた早朝に力強く発音すると、くっきりと、《スパシー・ボーク!》と響く。水を恵んで飲ませてくれたあなたたちを神は救うでしょう——という褒めたたえる響きになる。神のご加護あれ、と言うのと同じだった。裾を水で濡らし、胸が襟からはちきれんばかりで、二の腕がむっちりと太い女たちは明るい声で笑った。あふれる髪房をプラトークで包み、太い首も細い首も一様にこんがりと日焼けしている。お若いの、そんなに急いでどこへ?

と問いかけられる。ゆっくり行けば、遠くまで行ける、と別の女がひやかすのだ。乙女はリャビーナの木だし、若者はブナの木、だけど二人は歩けない……、おほほと賑やかな笑い声。アリョーシャは普請中の聖堂の名を言う。それならもうすぐだ。あそこの泉が湧く茂み、あそこの奥の広い荒れ地だよ。白樺林に取り囲まれて、人夫小屋が立って、ほれ、煙が上がっている辺り。アリョーシャはもう一度お礼を言い、お辞儀をする。彼女たちは天秤棒を担いで手を振る。

アリョーシャが泉の場所まで来ると、向こうから、荷車を曳いた馬がのろのろとやって来る。荷台には幾つもの木桶が並んでいる。アリョーシャは荷台に横坐りになって手綱をだらしなく揺すっている男に声をかけた。どう、どう、と男は首を振って答え、馬を制止させた。――これから、石灰と砂を混ぜて、漆喰をこさえるのだが、まずは、綺麗な水がたっぷり入用だ、そうかい、なんなら渡りに船ということもある、どうかね、わたしを手伝ってくれ、さすれば一緒に連れて行こう。フレスコ画と言うもんじゃ。それを、今日から、ダニーリー師が描き始めるのだ。おお、そういう話か……、それなら、わたしが口をきいてしんぜよう。近頃の若い衆は我慢ということが出来ない。一週間も働けばネをあげて逃げ出す。日当目あてではこの仕事はつとまらないよ。わたしは馬車曳きのエフィームと言う者だ、さあ、一緒に乗りなさい。あそこで井戸水をたっぷり汲んで、ダニーリー師をよろこばせにゃならんです。

アリョーシャはエフィームという人物と一緒に荷台に乗りこんだ。わたしは、と相手はおしゃべりが好きなようだった。わしは向こう岸のイヴァノヴォ郡の出身だが、いま時は麦の刈り入れでてんてこ舞いだというのに、しかし、ダニーリー師に頼まれると、麦刈りは婆さんたちに丸投げしてでも、師の手伝いをしたいのだ。なんともかんとも、以前にも立ち合っているが、真っ白な漆喰を壁に塗って、その白壁が乾かないうちに、そのうえに素早く、一日分の聖像画を描いて行くのを見られるほどの喜びはない！　お若いひと、フレスコ画というもんじゃ。おお、知らなかったかね。ふむ、そうとも、内陣の壁の聖像画は知っておろうが。それが生まれるその瞬間に立ち会えるのだから、日当などどうでもいい。魂が救われる思いがする。とにかく、漆喰はどんどん乾いていくので、筆を迷ってはおられない。わたしはこうしていい漆喰を作るためにいい水を汲んで、見事な砂をブク川の中洲から選びぬき、ダニーリー師に信用されているわけだ。なに、足場作りの人足は十分足りているが、師には助手が足りない。それは忙しいよ。顔料の混ぜ方だって、水の溶き方だって、大忙しだ。お若いの、あなたは信心ある志願者だね、よろしい、わたしに任せなさい、今日から、内陣中央の一番難しい区画が描かれる予定になっている。

お願いしますとアリョーシャは答えた。フレスコ画ですか。そうだ、フレスコと言うのだよ。なんでも遠い南の、ビザンツヌだとかの方のことばらしいが詳しくは知らんがね。わしらのことばで言うと、《スヴェジー》つまり、新鮮な、生き生きした、あざやかな色、ま、そんなところかな。そうとも、生乾きの真っ白な漆喰の壁に、迷わず、ただ一筆で、鮮やかな顔料を筆にたっぷりしみこませて描くのだよ、乾くと、顔料の色が漆喰に閉じ込められ、膜でおおわれ、何百年経とうが色は鮮やかなままだそうだ。一旦乾いたら、もう描き直しは出来ない！　お若いひと、人生と同じじってことだ。そうとも、人生は間一髪……、フレスコのようにやり直しがきかない。上塗りなんてことも出来ない。そう思ったときはもう顔料は漆喰に沁み込んで、上書きを許さんのだよ。どうかね、それが人生の秘訣というもんじゃないかね。じゃあ、万一間違った場合はどうするかだって？　そりゃあ、お若いひとよ、そう、あなたは何と呼んだらいいかね、おお、アリョーシャか、分かった、アリョーシャ、そのときは、その部分だけ漆喰をはがすわけにはいかないから、結局、全部こわして一からやり直す、これが人生というものだ。間違いもまた善き哉じゃ。

エフィームが水汲みに混じると女たちが、若い娘たちも逃げ出した。エフィームは陽気に笑った。わたしの絶品の卑猥なことばで真っ赤になってしまうからだ。わははは、愉快だね。二人は女たちの井戸から水汲みを始めた。つるべの滑車を回し、木桶の水があがってくると、アリョーシャが運んできた大きい桶に注ぎ、それを運ぶのもアリョーシャだった。人生つまるところ間一髪、声を出しながら、結構な重労働だったのだ。半分まで作業がはかどった時点で、エフィームがひと休みだと宣言して、井戸の脇の石にかけてパイプをくゆらせるのだった。ウイキョウの葉の刻みタバコらしかった。ウイキョウの匂いがたちこめる。アリョーシュカ、腹がすいておるかね、ほら、これを食べなさい。牛蒡の大きな葉っぱにくるまれたやわらかい揚げ饅頭《ピロシキ》だった。なかに肉が詰まっている。香草の味がする。アリョーシャは汲み立ての井戸水をまるで命の水だとでもいうように飲む。

それはなあ、わたしだって、三度は人生をやり直したいと思ったもんだが、出来なかった。ま、漆喰のように壊すほどのものではなかったからでもあるがね、わたしらはその日暮らし、その日一日だけが人生だったのだからね、描き直すゆとりもなかった。で、この傾いた年齢になってみれば、どれもこれも、それでも精一杯の一筆書きといったものだったのだろう。わたしがダニーリー師の描きっぷりに惚れ込むのも理由なしとはしない。しかし、師は他のように下書きを使わない。というのもうすべての線が頭の中で出来上がっているので、漆喰壁に向かったとたんにどんな線でも思ったままに現われる。

手が覚えている。色彩は、目が、魂が覚えている。ハシドイの白い花房に見送られて、やがて二人は荷馬車に乗って現場へと引き返した。

第五章

1　白樺林

この日、正午になっても肝心のダニーリー師は姿を現さなかった。建築現場さながら、聖堂の中は注意深く見ても新しい廃墟という印象をもたらしたが、匂いだけは清新で、吹き抜けの風が通って内部の壁や壁ニッチにぶつかって方向を変え、さらに白亜の低いアーチをすり抜けて荒々しく組まれた丸太の足場と、描かれる壁の高さに合わせた渡りの板桟道にのぼって、また立ち去った。風は寺院の後景にある鬱蒼とした白樺林に集まって、気まぐれにあちこちに狼藉を働く悪戯者たちだった。漆喰をこしらえる大きな木枠箱、砂と石灰石のうずたかい盛りも内陣の脇に置かれ、道具もてんでに投げ出されている。

エフィームによってアリョーシャは先ず黒衣の三人に紹介された。アリョーシャは非常な親しみを感じて挨拶をした。アリョーシャは三人の顔は知らなかったがその声と話し方で、雨宿りのときの感動を忘れていなかった。どちらが、《リチニク》なのか、どちらが《トラヴシチク》だったか、区別がつかなかったが、エフィームがさも自慢げに、リチニク、つまり聖像画の顔や肢体を描く役割りの背の高い、年齢が良く分からないような修道士の画僧を紹介した。ヴィタシュヴィリという名だった。アリョーシャには懐かしい響きだった。思わず彼は、《エリブルース山ですね》、とカフカースの秀峰の名を言った。すると画僧は涼しげな眼でじっとアリョーシャを見つめ、それから微笑んだ。「〜シュヴィリ」という名前の語尾はグルジア出身者に多かったし、自分の旅芸人の一座にも芸達者の歌い手がいたのですぐに分かったのだ。それから、あの川、ええと……、とアリョーシャがふと言い淀むと、彼は、《テレク川》——と言い、それで思い出されてアリョーシャは、そう、《ダリヤール渓谷》も、と言い足した。黒衣のヴィタシュヴィリはさらに眼を細めるように言い足した。ええ、そうだった、つい忘れていました。わたしはこのように随分遠い所まで来てしまったものだ、あの故郷のカフカースの山々から、あそこの僧院から十八歳で旅立って、それから海伝いにアストラハンまでやって来て、それから、それから、このルーシの地の奥深くまで何という長い歳月を経たことか……、お若いひとよ、夢のような話です。で、あなたは、エフィームさんの話だと、この制作の助手に志願したいとのことだが、もちろん、彼の推挙とあらば全然問題はありません、今日から、採用ということになりますよ。いま、雇い係に言いつけておきましょう。

アリョーシャは他の二人の修道士にも紹介された。一人は聖像画の遠景の植物を専門とするヨシフ、もう一人は聖像の衣裳描きを担当するエリヤ。この三人は今日から始まる壁面の前に立って、いよいよ今日はどんな画想が忽然とあらわれることになるのか予想し合いながら、いまかいまかとダニーリー師の現われるのを待ったが一向に姿を見せない。みんなは少しも焦らなかった。そのうち来ましょう、そう言いながら、手順や準備する顔料などの綿密な点検を行った。アリョーシャはとにかく彼らの後ろからついて歩き、少しでも多くの耳学問をしようと思った。ダニーリー師は今ごろ、白樺林でひと眠りでもしておられるのだ、眼が覚めたら来るでしょう、あの方は、すべて画因《がいん》は心に出来上がっていても、さて、最後の決断がつくまではどこまでも考え抜くのです。きょうは、おそらくその最後の決断をすべく、例のように朝から瞑想しているに違いないのです。永遠を待つわけではない。その一瞬を待つのです。のんびり待ちましょう。三人はそんなふうに話しながら内陣の他のフレスコ画の翼屋を見て回った。何とエフィームも重要な漆喰職人だったのだ。頷きながら一緒に見回っている。ムーロゾフ家寄進の聖像画ですから、これは十月の最初の雪が来る前に完成されなければ契約違反になる。そうとう急ぐことになりましょう。画想に行き詰ったら大ごとです。ダニーリー師は、しかし、このたびは随分悩んでおられるようだ。わたしたちもまだ画想については一切聞かされていない。おおよそは分かる気がするが、これまでの形式にのっとるならさほどの難儀はないと思うが——どうも、このたびは何かが違うように感じられてならない。いや、これは時代の予感といったものかも分かりません、とヴィタシュヴィリは呟き、アリョーシャはそれを記憶にとどめた。

寺院の中は涼しかった、外は八月の太陽が灼いていた。白い鳩達が涼しさを求めてばたばたと飛んで来て藁屑をついばむ。川からやって来たのか、一羽の背の高いアオシギが悠然と歩きまわる。アーチの下を夏雲が流れて行く。アリョーシャがアーチの中に立つと、ブク川がきらめきながら青く流れていた。そうこうするうちに一刻一刻は瞬く間に過ぎた。やがて、ヴィタシュヴィリがアリョーシャに声をかけた。老師はきっと白樺林のどこかで居眠りしているはずだから、ひとつここはあなたが迎えに行ってくれませんか。というのもあのお方は若い人をひどく喜ぶのです。いいですか、機嫌が良ければ、いきなり議論をふきかけられるかも分かりませんよ……。アリョーシャはこの大任に眩暈《めまい》がする思いだったが、信頼されたのだと意識すると、武者震いして、かしこまりました、と明瞭に答えた。

したり顔のエフィームが開け放たれた扉を出て白樺林の方を指して、小道がある、奥に行くほどに明るい草地が広がっている、ダニーリー師のお気に入りの場所だ、が、ただし、途中毒蛇には用心すること じゃ、と助言してくれた。突然アリョーシャは思い出した。すっかり忘れていた。袋の中にユスポフの形見の短刀がある。彼は内陣のニッチにおいた袋を取りに戻って、それから白樺林に走って行った。このときのアリョーシャの心の動きは奇妙だった。それを自分でも意識したのだった。いや、このような場所で、ニッチにしまった袋が盗まれることはない、そのような疑念は浮かばなかったが、説明のつかないもやもやした気持ちが動いたのだ。どうやらそれはオレーグの馬と毒蛇、そしてユスポフ。ああ、いまあの人はどこを旅して流離《さすら》っているのだろうか……

アリョーシャが白樺林の中に分け入ると、驚くほど美しい光と緑、木漏れ日の波、漆喰のように真っ白な白樺の幹、彼女たちがまるで自分たちのこの白い肌の上に描いて欲しいとでもいうように、上方で葉むらがそよぎながら、彼を包みこむ。小道には水たまりがあちこちに小さな花を咲かせて、倒木が腐りかけ、きのこが生え、樹液の匂いがあたりにみちあふれ、それは白樺の透明な樹液に違いなかった。時折、彼は白樺の真っ白な体に手をかけながら進んだ。まるでナスチャの白馬に乗ったときのような手の感触だった。

2　まどろみ

まるで無限につづくようだった、再び、また再びというふうに白樺の木々は左右に、また行く手に道を開いて奥へ奥へと夢の場面だとでもいうように開かれて、鏡像のように左右前後に自分たちの真っ白い姿を見せながら、アリョーシャを誘い、誘いながら逃げて拒否し、拒否しながらまた先へ左右へと別れて行く。

アリョーシャは一歩一歩の歩みの速度を上げるが、足にまとわりつく低い茂みや枯れ枝の矢がいきなり顔を狙うので、手で顔を庇うようにして明るい草地を探して小道から幾度も逸れたのだった。やがて方向感覚がなくなる。こういうときは途中で目印にと他の灌木の小枝を折っておくべきだったが、それを失念して先を急いだ。これほどの美しい漆喰の白い木々たちの密集陣にただ一人囲まれていると空恐ろしくなるのだった。静寂が真っ白いのだ。そして上方には見えない青空から雲の流れと風が渡って行っているはずだった。光は梢から塵になってこぼれてくるが、もうアリョーシャには届かない。早く明るい光の草地に出なければならない。アリョーシャは急に足もとに緊張感を覚えていた。水辺と湿地の泥土がうねる。ぬかったらたいへんだ。跳び退きざま彼はまだほっそりとした白樺の若木に腕をかけた。背筋が凍るほどだった。ぬかるみの腐蝕土のなかで真っ赤な頭の蛇が横切る。頭をもたげたが、アリョーシャを見たのかどうか。咄嗟に彼は太い枯れ枝を拾った。いや、マムシなら黒いはずだ。一瞬にして飛びかかるはずだ。大慌てで、ぬかるみの谷地から出て、明るい草地の匂いを感じた。草地の入口にはもう茎が枝のように伸びて小さな紅紫蝶形をたくさんの房状につけ四方にひろげて揺れている美しすぎる茂みがあった。野ハギにちがいない。アリョーシャはほっとした。八月といっても、もうここには秋が来ているのだ。その野ハギの脇を通りすぎるとき、ふっとアリョーシャはかすかな寝息のような静けさを不思議に思って、足を止めた。野ハギの枝茎の上方のしなやかな緑の枝に、すやすやと寝息をたて、うっとりと眼を閉じて眠っている短かい黒いものがあった。野ハギの花房がその黒い生きものの頭にふれている。かすかに風を感じたとでもいうように揺れている。それはマムシの子に違いなかった。アリョーシャはうっとりとまどろんでいるマムシの子が懐かしくてならなかった。どんなに小さくてもマムシの子はマムシで、行き会ったならば不吉な黒い頭をぐっともたげて舌をちりちりさせ、攻撃の準備をする。かりに枝で叩き殺しても、そう簡単には死なないで、執念深く飛びかかる。そのような死の本能の毒を蓄えたマムシの子が、ただひとり、このように野ハギに上って、花にあやされながらまどろんでいる。アリョーシャは目を覚まさせないように、見なかったことのようにそっと脇を通り過ぎた。もちろん、マムシであるからにはこんな子であってもすでに死の毒を持たされている。しかし、このような健やかなまどろみはどうだ？　しかも花々があやしている。野ハギの花たちは彼が何者か知っているのだろうか、いや、知ってはいるにしても、彼を上らせて、眠らせて、しかも花びらで彼を飾ってくれている。このときアリョーシャは人間のことを重ねて思っていたのだろうか。

やがて彼は明るい草地にぬけ、全身降り注ぐ光に包まれた。回りを白樺の木々が取り囲んでいるので、真ん中にポツンと置かれた大きな木椅子も小さく見え、この空間がまるで聖堂の内陣のように思われたのだった。白樺の寺院だ、白樺の白亜の宮殿だ、アリョーシャは目あてのダニーリー師の姿を探したが、この草地にはいない。草地に寝そべってもいない。師よ、《ウチーチェリ！》と叫ぶべきだったろうか。しかし彼にはここで声を出す気持ちにはなれなかった。日は輝き、舟のような夏雲が空を漕いで行く。雲の櫂から滴がこぼれる。そして草地には見たこともない蝶たちが舞っていた。アリョーシャはふと自分の任務を忘れたように、草地の真ん中に置かれた木椅子のところまで歩いて、そこに坐った。

辺りは光で輝き、まわりには白樺たちの白い乙女たちが祈り、蝶たちがゆっくりと婚礼飛行の舞いをくりひろげ、そして自分はこの坐り心地のいい椅子に掛けて、世界全体を感じとっているのだ。彼は袋の口を開けて、中から大事に携えて来たユスポフの螺鈿の柄のある短刀を取り出した。また、油紙に大切に持って来た、コジマ長老宛ての手紙を取り出し、光を吸わせた。あのアンドリューハさんとオレーグは今どこだろう。不眠だったアリョーシャはふっと眠りに落ちた。一瞬のことだった……

眠るな、若いひとよ、起きていなさい！　その声は馬上から言われた声のように聞こえた。いや、その声を越えるとでもいうように、白樺林が一斉に引いて行き、その中から一頭の白馬がこちらに向かって疾走してくる……、アリョーシャは恍惚とした感覚のままに、アナスタシーア、あなたはこの森に来ていたのか——と腕を広げて白馬の前に立ちあがった……

3　対話

一瞬間だったはずの昏睡から我に帰ると、アリョーシャの目に映ったのは草地の縁に咲き乱れている野の花たちの中から現われて、まるで室内を歩き回るように手を後ろに組みながら辺りを行きつ戻りつしている不思議な風体の、白く、もじゃもじゃの髭をはやした人物だった。すぐにそれがダニーリー師だと分かった。大慌てで木椅子から立ち上がりかけたアリョーシャに遠くから大きな声で、そのまま、そのまま、と叫ぶような声が届いたときは、もう眼前に半袖の毛皮を来て、腰に荒縄を巻いた、どちらかというと細面で眉の濃い小柄な老人がアリョーシャを覗き込んだ。アリョーシャが手にしていた螺鈿の柄の短刀がきらきら輝く。油紙に包まれた手紙は膝の上にあった。じつにいい眠りだったようだが、と半袖毛皮の人が言った。毛皮の胴着の下からは、カフタンのような寛衣の裾が出て、手首はぴったりと寛衣の袖口がとめられている。アリョーシャは最初、どう言っていいか躊躇《ためら》った。その躊躇いをその人は軽く制して、若いひとよ、こんな真昼間に眠り込むようではいけない、仕事をしなければならない、さて、あなたのことは直ぐに分かった。ヴィタシュヴィリたちだろうね、わたしを呼びに寄こしたのだろう。図星だね、ふむふむ、ところであなたは緊急助手とでも言うのかな。図星だね。分かった、ふむふむ。驚いたかね、このわたしを、まるで、荒野に呼ばわる預言者のヨハネとでも思ったのかね、それはゆゆしいことだ。わたしは、こんな毛皮の胴着を来て荒縄を巻いてはいるが、そのような尊いお方などではない。これが仕事着なのだ。

アリョーシャはようやく、お呼びに参りました、ダニーリー師、と声に出した。すると老人は、その

《ウチーチェリ》はやめなさい、と言い、さあ、そのなにやら妖しいものは袋に仕舞って、わたしと一緒にこの草地を歩き回りながら語ろうではないか。わたしはほんとうに若い人と語らなければならないと思っていた矢先だ。というのも、この老齢のわたしは、これからほんとうに若くあらねばならないからだ。仕事というのは、魂がほんとうに若くなければ出来ないことなのだ。技芸の鍛錬だけでいいというものではない。魂の若さだけが、その魂の飛翔と、また自然からの啓示、それなしには叶わないのだ。アリョーシャを伴って、ダニーリー師は歩き出した。ふとアリョーシャは自分では知らない自分の、母方なのか父方なのか、いずれかの祖父にでも会ったというような気持ちになっていた。せかせかと歩き回りながら、ダニーリー師はアリョーシャを相手に、一方的に話し始めるのだった。話しながら何かの決断をしようとしていることだけはアリョーシャにも伝わった。というのも、今回の聖像画の制作について、寺院現場でヴィタシュヴィリたちがいろいろに憶測していたからだった。アリョーシャは自分の性質から言って、ひとの話すのを聴くのがとても好きだった。そこには思いがけない世界が繰り広げられるからだった。いや、聴き上手というのではなく、一緒に聴きながら自分もその話し手とその話し手の体験を追体験している気持ちになるからだった。同化力と親和力があふれて来て、それが自然に流出する。それは善悪についても同じだった。嫌悪すべき対象であってもそこへの親和力があった。ダニーリー師は腕をやたらに動かし、身ぶり手ぶりが激しかったが、彼と並んでアリョーシャは少しも苦にならなかった。

――……で、若い人よ、あなたはどう思うかね。この白樺林を抜けてこの光あふれた草地まで来るとき、何も感じなかったかね。ほう、そうかね、そうか、あなたは白馬に乗った処女をうつつに見たというのかね、それは羨ましい若さだ、素晴らしい。素晴らしい幻想だ、そう、その幻想が大事なのだ、現実そのものだけではこの世界は地獄に他ならない。純粋な存在とは、分かるかね、幻想によって成就する。おお、アナスタシーアという乙女だと、結構な名ではないか……ふむ。ところで、いきなり本題の議論に入りたいが、いいかね、この光に満ちた草地と、ここを取り巻く鬱蒼たる白樺林だが、一体ここは何であったかと思うかね。ふむ。あんたのような若い人は勿論知るわけもないだろうが、さて、ここはというと……、ここはコマロヴォ野と言って、累々たる死者たちが埋葬された土地なのだ。埋葬というと聞こえがいいが、みな虐殺された人々がこの大地の穴に投げ込まれた、その森だったのだ。で、それもこの半世紀そこそこ前のことだ。その頃わたしはまだあなたのような若者に過ぎなかった。わたしの父親もここで埋められたのだとずっと後になってから分かった……、わたしの父は隣国の騎士団の一人だったがね……。その大地の上に、暗い針葉樹が切りだされて、やがて白樺林が新しくこのように美しく育った。そして何の因果であろうか、使命感という切羽詰まったことではないまでも、自然な流れのままに、修道院を巡り歩くうちに、技芸の道にも目覚め、このように老いた聖像画家となったわたしは老師などともてはやされ、スヴィヤトスラフ公の領内の、奇しくもと言うべきか、よりによって新しい聖堂がここに建てられることとなって、特段の栄誉でここに招聘されたのだ。しかし、いいかね、この白樺林の大地は死によってこそ、かくも豊かな美しさとはなった。もし、記憶を永劫にとどめるべく、この森を掘り返せば、おびただしいしゃれこうべが現われよう。それらの人々の記憶は、それなりの地位の者たちでないかぎり、寺院台帳にも残されない。まして年代記にはな。ただただ殺されていっただけのことなのだ。しかし口碑という幸はある。そこにこそ歴史に書かれざる真の影がある。ふむ。もちろん、今回の聖堂建立というのもそれなりの、そう、鎮魂という名目の理由があってのこととは言え、では一体、わたしがここにおいて描くべき聖像画は、一体、何なのか……、わたしはずっとこのことだけを考えて来た。これまでの清楚な様式の枠内だけにとどまっていて果たしていいのか。わたしはいまこの齢になって、何をここにおいて描くべきなのか。そう、厖大な無辜《むこ》の死者たちの姿をここにおいてまざまざと見えるように描くべきではないのか。もっとも、寺院の聖像画とは、そのような無惨な死者たちの集合絵図ではない。それよりももっと大事なことは、描かれた聖像画を、心弱った人々が、苦難の人々が、敗れた人々が見て、その聖なる図像から遥かな神を偲ぶその窓口になればいいことだとは言え、いや、わたしはこれまでそのようにしてこそ美しい聖像画を描いて来た。

たしかにわたしの若い日の師であった方は、それは恐ろしい筆致で、現実の再現であるような聖像画をもたらしたが、それは見る者、祈る者を戦慄させるほどのものだった。わたしはそれに逆らった。わたしは善だけを思って描いて来た。傍らに無残な死が跋扈《ばっこ》していると同時に、野の花が純粋に咲き誇っているではないか。わたしはどちらを選ぶべきか、どちらを見るべきか。いや、無惨な死の現実に眼をつぶるというのではない。つぶらずにいて、選ぶのだ。どちらかを。二つを選ぶということは出来ない。師に逆らって、お前は善のみをとれ！　そう命じられたように思うのだ。しかしこのたびは、そのことにも深い疑念が湧いたのだ。真にわたしの描く聖像画は、このような白樺林の死者たちの、在りし日の人生の喜びを復活させていただろうか。ただただ、聖なる人々、選ばれた人々を、美しく純粋に描いて来ただけではなかったのかと……

若いひとよ、おお、まだわたしはあなたの名を聞いていなかったね、で、なんと呼べばいいのかね、おお、そうか、アレクセイだね、よくあるが、善き名ではないか、名付け親に幸いあれ、で、それではアリョーシャ、あなたはこれについてどう思うかね。わたしらの過酷な動乱時代を見知らない若いあなたは、どう思うのだろうか。おやおや、今なお動乱時代だと？　その後始末だと？　ほほう、善だけで、それで、いいと言うのかね。それはあまりにも甘過ぎやしないかね。爛熟した悪が、満ちあふれて世界を喰らい尽くしているのが現代ではないかね。富と武力、そして困窮する人々の群れ。厖大な流離《さすら》い人。難民の群れ。それでも、若いあなたは、善だけでいいのだと言うのかね。なるほど、これは驚いた。何？　必ず善は悪に打ち勝つというのかね。何という若さだ、ほほう、このわたしに数百年先、いやさらにその先に向かってあなたの善のみを描けというのだね！　これは驚いた。あなたがわたしに説教するとは！　わたしたちの、色彩を漆喰に閉じ込めるフレスコ画というのは、それこそ千年だって大丈夫だと聞かされているが、わたしがその数百年先で、確認することは出来ん、それは気の遠くなるようなお伽噺だ……おお、悪は見飽きてうんざりだと言うのか、たしかにあなたの言うとおりだ、おお、死は見飽きてげっぷがでるほどだと言うのだね、それはそうだ、わたしたちの歴史はその連綿たる死の連続だったのだから、で、それを越えるというのかね、その方法は？……おお、死と悪を越えるところに、わたしの聖像画をおけというのかね……。それこそが美芸の使命だと言うのかね、若いひとよ、夜の星たちのように、銀河のように、というのかね、あの野ハギの花のようにと言うのかね、アリョーシャ。

アリョーシャは能弁なダニーリー師の設問についてよく分からなかったが、自分がいま実際に思っていることを率直に述べたに過ぎなかった。ドラゴンに向かって牛蒡の茂みの荒野をただ一人、槍をかかえて疾駆する聖ゲオルギーのことを思い描いていたに過ぎなかった。ドラゴンの潜む洞窟はいつの時代にも存在するだろう。時代時代によってその洞窟もドラゴンも姿を変えて現われ続けるだろう、しかし、尽きることなく続々と聖ゲオルギーもまた現われ続けるだろう、そう単純明快にアリョーシャは思っていたので、答えたままでだった。

時にアリョーシャの腕をとり、また、後ろに手を組んで歩き、赤いタンポポの花の前で立ち止まる老師は、やがて沈黙して、木椅子に腰を下ろして目を瞑った。その瞼の中を青い空が流れる。わたしはあの頃、若かった、と呟く。ふと眼を開けたダニーリー師がアリョーシャに問いかけた。それはアリョーシャが持っていた螺鈿の柄のある短刀のことだった。どうも不思議だ、見覚えがあるように思ったのだが……、アリョーシャは包み隠さず、短刀の由来を話した。ダニーリー師は、いきなり、何と言った？と大きな声を上げた。さあ、見せてくれたまえ、アリョーシャ、誰からだって？　ユスポフと言ったのか？　何ユスポフだ？　アンドレイだと？……おお、あのユスポフが生きていたのか！　何ということだ！　何ということだ！

アリョーシャが袋の口ひもを開けて取り出して見せた螺鈿の柄にある古いキリル文字の銘を、撫でるように辿り、老師の顔はほとんど若者の顔のように見えた。細面の白髪の額には細紐が締められ、口元も髭もじゃに埋もれていたのに、荒野のヨハネのような荒々しさはみじんも感じられなかった。アンドレイ、きみは生きていたのか……

4　日の終わりに

ラート、ラート、わたしたちはそう呼び、夏によって年齢を数える、とヴィタシュヴィリが言って、アリョーシャを新人として迎え入れてくれた夕べだった。空にそびえる新しい聖堂の丸屋根が夕陽に照らされている。広々とした敷地の奥に、この壁画に携わる修道士の画僧たちの仮住まいが建っていた。荒削りの板柵がめぐらされ、柵に沿ってまだ若いが背の高い《チェリョムハ》が二本、まるで姉妹のように並んで立っていた。ヴィタシュヴィリはことのほかこのチェリョムハがお気に入りだった。春の開花の季節の芳香はまるで異国的な、いや、異教的ともいえる乳香のように、わたしは母国を思い出させられるのでね、——と言いながら、アリョーシャをこの仮設の木小屋に案内し、窓際の木の寝板を彼にあてがってくれた。

入口の間には黄金色で描かれた小さな聖像画がかかっていたし、住居内部の東向きのニッチに、鉄製の灯明皿がおかれ、さらに美しい赤色の鮮やかな小ぶりな聖像画がおかれている。青い色彩の美しさにアリョーシャは思わず息をのんだ。ヴィタシュヴィリはそのアリョーシャを見ながら、さも可笑しそうに笑った。おやおや、あなたは色彩にとくに鋭敏なようだね、いいことです、そう、この赤は、遠い国のことばだとバーミリオン、ようするに《辰砂《しんしゃ》》です、そう、水銀と硫黄でできた鉱物からつくる赤。はははは、どちらも地獄を思わせる物質ですが、それがこのように聖母マリヤさまの像には欠かせないのです。おお、この群青ですか、これはたいへん高価な青金石のラズリト、つまりラピスラズリという鉱物からつくる顔料です。ここから遥かな東方のアフハン国の山岳地からもたらされるのです。気に入ったのですね。ええ、そう、そう、わたしたちがふだん使っている《ラズーリ》ということば、そう、瑠璃色のことです、仰るとおりだ。しかし、アリョーシャさん、えらいことになりましたね。

ダニーリー師は今日も結局決心がつかない。あの方のことだから、よく知っていますが、期限が来ようが来まいが、納得するまでは梃子でも動かない。さあ、どうでしょうか、あと一週間は、仕事は始まりそうもありません。もう、あの方は、行き先も知らせずどこかへ出かけてしまいましたよ。まあ、慌てないで、旅から帰るのを待つしかありません。ムーロゾフ家の方々が進行ぶりを見に来る頃までには、どうにかなるでしょうが。ええ、万一間に合わないとなれば大ごとです。スヴィヤトスラフ公のことですから、何がどうなるか。しかしダニーリー師はまったく恐れることを知らないのです。わたしたち画僧は修道院に属していますから……でもわたしたち画僧は修道院でも最下位の身分です、いや、ダニーリー師は、特別に公によって招聘されたお方だから、まったく別格です。しかしながら、いやな予感がないではないのです。アリョーシャさん、師はずいぶん長い時間あなたと白樺林で歓談しあったようですね、で、何か変わったことはありませんでしたか。そうですか、画想についてですか。なるほど、それはすでにわたしたちも存じていましたが、やはり、そうですね、こう言っては畏れ多いことですが、師の晩年とでも言うべききこの時期の仕事ですからね、まるで若者のように悩んでおられるのでしょう。初心ということばがありましょう？　晩年に至って、これまで数多の秀作を描いて来たとしても、まだまだ完璧でないという思い……、得てしてわたしたち凡庸な画僧は、土台、聖像画と言っても、苦しみ悩む俗世の人々の魂を崇高な神の世界へと導くといった、言うなれば啓蒙的な、そう、光を差し上げようということで、限定して、そうですね、形式はもうすでに重要な会議で決定されているのですから、それに従って、そしてわたしたちは、いわば、職業的に、自己模倣を反復すれば、それなりにかなりの水準の聖像画を描くことが出来てしまうのです、ここに落とし穴がある。百年先に、人々に忘れ去られるような聖像画であってはならないでしょう。聖なる方々の形見のような像なのですから。いえ、偶像ではありません。彼方なるものをそっと指し示すような画像。それにしても突然です、ダニーリー師は心ここに非ずといった風でエフィームさんの荷馬車に揺られて行きました。

　アリョーシャさん、他にどんな語らいがあったのですか。なるほど、善と悪についてですか。なるほど、死についてですか。ええ、わたしもこのコマロヴォ野に《主変容祭聖堂》が建立されたについてはそれなりの憶測を抱いていましたよ。修道院でも相当議論されて来たことも知っています。なんとなれば、この地こそ言うなれば、この時代の、そうわたしたちの時代が行った、厖大な死の事業の、敢えてここで《事業》と名付けますが、その悪行の象徴とも言うべき大地の森であったからです。この地にこのような新しい寺院を建立して、その霊を鎮めるという考えでしょうが、しかし、やはり腑《ふ》に落ちないでしょう。いや、それ自体としては善なることに違いないのです。鎮魂とは忘却のためであってはならないでしょう。もちろん、いつまでも記憶する、忘れないというのも、凡夫にとっては耐えがたいことに違いないのですね。わたしたちは、先の時代の死を忘れることで生き生きと生きるということも一方では真実なのです。

　おお、回りくどい話になりましたね、おそらく老師はこの矛盾する問題に悩んでおられるのでしょう。あなたに、あの方は《死はなからん》と言われなかったですか。おお、そうでしたか。あなたが言ったのですか、これは驚きです、何故です？　なるほど、もううんざりするほど見飽きたものだというのですね、なるほど、真にその通りですね。わたしも見飽きたように思います、ですから、もう死は十分です。ほほう、あなたは、死とは何でしょうかとわたしに問うのですね……

日没の沈まない光の帯が川面に広がるのが、ここにいながら見えるようにアリョーシャは耳を澄ませた。八月の太陽は、この新しい城砦都市のはるか遠くの平原地平にどろどろに溶け、音立てて沈むのが聞こえるように彼は思ったのだった。アリョーシャは白樺林の草地でダニーリー師に打ち明けたユスポフの短刀の挿話は話さなかった。老師のあのときの喜びの叫びを思い出すにつけ、問題は何かこれと関連しているのではあるまいかと、ふとアリョーシャは思った。そしてアリョーシャは、自分の大事な持ち物をしまっておけるところがないかとヴィタシュヴィリに訊ねた。

聖像画の下に樫の木造りらしいがっしりした棺のような櫃《はこ》があった。アリョーシャの手より大きな錠前がついている。ヴィタシュヴィリは自分の僧衣の腰紐にさげていた鍵束からその一つを外して、快く、もちろん、あなたがお使いなさいと言って手渡した。だれにでも大事な持ち物がある、と言って彼は眼をすがめた。父上の手紙とか、母の形見とか、真の像のよすがとすべきモノ……

ヴィタシュヴィリはさらに新しい提案をした。さて、若いひとよ、ここでは当分仕事がないですね、けれども、修道院ではこの時期、子供の手でも借りたいくらい忙しいのです。修道院領地の麦畑です、いまが刈り入れの真っ最中なのです。一つ、八月の労働をなさってくれませんか。ライ麦の刈り取りです。この一週間で終わるでしょう。あなたにとっては、修道士の人たちと知り合いになる絶好の機会にもなりますよ。中には、あなたと同じくらいの若者だっています。特に、わたしはサーシェンカを紹介したいですね。まだ見習いですが、ゆくゆくすぐれた修道士になる若者でしょう。画の方ではありません。文章の方面で特に天稟《てんぴん》に恵まれています。どうでしょう、あなたもいい機会だ、共に汗を流しながら、彼から学んでみたらいいでしょう。アリョーシャの眼が輝く。それでは決まった。今晩はここで泊まって、明日の朝早く修道院領の麦畑へ出かけましょう。ここから一〇ヴェルスタほどです。エフィームさんがおれば、荷馬車を出してもらえるのだが、今夜に帰ってくるかどうか。もちろん、彼もここで寝起きしているのですよ。今夜の賄いは、当番で、ヨシフとエリヤです。あ、ヨシフ修道士は植物を描く。エリヤは、衣裳を描く。今晩はブク川のスズキの揚げものと具なしのスープあたりでしょう。パンは町で焼き立てを手に入れて来るはずです。今夜は、ささやかながら、あなたの歓迎の宴です。

聖堂の後景の白樺林は、小窓から見るとすっかり白闇に覆われて、何かが甲高い叩音を立てながら泣いているように見えた。夜のあの白樺林の深さを思うと、鳥肌がたつようにアリョーシャは思った。幻想に過ぎないと思っても、いまアナスタシーアがあの白馬に乗ったまま、白樺林のあの暗い奥で迷っているのではないかと思ったのだった。

ヴィタシュヴィリが外に出て行ったあと、アリョーシャは聖像画の下の重い棺のような櫃《ひつ》の錠前を鍵で開けた。中には何も入っていなかった。彼はユスポフの形見とコジマ長老宛ての油紙に包んだ手紙をそっと置き、思わず十字を切った。そして蓋を閉め、黒ずんだ鉄の蟹みたいな頑丈な錠前をガチャンと鳴らして錠をした。ダニーリー師とユスポフとは一体どのような絆なのだろうか。もう灯りを点すべき時だった。

5　語らい

ささやかな宴が終わって、アリョーシャを入れて四人がそれぞれの板寝床に入って眠りについた頃、常夜燈のように聖像画の燈明は蠟涙をこぼしながらゆっくりと滴り、そしてやがて永遠にとどくのだ、そう思っていると、エフィームの歌声が遠くから聞こえて来る。どうやら火酒でもひっかけているらしい歌声が低く長く間延びして、オッフ、われらがマリヤさまよ、嫁ごももらえぬ、わしらーの、聖母さま、すすめー、すすめ、ルーシの倅！……というような歌のだみ声だった。その声が、離れの厩まで来ると静かになった。轅《ながえ》を外して、馬を小屋に入れたらしい。白樺林から風が立って鳴っている。そうだったか、エフィームさんは厩で寝るのだ、厩の上に、寝床があるのだな……そんなふうにうとうとしているうちに、深い安堵の気持ちがアリョーシャを包みこんでしまった。長い旅ではあった、こんなに安心して眠れる夜が来ようとは思ってもみなかったことだ……、無事にダニーリー師を送り届けたのだろうか……。そして忘却の銀河を渡り、星座がきらめき、夜は、幾夜もとでもいうように、もう白夜は過ぎ去ったらしい、そして更けていった。

朝が来て、すでに打ち合わせが出来ていたので、アリョーシャは聖像画のトラヴシチク、つまりヨシフ修道士と一緒に、修道院領地の麦畑の労働に出発する支度をした。ヴィタシュヴィリは聖堂の管理もあるので居残って老師が不意に帰って来たときのために用意を整えておくのだ。ヴィタシュヴィリが厩から戻って来た。アリョーシャたちが木小屋を出ると、もうエフィームが荷馬車の御者台に坐って挨拶するが二日酔いのようで眼がとろんと濁っている。頼みますよ、エフィームさん、とヴィタシュヴィリがエフィームの汚れたルバシカの裾をひっぱった。ソスノヴァの修道院畑まで頼むよ。分かっておりますって。おい、ベドゥニャシュカ、もうひと働きだ、途中泡吹いてぶったおれんでくれなんしょ、と彼は痩せた馬に優しげに声をかけた。昨日は往復二〇ヴェルスタ、今日は今日とて、ひとふんばりしてくなんしょ。飼い葉たっぷり。着いたら広い麦畑で一日遊んでおってくなんしょ。アリョーシャとヨシフは荷馬車の両側の背もたれにもたれ、向かい合って坐った。まん中にはからの水汲み木桶が並んでいる。聖堂の敷地のゆるい坂道は土埃が舞った。振り返ると、白樺林が横長の白い帯のようにしだいに離れて行った。

荷馬車は当然のこととして早朝の市中を抜けて行く。城砦の圧倒するように高い城壁下の道を通るとき荷馬車はごろごろと音を鳴らした。丸いごろた石の敷石の舗道だったのだ。アリョーシャは大揺れして荷台の脇につかまった。荷馬車の車輪がこわれたらどうなるのだろう。大丈夫だった。木桶の脇に大きな木枠に鉄を打った予備車輪が一輪積んであった。さすがにエフィームだとアリョーシャは感心した。そのことをエフィームの背中に言ってみると、彼は振り向きもしないで言った。手綱を曳くだけが御者ではない！　かしこい馬は御者が寝ていても目的地まで連れて行く。だから御者の仕事は、車大工も出来んと使いものにならない！　彼はでこぼこ道に揺られながら居眠りでもしているようだった。関門をくぐりぬけ、やがて城壁の下の舗道を過ぎてしまうと、ブク川に沿って、野道が川に沿って続き、川向こうの野原、その向こうに、ほんの一つ二つ、小さな、集落ともいわれないような木小屋が見える。静かに風で動き出したらしい雲たちにそれはのみこまれそうだった。二つの眼ではとても見渡せない広さだ。アリョーシャは右側にかけていたので、首を左から右へと少しずつ動かして、向こう岸の地平線を眺めた。平底船に馬が一頭、男たち、プラトークをかぶった女たちが乗って、しずしずと渡って来るのだが、いったいだれが動かしていたのだろう。きらきらとブク川の波が斑《まだら》に光って、漕ぎ手の姿も見えない。馬の歩みが滞ると、エフィームが、エイ、ベドゥニャシュカー！　このあまっちょ、ケツを振るな！――とどやしつける。野道の脇は、野花、夏草でむせかえり、陽炎が揺れる。鬱蒼と生い茂る牛蒡は灌木ほどになり、もう毬のある実をぞんぶんにつけていたし、背の高い野アザミの花たちは、荷馬車のすぐ脇まで触れて来る。さすがに聖像画の植物係のヨシフは、そんな野アザミでも懐かしそうにやり過ごし、眼を細めている。アリョーシャはこの機会に彼に聞きたいと思った。聖像画の植物はどのようにして描くのですか？　眠気におそわれているらしいヨシフ修道士が夢うつつに答える。……、ムムム、これは居眠りもなるまいね、お答えしましょう。ほら、あそこをごらんなさい。ユリの花があっちにもこっちにも咲き誇っているじゃありませんか。彼女たちを手折ろうとすれば、蜂たちがいて、なかなか困難ですよ。こうして眺める美しさは譬えようもない喜びです。

さて、いま、わたしたちのこの広大無辺なる野辺のユリの花は、まさにあのように赤い花ですね。たわわとでも言うように揺れています。重い花びらをまるで乙女の巻髪のようにくるりと反り返らせ、雄《お》蕊《しべ》雌《め》蕊《しべ》を光にあてて。さて、わたしなどは聖像画の植物係ですから、もっぱら植物が必要となる画想において、求められる植物を描かねばなりませんね。いま、たとえばユリの花だとしましょうか。わたしとしては個人的には、このようなわたしたちの野辺の、あのようなユリの花を描きたい。しかし、それはいけません。真っ白な大きな、あるいは小さな、百合の花でなくてはならないのです。白雲石でこしらえた顔料で、純白の、けがれなき百合の花でなくてはなりませんね。ここが問題です。これは象徴としても形式、いや様式ですね。この厳しい枠内で、所謂《スゥシチェストヴォー》つまり存在者の彼方をお伝えし表わさねばなりません。で、思えば、描き手としては、わたしにあの野辺の赤い野のユリを、その様式に縛られた白い百合の花で描くことにさせるのです。ええ、若いアリョーシャさん、あなたの反問はもっともなことですよ。実際は赤いユリの花なのに、聖像画で描くときは、真っ白い、気が遠くなるくらい強い濃密な芳香を発する真っ白な大きな百合の花……。でも、実際のわたしたちの暮らしの中では、あのように誇らしげですが、とても質素なつつましい赤いユリの花なのです。とても聖像画に描くわけにはいかないのです。

ほほう、他の植物は？　というのですか。ふむ。まさか、あの野性的な野アザミを描くわけにはいきません。たとえば、イチジクの葉、あるいはブドウ、あるいはリンゴ。あるいはまた、そうですね、どうしても国が異なるので、フローラ相が違う。従って、砂漠地方の植物、それらはたえず水を求めて渇いていて、それゆえに葉も青銅のように強く、緑も濃く、形も明瞭過ぎるほどです、いや、わたしたちの国のように輪郭がぼやけたり混沌としたというわけにはいかないのです。そうですね、植物にあって植物に非ずと言いましょうか、すでにそれらは絵で描かれてはいますが、謂わば、比喩的に言いますと、絵ことば、いや、ことばそのものなのですね。では真っ白な百合の花は、何ということばでしょうか。エデンの園のあのリンゴは、なんということばでしょうか。ああ、わたしは聖像画において、ひどく水枯れしたような貧しい葉の木々も描いて来ました。おお、わたしは、ほら、あそこの赤松の木々をごらんなさい、そのような木々をその松葉を、そのびっしりと固く引き締まった松笠を、出来ることなら聖像画にもたらしたいのですが……

ええ、わたしは植物係ですが、衣裳係のエリヤはどうでしょうか。やはりたいへんですね。まさか聖なるお方たちが、この国のルバシカなど纏っていては変なものでしょう。衣裳のヒダの一つ一つまで、計算され尽くされねばなりません。なるほど、いい質問ですね、アリョーシャさん、そうですよ。わたしたちの聖像画には、現実におけると同じような遠近があってはならないのですね。遠近は存在しないのです。ですから、遠いものも近いものも、同時的に同じ平面に描かれてしまいます。いや、ときには、距離の遠近も消失し、空間の遠近も消失し、というより、取り払われてしまうので、見えない部分まで、現実を無視して描かれることになるのです。ここに窓があるのに、見えないはずの屋上までが平面として見える。そうです、アリョーシャさん、ことばと同じようになっているのです。ことばは想像させます。ことばはすべてを縦横無尽に結合させ、飛翔します。してみれば、聖像画とはわたしたちの形式にがんじがらめに縛られたことばなのでしょうか。

それにしても、《リチニク》、顔と肢体の係となると、たとえばヴィタシュヴィリですが、これは大任でしょう。わたしなら怖じ気づいて倒れるでしょう。ええ、今回は、もちろん、ダニーリー師がそれを行うのですから、わたしたちは安全地帯にいられるのですがね。それにしても、師はどこに雲隠れなさったものやら。エフィーム、そろそろブク川を渡るころかね、渡ったらもうすぐだね。アリョーシャさんには麦刈りの、収穫の労働の喜びを存分に味わってもらいましょう。八月は刈り入れの季節、そして残酷な死の季節、いや、違う、刈り取られた麦がわたしたちの命をつなぐ豊饒な生の季節かな……、とヨシフ修道士は言って目を瞑った。

第六章

1 ヨシフ修道士

目の前に一面黄金色に日焼けした麦畑がひろがって、すこしずつ高まっていた。野の悪路は浅瀬の川で路が消えている。いま時分は枯れ川になっているのだが、ここでは激しい驟雨が通り過ぎて、小川が急に浅瀬川になったようだった。浅い川底に路跡が残っている。それでも、アリョーシャとヨシフたちは荷馬車から下りて、気持ちのいい浅瀬川を歩いて渡り、高くなっている麦畑の畔に出て立ち止った。エフィームは御者台から馬をののしりながら渡り、横道を回るようにして、麦畑の道までのろのろやって来た。息をのむような光景だった。この広大な麦畑がぜんぶ修道院領なのだ。右の遠くに、灰色の横長の建物が見える。人々がそこからあちこち動き回っている。荷馬車が通れる路は右手を迂回しながらそこへと通じていた。アリョーシャたちの足下では浅瀬川が透明な底をみせて青く流れている。麦畑の遠景はすべて八月の蒼穹と、横にうっすらと動いて行く雲の帯だけだった。そして広大な黄金色の中に、あちこちと麦を刈っている黒い人影が見え、人の声も風に乗って聞こえて来る。早朝に一〇ヴェルスタもこき使われた痩せ馬は顎をだしていた。アリョーシャはヨシフ修道士と並んで荷馬車の後ろからついて行った。

あれは風車でしょうか、とアリョーシャはびっくりして聞いてみた。ええ、そうです。あの大きな建物は、穀物倉庫ですよ。まあ、どでかい乾燥場と言ってもいいでしょう。そう、風車は脱穀に使うのです。もちろん、あの巨大な納屋で刈り取られた麦は乾燥させ、脱穀され、そして修道院の倉に運ばれる。ほら、ごらんなさい、ずいぶん鳥たちが集まっているでしょう。鴉たちも随分いますよ。みな、おこぼれにあずかれるのを知っているのです。一粒の麦どころか、厖大な数の一粒の麦というところです。アリョーシャの下着はもう汗で背中まで濡れていた。暑い、暑い、ヨシフ修道士は長い裾をたくしあげて歩いていた。納屋に着いたら、仕事着に着替えるのだという。地形的に見ると、ここは下の浅瀬川が谷間で、この大地によく見られる雨裂という地形だったのだ。ゆるやかな起伏を上って来ると少し前のめりになった麦畑が扇形に広がっているのだった。

ようやくその穀物倉庫だと言われた建物の前までやって来ると、アリョーシャが首を反らせても高く見えるくらい豪壮だった。頑丈な造りで、分厚い木材が惜しみなく使われている。一本の大木をまるごと立てたような柱などは恐ろしいほどの重圧感があった。そして大きなひし形の影が草地に落ちていた。落ちこぼれた麦の穂を何種類もの鳥たちが飛び回りながら啄《ついば》んでいる。二人など無視して食べるのに余念がない。風がないので、風車はひと休みしているようだったが、大きな木製の翼が鈍くうなる。その影が鳥たちの上に落ちている。この穀物倉庫の離れになって、二階か、中二階があるような大きさの丸太造りの建物があった。そこから人影が出入りしていた。とっくに先着していたエフィームがその中から出て来た。馬はもう荷馬車を外されて、裏庭のニレの木につながれ、草を食んでいた。エフィームがアリョーシャたちを呼んだ。二人が中に入ると、修道院畑の管理人の修道士が事務机に向かって坐っていた。

ようこそ、ヨシフ修道士、さあ、クヴァスでも一杯飲んで休んでください。おお、この若い人ですか、よろしいです。とにかく一人でも多く人手が必要でした。聞いています、エフィームじいさんから。窓辺の長椅子に腰かけ、アリョーシャは一日の労働の手順を教えてもらった。それは一人で刈り取るのではなく、二人ひと組で、麦畑の広さを区切って、一日のノルマをこなすというものだった。修道院所属の人たちは、この時期、ずいぶん人手が少なかった。方々への出張とか多方面の雑事に追われているということだった。それで近在の農夫や女たちも日雇いで集められていたのだった。同時に、八月の牧草の草刈りに集められた屈強な男たちも一緒だった。彼らはここからでも良く見えたが、麦畑と方角が違うひろびろとした低い丘陵地をのし歩いている、大鎌がぎらぎら光ったり、その曲がった大鎌の先が草もろとも小動物を殺しているに違いなく、バッサバッサと音立てて長い柄が振り子のように動いている。

毎度のことではあるが、八月は、まるで黙示録《もくしろく》のような光景ですね、大鎌だけでも空恐ろしいですよ、しかしこちらでは平和に黄金色の麦を、背をこごめて一心に刈り取っている。クヴァスを飲みほしたヨシフ修道士は、何か思い出したように言った。そうだなあ、大鎌の方は、あれは武力とか戦闘とか。いっぽう、わたしたちの麦畑は、せいぜい手ごろな鎌で、麦を刈り取る。穀物を。そうですね、穀物！これこそ、わたしたちの国のことばでは《フレープ》というわけですが、これは穀物という意味が最初で、そして同時にパン、という意味でしょう。これが素敵です。この穀物の発見がなかったら、わたしたちはどうなっていたでしょう。これこそ大発見だったのです。啓示だったのではありませんか。一粒の麦が死ぬことで、いや、この《死ぬ》というのは植物の本質に則しておらない過剰な比喩ではあるのですが、まあ、一歩譲って、どうでしょう、その穀物の、麦の種子は大地に播かれて、運がよければ、また春になって再生して、また実り、大地に落ちて、また再生する、そうです、この連綿たる巡りを遥か遠い昔の人々が発見したのですね、それがエギペトの、あのナイル川の砂漠の人たちであったのでしょうが、この穀物の再生と巡り、その蓄積、これがわたしたちの現在の魂をつくっているのではないでしょうか。

いや、これは、ここだけの話ですが。しかし、問題はこれだけでは終わらないでしょう。というのも、この穀物の蓄積ゆえに、どれほどの戦乱といったものが続いて来たことか。最初は穀物という名の、言うなれば復活の比喩ともいうべき意味の大きな転換が、実は、富という問題によって、なしくずしにされ、この大切な《穀物》、この同じ《パン》が、この世のパンが一番重要だというふうに歪曲されてしまったわけです。嗚呼。なぜわたしは修道士の画僧となったのでしょうか。《穀物》の蓄積による、いや、《パン》の蓄積による富の誘惑を、わたしは拒否したからなのです。どうしてかって？　簡単です。わたしは画僧なのですから。おやおや、アリョーシャさん、これでは同語反復ですね、ではこう言い替えましょう。わたしはその日一日を生きます、どの一日も、わたしの一生だと決断して。それが永遠だとして……。そうではありませんか、いや、若いあなたには、未来という時間が待っているのだから、きょう一日はあるいは未来のために無視してもいいかも分からない。それでも、きょう一日、思いっきり、八月の太陽に灼かれながら、我を忘れて労働に没入するならば、未来がまざまざと思い描けるかも分かりません、おやおや、クヴァス一杯で、つい熱く燃え上がってしまいました、わたしも齢ですね…

……

このような思いがけない感情の突発に、管理係の温厚な修道士も、あなたはまだ未熟だなあという表情で帳簿にアリョーシャの名を記載しながら、退屈そうにしていた。アリョーシャは早く麦畑で存分に筋肉を使いたかった。ふと立ち上がった管理係の修道士が外に出て行って、大きな声で誰かを呼んでいる声がした。すると巨大な風車が翼を回転させ始めたのか、ギシギシと軋む音がし、その音の影から、少年が飛び出して来た。管理係の修道士が彼をアリョーシャに引き合わせた。

サーシェンカです、そう少年は言って手を差し出した。アリョーシャは手を差し出すのに遅れをとったので、少しバツが悪かった。二人は、鎌を手にして麦畑に走り出した。まだ腰をあげずにいたヨシフ修道士は管理係に、ひと雨きそうですか、とつぶやいた。ほら、まだトラ刈りみたいに残っているでしょう、雨が来たら大ごとです。ここ三日ですべて刈り終えなければ、わたしの責任になるのです。ふむ、三日目ですね。そうですよ。この分では明日も明後日も雨にはなるまい。そう願うばかりです。ヨシフ修道士はご無理なされないように。ええ。そこそこに刈り取りましょう。一日の労苦は一日でね。アリョーシャたちが隠れた一角は、黄金色がこんもりと盛り上がって見える谷間からの上り口だった。ヨシフ修道士は絵のような情景に見惚れた。わたしもかつてはあの二人のようであった。そう口にして、彼は入口に散らばっているライ麦の穂を拾い上げ、今年の麦穂の粒が多いのを指で触った。

2　一日の労働

初め少年だと見えたのは、サーシェンカの顔が小さめで、鼻と口とのあいだが詰まった子供らしい顔だったからだ。並んで麦畑に立つと、アリョーシャより少し上背があった。笑うと小さなえくぼができ、声はやっと声変わりしたとでもいうように上気した感じに高くなったり低くなったりした。髪は薄い麦色の縮れ髪で、瞳は鳶色だった。が、ときに薄青く見える瞬間があった。切れ長の眼で、少しつりあがっていた。二人にまかせられた畑は小麦ではなく、燕麦と、ライ麦の区画だった。貴重な小麦畑の方がはるかに広かった。そこでは修道院の周りの開拓移民村から手伝いで来た人々が刈り入れをしていた。

アリョーシャはサーシェンカに鎌の使い方を教わってすぐに、彼が差し出した布切れを左手に巻いて、見よう見まねで麦の刈り取りにとりかかった。そのとき気がついたが、サーシェンカは左利きだった。並んで刈っていると奇妙な気がした。鎌がかちあうのではないかという錯覚だったが、慣れてしまい、刈った麦を刈った順に地べたに並べて先へ進むとべつに不思議でもなんでもなかった。大地の金色の髪を刈っている大仕事をしている気になった。サーシェンカは殆ど無言で刈り取りに熱中している。アリョーシャは彼を追いかけているようなものだった。次第に汗がまるで小川のように流れ出す。中腰になった腰部が痛くなる。ときに腰をのばすのだが、サーシェンカはそんなことはしない。アリョーシャの方をちらと見て、どんどん先へ進む。畝がある程度刈り取られたところで、運びに来る農夫たちがいた。修道院村の移住民たちだった。みるみるうちにというわけではないが、眼前のことをただ同じようにこなしているうちに、あたりが明かるくなる。麦の高さはアリョーシャの腰以上の高さだった。刈り取って明かるくなった畝に鴉たちが平気でやって来て少しも逃げない。雀たちもやって来て、これがうるさい。魂がこうして労働に鍛え上げられるのだと思うと、アリョーシャは小川のように流れ落ちる汗さえも嬉しくてならなかった。途中で水を飲んではならないのだと彼は思った。

すっかり喉が渇いた頃に、エフィームじいさんが、浅瀬川から天秤棒に水を汲んだ木桶をかついでやって来た。あぜ道からアリョーシャに大きな声をかけて寄こした。いのちの水だぞー、ここに来ーい、と叫んでいるのだった。アリョーシャはサーシェンカに声を届けた、水だ、水だ！　すると腰を真っすぐにした彼が畝をゆっくりと下りて来た。さあ、お若いひと、命の水を飲みなさい、もうすぐ昼の時間だから、あと少しの我慢だ、やり過ぎはいけない、こういう仕事は一足、一足、ただ、ただ、少しずつ、時間を稼ぐのが秘訣だよ、そう言って木椀を渡した。アリョーシャはその木椀をサーシェンカに先に渡した、彼はフフと笑った。そして一椀を一気に飲み干した。次にアリョーシャも一気に飲み干した。エフィームは、その調子だ、若い友よ、と言って、また天秤棒をかついで歩きだす。その瞬間、アリョーシャはサーシェンカが左手で水を飲みほしたのと、エフィームの天秤とで、突然のように、アナスタシーアも左利きだったことを思い出したのだった。するとまるでここに立って笑っているサーシェンカがナスチャだとでもいうような錯覚に襲われた。

太陽は灼熱をやめないで白く燃えている。炎を上げている。アリョーシャの心象の中から彼女が不意に現われたのだ。命の水を一杯飲み干したおかげで、いま自分が感じた幻想について――間違いないように、サーシェンカに話してみたいと思ったのだった。つまり、彼に、アナスタシーアのことを、彼女も左利きだったこと、裸の白馬に乗って立ち去ったこと、呪術師のお婆さんの占いの事……、それがこ…、そうだ、呪術師のマルファだってそうだったではないか、おかげで、わたしは……、アリョーシャは茫然となった。どうした？　アリョーシャ、と声がした。彼の巻き毛が額に渦巻き、まるで真上の若い太陽のように立っているようだった。おお、アリョーシャは我に帰った。サーシェンカが言った。さあ、あと半日、あそこの半分を片づければ、今日の任務は終わりだ。ほら、もう鐘が鳴っている、昼の賄いだ、さあ、急いで行こう、穀物倉庫の裏庭だ、ニレの木蔭でみんなで食事だ、わたしはもうこれで三日目だ、修道院より美味しい食事だ、さあ、行こう。サーシェンカが鎌を手にして歩きだす、アリョーシャも急いで鎌を取り上げ、歩きだす。麦の切り株がザックザックと音がする。そうか、あなたも左利きだったか。彼にはナスチャのことを話したい、その符合について、そう思いながらアリョーシャも急に空腹が募り、走りだした。穀物倉庫の風車がゆっくりと風を切っている。麦畑から思いがけないほど多くの人影が現われ風車に向かって来る。鴉たちが飛び立ち、空に網が打たれたような鳥の群れが急速に旋回して昇って行く。

ニレの木蔭での昼食は豪勢だった、というのも修道院の賄人たちが用意したものとは別に、修道院村の住人たちがこしらえてきたさまざまな食べ物が回って来たからだった。彼らのことばは聞いたこともないような訛《なま》りも混ざって笑いがたえない。麦刈りのときに聞こえていた女たちの歌はここでも、食事が終わると始まった。また歌いながら麦畑に入って行く。殆ど裸の子供たちも彼女たちの後ろからついて行く。食事が終わると、昼寝する余裕もなく、ふたたび労働が始まった。アリョーシャたちは若かった。いくらでも、働きながらでも疲労は回復する。二人の麦を刈る鎌の音は規則的に鳴った。事務所で交換された研ぎ直しの鎌はキレ味がよかった。事務所脇のわら小屋で鎌研ぎの男たちが、鎌を研いでいた。エフィームじいさんは水を運んで来ていた。鎌研ぎの男たちはみな恐ろしいほど髭もじゃで、眉も太く、眼がみえないくらいだった。アリョーシャたちはそのあと二度、鎌を研いでもらうために駆けつけた。そして、……日がようやく傾いて、長い影が谷間全体に敷かれた頃合いに、一日の終わりに鐘が叩かれた。遠くから荷馬車が数台やって来ていて、女たちの殆どと子供たちが乗りこんでいる。開拓移住村のわが家に帰るのだ。そしてまた明日の夜明けにやって来る。事務所の前に彼女たちが行列し、管理係の修道士から日当をもらって出て来る。押しいただくようにしてお辞儀をし、あるものたちは十字を切る。穀物倉庫の影が大きくなる。風車が止まる。中で脱穀労働をしていた男たちが粉っぽい埃の上っ張りを脱いで叩く。へとへとに疲れているが、気持ちが晴れやかだった。サーシェンカの誘いで、アリョーシャは谷間の浅瀬川まで下って、ヤナギの茂みに衣服をのせ、水を浴びた。川は浅くて、ふくらはぎまでしか水がなかったが、日が暮れて流れがいっそう静かだった。せっかちな星座が川底に降りてきたがっているようだった。二人は夕食が何か楽しみでならなかった。裸の体は腹部がすっかりへこんでいた。音立ててお腹を叩いて笑った。二人は中二階のある事務所の翼屋に入った。

一階で食事が始まっていた。にぎやかだった。アリョーシャはサーシェンカと並んで大きな木卓の端っこに陣取って、回されてくるものを片っ端から食べた。アリョーシャは旅芸人の一座の時の情景を思い重ねた。しかしここでは同じ賑わいだが、空気が違っていた。こうした賑わいのあとに、ここではどこへとも知らない先へ流離って行く必要がないのだ。ねぐらはあるのだ。定住者なのだ。旅芸人の一座の時のように、ここは旅の居酒屋の宿ではないのだ。そしてまた明日も麦を刈る労働が待っていてくれるのだ。穀物を取り入れてパンをつくるためなのだ。アリョーシャは回されてくる大きな丸パンをナイフで切り取る。皮は分厚く焼け、油が浸みこみ、底はもっと分厚い。実力がある。パンの柔らかい中にはつぶつぶのフスマが混ぜられている。となりでサーシェンカがやはり左手のナイフでパンをかかえるようにして切り取る。八月、夕べ、夕食、穀物、パン、ナイフ、……次々にことばが浮かぶ。《アーヴグストゥ！》と、隣で脈絡もなくサーシェンカが呟いた。八月、と言ったのだ。いや、八月よ、と呼びかけたのか、それとも、八月は、と言いかけたのか、それだけではアリョーシャには分からなかった。

管理係の修道士が、アリョーシャの今夜の寝板を指定してくれた。この丸太造りの中二階の寝場所だった。サーシェンカと二人きりだった。他の日雇いの男たちは、納屋とわら小屋、製粉の倉庫へと戻って行った。エフィームじいさんはヴィタシュヴィリからの急な連絡が届いて、これから夜道を修道院へ行くことになったと言う。なに、一〇ヴェルスタそこそこ。アリョーシャたちは馬小屋に見送りに出た。管理係の修道士が、獣脂の燃える缶照《かんてら》灯りを持って来て手渡し、野原を焼いては困りますよ、と言って笑う。また同じ歌を歌いながら彼は谷間に下って行った……

3　一夜

中二階といっても丸太組みの屋根裏部屋に近い。細い窓の外は裏庭のニレの老木が静かに星たちの瞬きを零《こぼ》していた。寝板は二つ並んでいた。一日の労働でアリョーシャは体中が痛んだがそれさえも心地よかった。どちらかが話す番だったが、アリョーシャは決心がつかなかった。夜が細い窓から新月の鎌で覗き込んでいるようだった。サーシェンカの方が口を開いた。アリョーシャは耳を傾けた。——さあ、こういう場合、何をどう話すべきだろうか。そうなんだ、過ぎ去った日々のことを話したところで一体何がわかるだろう、わたしの過ぎ去った年々の話をしたところで、それはすでにどうでもいいことだ。わずか二十年足らずのことをさももっともらしく話したところで、それが何だろう。あなたも同じさ。わたしが今こうしてここにいて、あなたと話している、そのことだけで十分なのだと思う。あなただって、最初から分かっていたが、過ぎ去ったことを幾らでも語ることが出来るだろう。不幸の数々を、幾らでも語れるだろう、でも、語ったところで何が分かるというのだ？　ここからは、きみ呼ばわりでいきたいが、いいかい？　そうだね、それはよかった、アリョーシャ。

そりゃあ、ぼくは語りたくてうずうずしているが、そこは後のことにしよう。ぼくはこれからなすべきことがある。きみも知っているだろうが、ぼくは画僧のヴィタシュヴィリさんに学んでいる。いや、聖像画なんかじゃないよ。修道院に拾われて、雑役係でもなんでもやっているけれど、いや、修道士の見習いというわけでもないよ、ただ、修道院で生きさせてもらっている。そしていまは写本係の手伝いをさせてもらうまでになった。この頃手伝っているのは、《イパチェフ年代記》といって、それはわけのわからない言い伝えもなにも、ごっちゃになったような記録なんだ。ひょっとしたら、きみもどこかで小耳にはさんだことはなかったかな。いま、ぼくがひっかかっているのは、こんな話だよ。ある乙女がいてね、その乙女の肩甲骨が剣でこじあけられると、そのなかに豊かな宝物が仕舞われているのだ。そしてそこから美しい運命のリボンが伸びて行く。ただそれだけの話なのだけれどね、これを写本修道士が説明してくれるには、これは、とても美しい女の運命の旅路のことだと言う。それはそうだ、肩甲骨を剣でこじ開けてみると、そこには蜂蜜でも穀物でも、なんでも豊かな収穫物、いやリスとか毛皮の高価なテンとかまでが蓄えられていると言うのだからね。しかし、ぼくは、この言い伝えには別のことが隠されているように思うのだ。このようにしか書けないことがあったのではないかとね。まったく別のことを、このように美しく書いたのではなかろうかとね。だって、きみ、考えてもみてくれ、いいかい、女の肩甲骨を剣でこじ開けるのだよ……。ということは、女を剣で殺すということではないか。そのなかに豊かな宝物があるだなんて、そんな幻想があり得るだろうか。ここでは血が流れないはずがないじゃないか、現にいまでさえ、どれほどの血が毎日のように流されていることだろう。これは殺された者でないと分からないだろう。殺される女たちでないと分からないだろう。わたしだって、そういうところから、出てきた一人なのだ……、いや、ぼくはそれを阿鼻叫喚だとは言わないよ、ただ、そういう記憶が残っているのさ。《イパチェフ年代記》は妄想の書物なのかも分からないが、わたしはその剣ということばに秘密があると思うのさ。どうもうまく言えないけれど、アリョーシャ、きみはどう思うかい？　ねえ、そうして殺しておいて、その中に穀物だのリスだの蜜だの、女の運命だの、そんなことはあり得ないと思うよ。これはたまらない光景だよ、そうじゃないか、母が殺され、姉が犯されて殺され、切り裂かれる……、耐えられないよ、それを、それを、これは伝えたかったのではないかとね、その残酷さを少しでも救うには、そのように美しくしないと、口碑であれば、なおのことじゃないだろうか。悪の最たるもの、それを真に伝えようとすれば、そうだね、ぼくだって、女の肩甲骨を剣でこじ開けると書いて、そのあと、その悪行を反転させたいと願うにきまっているさ。そしてそこに、穀物の豊かな蓄えを発見したのだというようにね。まだ正確に言えないが、つまり、剣でこじ開けられる女の側のことなんだ……、そんなことが許されるわけがない、これがわたしたちの父祖なのだ、こうして……、ねえ、アリョーシャ、きみは眠ってしまったのか?——

もちろん、アリョーシャは心地よい疲れに揺られて、夢の中からのようにサーシェンカの声を聞いている。そう言えば、サーシェンカの自己紹介は、サーシェンカ・ベズイミャンヌイだった……、へんな姓だろう? と彼は言って笑ったではないか。姓が《名無し》という意味だからね、そのときアリョーシャは答えたのだった、どこにでもたくさんあると。サーシェンカは自分の本当の姓が知りたいが、それもつまらない、どうでもいいことだからね、と言った。あのとき、そうだったのかあなたは、とアリョーシャはパンをナイフで切り取りながら思った。

いまそのときの声と同じ声を遠くに聞きながらアリョーシャは深い眠りに落ちて行く……、その、だれかを探しに、救い出しに奈落の底の道へと下りて行く、父よ、騎士ユスポフ、あなたは剣でこじ開けた人なのか、いや、そんなことはない、いや、オオカミどもが回りを取り囲み、後ずさりし、また輪を狭める、そして牙を剥く、アリョーシャはその一匹のオオカミの右の前足、その手を見る、爪が白く伸びて切っ先になり、異様に膨れ上がって白くぶよぶよなのに動く、見たこともない手と指だ、もう絶体絶命だ、オオカミたちに良心はない、ただ貪り喰らって、喰い散らして立ち去るだけがその本性なのだ、狭めて来る、いや、ユスポフ、それはあなたの手ではない、そして囲まれているのがアリョーシャではなくて一人のいや次々に他の女たちなのだ、そのとき、アリョーシャの眠りは奈落から這い上がり、意識がもどり、——そうだ、あの灰色の大きなオオカミに乗って疾走し、オオカミの上で婚礼の抱擁をしているイワン皇子は、彼のお伽噺は、違うのだ、そうではないのだ、真の事実は、オオカミたちが喰い殺したのだ、皇子をも、乙女をも、女たちをも容赦なく、そして喰い散らしたオオカミどもが、何食わぬ薄気味悪い白い毛の薄桃の色の太い手指で、病んでも病んでいるとも思わないその手指で、お伽噺をでっちあげたのだ、そして何も知らない人々はそれを信じたのだ、皇子と乙女を乗せて空を飛び疾走するオオカミ、それは逆さまな事実の隠蔽なのだ、オオカミたちがでっちあげた嘘っぱちのお話なのだ……――いま、サーシェンカも眠り、穀物倉庫の裏の森の縁の闇にオオカミたちが忍び寄る。八月の闇は恐ろしい静けさだった。お伽噺がその正体を現わす季節だ。それも何食わぬ人間の顔かたちをして。アリョーシャはうなされていた。

4　その夕べに

三日目の麦畑の炎天は少し力が弱り、もう九月の先遣隊が瑠璃色の空の上で機会をうかがっているようだった。麦畑の大半の小麦は刈り取られ、もうその広がりが密集した麦畑だったことなど嘘のように明るい大地の褶曲が見え、刈り株の列が織物の格子模様になってどこまでも伸びている。干し草の野辺もすっかり青々とした低い草地に変貌し、修道院村から曳いて来た馬たちが放し飼いにされていた。小さな雲たちが金色になって馬たちに乗っているようだった。アリョーシャもサーシェンカもこの日の日没前には、割り当てられた任務を殆ど果たし終えた。

明日は雨がやって来るらしいという知らせが事務所に届いていた。五〇ヴェルスタ先のルインヴァ川が増水して、刈り入れが数日遅れたばかりに水浸しになったという知らせだった。この季節は刈り入れ時を知ってでもいるように大雨がいきなり迅速な速度で一気に襲いかかることはみな知っていた。これで無事に修道院の広大な麦畑は難を逃れた。今日の日暮れのうちに集落に帰る女子供たちは歌っていた。落ち穂拾いに夢中になっていたボロ着の浮浪者たちの姿があちこちに残っていた。彼らは袋に鍋をぶらさげていた。落ち穂を拾って蓄え、どこかの小屋の家の庭を借りて、麦かゆを煮炊きするのだ。家の慈悲深いおばあさんから水をもらう。塩味が足りないのでそこいらのしょっぱそうな石ころを拾って来て、鍋に入れる。見かねたおばあさんが納屋から何かかにか持って来て、鍋の中に入れてくれるのだ。そして流浪者たちも夕食にあずかる。浮浪者たちは肢体の自由がきかないような人も、目の悪い者も、さまざまだったが、一人ではなかった。三、四人でお互いを助け合いながら、どこへという当てもなく巡り歩いている。

一人で流離《さすら》っているのは大抵が聖なる痴愚行者《ユロージヴィ》だった。彼らは祈りのような意味不明の歌をつぶやきながら歩き続ける。先ほど、サーシェンカとアリョーシャが事務所の前のラフカに腰かけて話しているところへ、痴愚行者が立ち寄って、二人に、のこぎりのような声ではなく、はっきりとした強い声で、お若いひとよ、神のご加護あれ……と言うのだった。サーシェンカが頭を垂れてお礼を言い、それから事務所の中に急いで入り、管理係の修道士と一緒に出て来た。修道士は、旅の友よ、お達者で先を続けられたし、われらみな神の思し召しなれば云々と言って、大きなライ麦の丸パンを差し出した。焼きたてだったのでまだやわらかく、うっとりするほど甘酸っぱい匂いがする。今日は麦刈りも全部つつがなく終わった祝いに、かような香草入りの《フレープ》を焼かせてもらった次第じゃ、老いたる兄弟よ、神のご加護を！——と修道士が言った。

アリョーシャは夕暮れのまだ消えない光の中のこの光景を間近に見て、なぜか目がうるむのを覚えた。旅芸人の一座で、最後の日々は、父と二人で、このようであったではないか……ああ、どれほどの施し、もてなしを貧しいひとたちから受けたことだったか……。一日の仕事を終えて止められた風車が巨大な十字架のように見下ろしていた。聖なる痴愚行者は押しいただくように貰った丸パンを背袋にしまい、麦畑の畔の坂道を下りて見えなくなる。やがて日雇いの男衆も事務所で労賃の支払いを受け、三々五々、事務所から立ち去って行った。エフィームも明日迎えに来ると言って、脱穀したての麦粒の袋を積んだ荷馬車で帰って行った。浅瀬川を渡るときの、老馬に悪態をつく大きな声が静かに消えて行った。

二人はまたラフカに掛けてそれぞれの物想いに沈んだ。畔に植わった豆の枝がざわつき、事務所の脇にしぶとく生い茂っている苦ヨモギが強烈に匂った。この時に二人をもし遠くから眺めたら、きっとこの二人は兄弟でもあるかのように見えたに違いなかった。丸い子供らしい顔立ちのサーシェンカが兄で、細面のアリョーシャが一つ二つ年下の弟だとでもいうように。それほど二人の雰囲気は似通っていた。髪の色が違い、瞳の色が異なっていても、二人は夕暮れのなかで同じシルエットになって、膝の上に両肘を付き、ときどき、顔を上げた。アリョーシャの方は、サーシェンカに、きみ呼ばわりで話しかけるのがそれとなく憚られる気持ちが残っていた。というのも、一歩も二歩もサーシェンカの方が先を行っていたからだった。良心が、魂が人の姿をつくるというのなら、たしかに二人は似通っていた。

昨夜、きみはうなされていたね、アリョーシャ——とサーシェンカが言った。何度も、ユスプフだったか、ユスポフだったかという名前を呼んでいたので思い出したのだ。ひょっとしたら、それはあのユスポフ侯の名前じゃなかったのかい？　そう、騎士団のだ、そうだ、クシジャノフ公の一族だよ、いや、その侯自身はとっくに亡くなっているからね、ほら、いま新しい寺院が建っているコマロヴォ野の戦いの時代だ……、だからきみがうわごとで呼んでいたのは、その御曹司のことじゃないのか？　たしか、アンドレイとか聞いた気がするが……まあ、それは何もいま聞こうという気持ちじゃないよ。いいかい、わたしの話を聞いて欲しい、菩提樹の木がつぶやいているとでも思って。

ぼくはもう任務が一日前倒しで無事に終わったので、明日の夜明けには修道院へ急いで帰るんだ。待っている人たちがいる。ねえ、アリョーシャ、こんな自分でも、待ってくれている人たちがいるということは何という喜びだろう！　普通ならば、どんなに貧しくても家族がいて、そして待っていてくれる、でもわたしたちにはそんなことはない。それは、きみだってそうだろ？　違うかい、おや、いるの？　おお、そうでなくちゃね。いいことだ、とてもすばらしいことだ……。で、さてぼくの話は……、何故急ぐかって？　そこなんだ、ぼくは急ぐ、急いですべての仕事をして急ぐ。きみはここの修道院領のことをほとんど知らないようだが、ここはすごいんだよ、だからぼくはこうしてこの年までいられるんだ。修道院から、そうだね、一〇ヴェルスタはあるだろうか、谷間を三つ越えて西へ行くと、そこはもうほとんど人の通わないような森がどこまでも広がっている。鬱蒼とした原始林だ。修道院の修道士たちが七年もかけてあそこを切り開いた。そして、そのうちの一番いい起伏のある小さな谷間、それがソスノヴォと言うんだが、そこに自給自足の村をつくったのだ。いや、小さな王国。そうなんだ、わたしの修道院は、ただ修道士たちのためにあるだけじゃない。ここには病人でも、生活が出来ない人たちだって、あるいは漂泊者だって、自由に集まって来る。修道院はその人々が生きられるように助けているのさ。どこの公国も決してやらないことをしているのだね。修道院は、領土内にあるが、支配は受けないし、自力で東奔西走し命がけで自立し、収入もあげている。そしてその一番大事なのは、このソスノヴォを、さあ、何と言っていいか、言ってみれば、共生園をもうけたのだ。みんなはソスノヴォ共生園《コムーナ》とも言うのだよ。そうなんだ、ぼくが来るのを今か今かと待っていてくれるのは、ここの園者たちなのさ。美しい所さ。森には湖沼地帯がひろがっている。ゾシカ川が蛇行しながら、このソスノヴォの南を流れている。園の敷地には沐浴《もくよく》できるため池もある。幾つもの建物もある。個々人のための木小屋もある。まるで小さな古い村のようにね。もちろん小さいながら教会堂もある。もちろん、死者を焼く、そうだよ、土葬じゃないのさ。

わたしはこの園内の独立草庵に暮らしている長老から学んでいる。そう、ヴィタシュヴィリさんの師に当たるお方だ。それは有名な聖像画家の名匠だよ。アリョーシャは、もしかしたら、知っているだろうか、ぼくはマリアツキー寺院に師が描かれた聖像画、《三位一体》の天使像を見たことがある。それでわたしの人生が変わったんだ、いや、笑わないでくれたまえ、ぼくのような者に《人生》だなんてね、でも実はそうだったのだ。わたしは明日、どうしてもそのネルリ長老に会わないといけないのだ。ああ、きみは知っていたの、いや、あの美しいネルリ川じゃない、たまたま同じなのさ。そう、《ネロ》というのはフィン語で、《湿地》という意味ではなかっただろうか、ともあれ、明日は一日早く、老師に会えるのだ。そう、そうなんだ、きみも察しがついたね、そう、イイスス・フリストスが御手で触って治したという病だ。人々は恐れて忌み嫌って、もちろん公国では彼らを放逐する。でも、別に感染するというわけではない。ひどく感染力が弱いからね。そう、きみも多くのそうした放浪者に会ったことがあるだろう、うん、そうだろ？　そういった運命というか災難というか、どうしてそれがその人々の罪だろうか、ぼくにはさっぱり理解できない。いまぼくはそのコムーナのさる方と一緒の仕事をしているのだ。ああ、その仕事をきみが知ってくれたなら……、いいかい、きみがもし機会があって、ソスノヴォに来ることがあったらどんなにすばらしいだろう。わたしはきみに会ってもらいたいのだ、そのお方に……。ぜひとも会わせたい。ぼくは……——

そこまで言って、心がたかぶったサーシェンカは涙を抑えたかのようだった。この話を聞きながら、アリョーシャはネルリ川で別れた父の後姿を思った。春の夕べに、ともに川で沐浴したときの父の爛れたように膨れた腕の皮膚を思い出した。ソスノヴォだね？　とアリョーシャは言った。おお、まわりは鬱蒼とした松の木に囲まれているよ。だから、ソスノヴォ。赤松の美しい森の、帆船のようなマスト、その船団が共生園を護っているのだ。サーシェンカが立ち上がる。明日の朝、きみを起こさずにぼくは行くけれど、修道院まで来る機会があったら、ソスノヴォまでぼくを訪ねて来て欲しい。

5　谷間を下る

夜明けだった。目が覚めると中二階の寝板にもうサーシェンカはいなかった。急いでアリョーシャは下に下りて、事務所の戸を開けた。目の前の麦畑には雨に打たれている麦わらのニオが、幾つも幾つも干し草の山と同じように人影のように見える。アウー！　とアリョーシャはサーシェンカを呼んだ。すると厩のあるわら小屋から彼が飛び出して来た。わら編みでこしらえた雨よけのミノをまとっている。頭には、荒布の僧衣の頭巾が目深にかぶさっている。荷物は袋一つだった。アリョーシャ、それじゃ、また会おう、と彼が言って、肩を抱きしめる。《プロシチャーイ！》という場合は、これでもう会えないだろう、許してくれ、という含意がある。アリョーシャもまた同じように普通のさようならを言った。

夜明けの雨は真昼間に突然襲いかかる驟雨の騎馬隊のようではなく、広大な麦畑の褶曲《しゅうきょく》の地平から青黒い密集陣形をとってゆっくりと向かって来ていて、その最前線の帷が、上空で大布をはたいているとでもいうように、雨を静かに降らせ、一定の雨脚でひたおしに押して来ている。わたしはソロヴェイの森を迂回して、ということは修道院には寄らず、近道だから真っすぐソスノヴォへ行くつもりだ、と彼が言った。十五のときから居るんだから、この一帯は庭のようなものさ。眼をつむっても行ける。アリョーシャはその初めて聞くソロヴェイの森ということばが急に不吉に思われた。《夜啼き鶯》という意味だけれど、どんな言い伝えの中でも、ソロヴェイとくれば、森に隠れ住んで旅人を襲い、集落の女をさらって行く武装した悪党たちのことだったからだ。

サーシェンカはしばし饒舌だった。靴は馬革、蹄鉄うち、いや、これは冗談、いいかい、あのお方は一日四〇ヴェルスタなんて平気で歩いた。それもこんな湿った大地のうえじゃないよ、岩と石ころだらけの悪路。それに比べたら、このやわらかな大地の三〇ヴェルスタなんかたやすいものだ。でも、サーシェンカ、この雨だから。ほら、さらに雨脚が強くなった。よし、それでは、アリョーシャ、きみを待っているよ、きみに神のご加護を！――そう言ってサーシェンカは厩を回り込むようにして麦畑のうねりのなかに姿を消した。やがて雨雲の姿がはっきりと見えるようになった。尋常の雨ではない。暗い空の内臓がとりだされたような不気味なうねりが重なりあって、土砂降りの雨に変わっていった。

アリョーシャは再び中二階に上った。寝板脇の細い窓にニレの葉むらが雨を弾き、細い窓の木扉を打ち叩く音が激しくなった。そうとも、もちろんサーシェンカは昨夜のライ麦パンを袋に入れたはずだ。万一のことがあっても食糧は大丈夫だ。アリョーシャは管理係の修道士が朝のお祈りに起きて来るまで待った。そのあとすぐ、いや、わたしも一刻も早く寺院へ帰らなければ間に合わないのだ、と思った。何に間に合わないのか自分でも明瞭でなかったが、サーシェンカがこの雨の中を歩き続けているのだと思うと気が気でなかった。どうして自分だけが、エフィームの荷馬車がやって来るのをのんびりと待っていてよいことがあるだろうか。アリョーシャは急いで厩のわら小屋へ行き、そこに雨具になるわらミノを見つけた。起きてすでに祈りの時間をもっていた修道士にアリョーシャは暇乞いをした。この三日間の労働がどんなに楽しかったことか、そしてサーシェンカに会ったことがどんなに幸運であったかとお礼を述べた。修道士はサーシェンカの出立をすでにのみ込んでいた。ソスノヴォのことで急用ができたのですよ、と修道士は言った。そのことを深く聞かず、アリョーシャは自分にも急用が、と言うと、修道士は頷いた。

若いということはそういうことだ。行きなさい。浅瀬川は増水しているかも知れない。エフィームが荷馬車で渡る場所ではなく、もっと麦畑の下を迂回すれば、小さな開拓村がある、そこなら浅瀬川に橋がかかっている。そちらを回って行きなさい。ヴィタシュヴィリはいいお弟子さんを得た。よろしく言ってください。そうそう、ダニーリー師が雲隠れしているとか、まあ、わたしには見当がつくが、心配ないでしょう。そう言って修道士はパンを差し出し、身じまいをしたアリョーシャを戸口に見送った。ああ、八月の雨もこれで終わりだ、さようなら、八月の麦畑、どんなに楽しかったことだろう、どんなにわたしの魂は太陽に灼かれたことだろう。サーシェンカは八月に似ていた。アリョーシャは谷間を下り始めた。たちまち足はぬかるみにとられる。雨は容赦なく打ちつける。それでもまだ夏の雨なのだ。勇敢な友よ、とアリョーシャは今ごろソロヴェイの森の道に入ったに違いないサーシェンカに呼びかける。自分に出来ることは今それだけだ、神の雨よ、慈悲を垂れたまえ。始まりの友にご加護を！……そしてアリョーシャ自身も次第に体が雨で重くなり、わらミノを脱ぎ捨てたいくらいだったがこらえた。

　谷間のユリの花たちはみな夏草の中に倒れている。行けども行けども開拓村は見えない。道を間違えるはずがなかった。落雷に倒れたときの記憶がよみがえった。しかし雨雲の渦のどこにも雷鳴も稲光もまったくなかった。行く道を疑ってはならない。アリョーシャは開拓村に着くまで、サーシェンカが話してくれたことを、その細部を、言い残したことや、言いそびれたにちがいないことを想像することにして急いだ。そして自分は馬であり、それに乗ってこの夏の終わりの雨の中を走っているのが、自分の魂であるような気持ちになっていた。すると体は軽くなった。

　サーシェンカは何を急いだのだろうか。いったい、その《お方》とはだれなのだろう。どうしてそのような高貴な方が、ソスノヴァの共生園《コムーナ》にいるのか。分からない。しかもわたしに会ってもらいたいと言っていたではないか。しかも、サーシェンカと共同の仕事をしているだって？　それはどんな仕事なのだ？　そして《三位一体》のフレスコ画を描いた高僧が同じそこの庵にいるだって？　いや、サーシェンカはまだ正式の修道士ではない。しかしなすべき使命についてすでにわきまえているのだ。それにひきかえ、自分は何と未熟だろう。あのとき白樺林では何かに憑かれたようになって思いのたけ雄弁になったけれども、夜にサーシェンカの《肩甲骨》の話を聞いた今となっては、ダニーリー師になんと言っていいかわからないくらいだ。善だけを描くだって？　確かにわたしは勢いこんでそう言った。そしてあの白樺林で白馬にまたがったアナスタシーアの幻をうつつに見たのはたしかだ……そんなことより一刻でも早く、ヴィタシュヴィリ修道士にサーシェンカがソロヴェイの森を通ってソスノヴォに向かったと知らせなければならない。それにしても、サーシェンカがユスポフの名を知っているのには驚いた。あのとき、言えばよかったのだろうか。いや、包み隠すつもりはなかった。あの人がユスポフ侯の御曹司だって？　それほどのひとがどうして？　信じがたいことだった。夢の出来事のようだった……。アリョーシャの重いわらミノから雨が川のように流れ落ちる。かすかに煙の匂いがする。ニワトリが鳴く。

第七章

1　もてなし

雨霧の奥から開拓村の木小屋や藁屋根家が現われ、泥濘《でいねい》の道が一本だけ通っていた。アリョーシャの魂を乗せた馬はもうへとへとに疲れ、雨の重さで藁ミノの体は冷え切っていた。アリョーシャは煙の匂いがする丸太造りの家の木柵の壊れかけた木戸を押して、中庭に入り、上り口で木彫の施された戸を叩いた。扉を半開きにして女の顔がのぞく。修道院のお方ですか?――と疑いがとれたあたたかい声になった。アリョーシャが修道院の麦畑からスヴィヤトゴロド市の聖堂に戻る途中のものだと答えると、大急ぎで戸が開き、泥靴や木製道具が置かれている入口の間に迎えられた。

女は彼の藁ミノをもどかしげに脱がせて、それを戸口の外の軒端に急いで吊してくれた。さあ、若いお方、一晩の雨でもう秋が来てしまった、さあ、お入りなさい、と言って、居間に通してくれた。さあ、衣服はここで乾かしなさい。靴もここに。アリョーシャは言われるままに裸足になり、ようやく人心地がつき、頭巾つき上っ張りを彼女に手渡した。思いがけないほど立派なペチカがあり、ペチカの炉の中では、鍋が湯気をあげ、白樺の薪が盛んに燃えている。アリョーシャは居間の中央にあるどっしりとした木製テーブルの椅子をすすめられた。窓は観音開きで、すだれがかかり、室内はうす暗いが、居間の右手奥の上方には、黒く煤けたような聖像画が飾られているし、小さな炎で燈明が燃えているのだった。アリョーシャはほっと安心をおぼえた。やがて奥の仕切り壁から腰のまがった老女が出て来て、アリョーシャを迎える挨拶を上品な発音で言った。彼女はペチカ脇の木椅子に坐った。炒り麦の香ばしいお茶が深皿一杯に注がれて出された。アリョーシャは思わず十字を切ってお礼のことばもそこそこに、ふうふう冷ましながら音立てて啜った。アーニャ、ペチェニエを出して差し上げなさい、お若いひとはおなかが空《す》けていますよ、と老女が言った。するとアーニャと呼ばれた先ほどの女が左手の戸棚から、木皿に並べた焼き菓子を持って来た。さあ、若い旅のお方、遠慮はいりませんよ、召し上がってくださいな。アーニャの焼き菓子は修道院でも喜ばれるほどですからね。

どうやら老女は話し好きのようだった。それにこの雨では善き語らいが一番の御馳走にちがいなかった。で、お若いひと、あなたは?――と彼女が聞いた。お母さま、あまりお聞きになるものではありませんよ、とアーニャが言った。いいんですよ、ねえ、この齢になれば、人に会うことほどいい慰めはありません。いいえ、それではわたしの方からいろいろ話して差し上げましょう。さてと、何から話しましょうか。彼女はくっきりとしたアクセントで話し出す。管理係の修道士は開拓村だと言ったが、このことばはどこかの農民とか農奴ではない。なにか深い理由があってのことだろう。そう思いながら、アリョーシャは頷きながら彼女のことばに耳を傾けた。――そうそう、お若いひと、あなたのお名前は?ええ、では、アレクセイさん、アリョーシャでいいですね。ここは昨夜からの突然の大雨で、川が氾濫し始めているというのでお父さんが調べに出て行ったところですよ。ええ、アーニャの連れあいですか、彼はついこの夏の初めにスヴィヤトスラフ公の遠征軍の召集がかかって。修道院領のこんな開拓村からでも容赦なく連れて行かれます。なんでも近く大きな戦いがあるとかで、あちこちから徴兵されているのです。アーニャはごらんの通りみごもっているのですが、この先どうなるやら、でも、心配ばかりして今日一日をさびしいものにしていてはなりません。で、そうそう、この村は、もちろん修道院のご庇護をもらってつくられた開拓村ですから、村の人々は各地から集まっているのですよ。わたしたちは遠い遠い、あの豊かなリャザン地方から。おお、ここまで何という旅だったでしょう。リャザン公が西の騎士団に敗れたときに、わたしたちはいち早く領地を捨てたのです。ええ、領地ですよ、それはとても小さな七つの村ですが……。どうかしましたか、アリョーシャさん。あなたはリャザンを知っているのですか？　いいえ、執着すれば慾のために命まで失います。いいえ、いまは、あの懐かしい大地に思い出がたくさんあればもうそれでいいのです。何代にもわたたって栄えたなら、もうそれで十分。こんどは落ちぶれていいのです。領地をいつまでも持っていようというのがそもそもの間違いですね。やっとわたしもこの齢になって気がつきました……

アーニャ、アリョーシャさんにもう一杯熱い麦茶をね。ほら、あなたの頭巾服から湯気が上っていますよ。水分をたくさんとらないと風邪を引きますからね。で、どこまでお話ししたかしら？　そうそう、修道院領地の麦畑のことでしたね。収穫は無事に終わったのですか？　それはよかった。八月の大雨ほど危ない雨はありませんね。静かな雨とか、一日だけの驟雨ならまだしも。この悪雨はとても不吉です。天変地異というほどではないにしても、いや、各地ではこの冬にどれほどの餓死者がでるともかぎりませんよ。わたしらだって先は分かりません。でも修道院のお力があるので安心ですがね。

――……ええ、そうでしたか。あのソスノヴァのことでしたね。これはとても大事な問題です。ここだけのお話だとして、アリョーシャさん、しっかり聞いてくださいね。あなたがそのベズイミャンヌイさん、友人のサーシェンカさんから聞いたお話はもちろん真のことです。高貴な、と言ったんですね、そう、その通りです、その《お方》は、ここだけの話ですが、リャザン公の姪ごさまにあたる方です。つまり、先の戦いで亡くなった弟さまのご令嬢です……。わたしらもリャザンから逃れて来た身の上ですから、それはそれは縁が深いお方ですね。そうでしたか、そのお若い友達は偉いですね。あの方とお仕事を始められた？　わたしには畏れ多くて、あそこにいらっしゃると聞いていても、お会いするのも躊躇われて来てしまいました。

どうしてですって？　ええ、ええ。わたしは一度だけお会いしたことがありましたが、あの美しい方が……、難儀なご病気に襲われてしまったと知っているので、お会いするのにわたしは耐えられない気持ちで来てしまいました。いいえ、あるいはそれほどのことではないかも分かりませんが、とにかく神のご慈悲あれかしと日々祈っているのですよ。ええ、一度だけ、あそこに行きました。赤松の林を抜けて、そこの聖なる谷間は光り輝いていましたよ、まるでこの世の王国とでもいうように……わたしは泣きました。遥かなあの豊かなリャザンの地からこのような異郷まで、高貴なお方が流れつくということに。しかも不幸なお病いに冒されてということならば……、と思うとわたしには何も出来ないのが不甲斐なくて。たしか、お名はドロータさまです……。お兄さんがおられて、彼はクシジャノフ公にくだり、処刑だけは免れたと聞きましたが、いまどこにおられることか……

このようにアリョーシャは衣服と靴が乾くまで、老女の話にときおり質問をまじえ、深い愁いを覚えながら、それを胸にしまいこんだのだった。昼時になって、老女の伴侶が雨の中から戻って来た。すっかり寛いだ若い客人がいるのを発見してひどく喜んだ。彼はアリョーシャを抱きしめた。そしてアリョーシャの現在を知ると、急いで聖像画の下の木棚から大きな書物を取り出して来て見せる。わたしはどのような領主身分でもないただの移住者にすぎない、しかし、日々、わたしはこのように写本を続けている、と言って美しい教会キリル文字の筆跡を披露するのだった。いや、聡明な若者よ、しかしわたしはおのれのことを書くのではない、書物にある遠い昔の口碑を、このように日々書き写しながら、そのことで、わたし自身を思い起こし、そしてわたしの《淵源》にさかのぼるのです、おや、《淵源》はあなたには難しかったかな、言い替えましょう、《ナチャーロ》、つまり、始まり、ですね。すると老女は、ミコワイ、それより、この若い人のために、どうでしたか、増水のことは？　と訊ねた。おお、エリザヴェータ、恐れたほどではなかった。しかし、出立は急がれよ。またお会いすることになりましょう。ねえ、ミコワイ、わたしは夢に見たと言ったでしょ？　八月の最後の豪雨の中を若者が馬で疾駆する夢のこと、と彼女は言った。

この開拓村の小丘の下を回っている辺りにかけられている木橋は流されていなかったのだ。雨も少し弱まって来た。また押し寄せて来るにちがいない。アリョーシャは急ぎ暇乞いをし、身仕舞いを整えた。もう、橋さえ渡れば、川伝いに進み、河岸段丘にあるスヴィヤトスラフの城砦市までは、どんなに降られても問題はない。この家の三人が、戸口に立ってアリョーシャを見送ってくれた。老女は、あのお方に会うことがあれば忘れずにボグダノフ家のわたしらがここに流離って来ていることを伝えてください——と雨にとでもいうように言って十字を切る。

アリョーシャは三度深く叩頭した。サーシェンカはどうしているだろう。まだまだソロヴェイの森の中ではないのか。雨の中に投げ出されると、道は見えるものの、自分のいる位置も方角も分からなくなる気がした。またアリョーシャは自分の体を精悍な馬にして、その鞍に魂をまたがらせ、思いがけない流離の遠景を想像しながら、手綱をひきしめて進んだ。

2 決断

わずか三日間にアリョーシャは自分の背丈が急に伸びたような感じを覚えた。同時に魂が自分の身体よりすこし上位にいて導いてくれているような感覚でもあった。魂は憧れて燃え立つ——とあの夜にサーシェンカは預言者風の憂いに満ちた表情で言っていたではないか。ずぶ濡れどころか、河川氾濫で流される若木のようになって、ようやく寺院の画僧小屋に辿りついたとき、ヴィタシュヴィリたちが飛び出して来てくれた。ろくでなしの馬が動こうとせず、荷馬車を出せなかったと、エフィームは地団太を踏みつつも、アリョーシャの帰りを喜んだ。たしかにアリョーシャは背までが大きくなっているのを感じた。エフィームが一回り小さく見えた。

スヴィヤトゴロドの郊外に届くまで岸辺伝いに歩いたブク川の増水の光景はすさまじいものだった。人は流されていなかったが木小屋も家畜もてんでに流され渦に巻かれていた。中洲のヤナギ林も川岸に植わった菩提樹やその他の木々も、土を抉られて根を上にしてぶつかりあいながら流されていた。アリヨーシャは体を乾かして、貸してもらった僧衣に身を包むと、エフィームが笑ったが、とてもよく似合うと褒められたのだった。彼は、ヴィタシュヴィリたちに、三日間の労働と、収穫、とくにサーシェンカとの出会いについて報告したが、ヴィタシュヴィリは少し気がかりなことがあるようだった、アリョーシャも言った。はい、近道をとってソロヴェイの森を行くと言っていました。うむ。どうも胸騒ぎを覚えるが、わたしの無用の心配であったらいいのだが。アリョーシャ、そのほか何か変わったことはなかったろうか、とヴィタシュヴィリが言い足した。アリョーシャはごく自然に、高貴な《お方》について、開拓村の家で聞いたことも伏せたが、サーシェンカがソスノヴォに急いだ理由について、とても急な用事があると言っていたことを伝えた。それから、もう一つ、修道院麦畑の管理係の修道士がダニーリー師の居場所なら察しがつくと言っていたことも言い添えた。

まだ雨は止む気配はなかった。遅い夕食が三人の画僧、厩のエフィームも呼んで一緒に始まった。このときになってアリョーシャは、しまった！　と悔やんだ。管理係からもらったライ麦の大きな丸パンを、あの開拓村でお世話になったボグダノフ夫妻にお礼に差し上げて来なかったことだった。アリョーシャはこれを三日間の麦刈りのお土産としてみんなの食卓に載せた。みんなが丸パンを抱えて右手にナイフで切りとるのを見ながら、アリョーシャはサーシェンカを思い出した。りんごをナイフで削りながら食べるようにしてサーシェンカは、パンを切り取ったのだった。彼は無事に着いただろうか……

ヴィタシュヴィリが言った。――ところでみなさん。ダニーリー師の雲隠れはあらためて珍しいことではないのだが、もう九月の秋になる。さて、ええ、恐らく師はソスノヴォの共生園《コムーナ》に隠棲するネルリ長老のところでしょう。このたびの画想について議論をしているに違いない。この雨が去りしだい、帰って来られるとは思うのですが、実は寄進主のムーロゾフ家からの申し出がなされ、何と、明日中にスヴィヤトスラフ公が直々にダニーリー師を呼んで、審問するとの連絡が届いたばかりです。これは下手をすると大ごとです。

実はわたしも公に直におめにかかったことはない。わたしども下級の画僧では滅相もないことですからね、さて、肝心のダニーリー師が行方をくらましていると分かれば、どういう処断がなされるかも分からない。うわさに聞く公の性分は一方では温厚でありながら、他方では呵責ないことで知られている。公にとってもこの主変容祭聖堂の落成は、諸侯を統べるためにも遅れてはならない事業でしょう。まして、近頃は緊急の兵の徴集のおふれが出されて、徴兵係が四方に駆けまわっている現状です。よくは知らされていないが、恐らくはかなりの合戦が一つ二つは勃発するのではあるまいか。いや、わたしたちは修道院の修道士ですから、戦には何らの関係するところもないとは言え、そうばかりも言っていられないでしょう。わたしたちのゼムニャツキー修道院長もずいぶん心を痛めています。いかに修道院は神の国の域内にあるのだとしても、強大な公国の中にあるのですから微妙な対応が必須でしょう。ダニーリー師を特に推薦したのがゼムニャツキー院長ですから、なおさらのことです。さて、明日の件で、どうしたものか皆さんの意見を聞きたいのです。公にごまかしは通用しないでしょう。ずいぶん遅れましたからね。この際だから、アリョーシャさんの意見も聞きますよ。アリョーシャ、あなたは師と堂々と議論したらしいですね。アリョーシャを麦畑まで送り届けたあと戻っていたヨシフ修道士にも、エリヤ修道士にも、名案が浮かばなかった。もちろん聖堂の名称から言えば、八月こそが相応しい落成祝いになるのだが、諸般の難しい問題があって、十月へとずれこんだ計画になったのだ。わたしたちはただダニーリー師の画想に従って粛々と仕事をこなすのが使命だ、内陣の主たるフレスコ画の画因そのものまでは関わることは到底できない、二人はそう意見を述べて溜息をついた。

　エフィームさんも実際には漆喰の重大な下地をこしらえる一員なのだが、修道士としての画僧ではなかったので意見を差し挟むべきではなかった。それでも彼は自分の意見を開陳したのだった。もしダニーリー師が明日の朝までに現われないとなれば、万事休す、ここはヴィタシュヴィリ修道士が名代として公の面前に出頭して弁明をするのが一番いい。単身では心もとないこともあるとなれば、わたしとしてはこの若い新人のアレクセイ・ボゴスラフを伴うのがよいと思う。そう主張し、さらに言い足した。というのも、この三日間で一体彼に何がおきたのでしょう、実は帰って来た彼を見てわたしは目を疑ったくらいだ。わずかこの三日間の麦刈り、収穫の労働で、こんなにも一変するものだろうか、いや、若いということはそういうことではないでしょうか、八月の神が彼の魂を灼いたのでしょう。若い彼を一緒に伴って公の面前で弁明するのがいいと思うのです。わたしはこのような、バカの一つ覚えのような飲んだくれの漆喰職人に過ぎないのですが、漆喰の材料の混合と水の塩梅については知り抜いているのです。よき砂と、最良の石灰石と、そして命の水。この命の水とは、若さのことです。そしてもし弁明が失敗するならば、苛烈な処断も受ける覚悟がなければならないのは当然のことでしょう。聖なる図像を描くことに関わる以上は、命がけであるのは火を見るより明らかでありましょう……

　というふうにエフィーム・オシポヴィッチは何かが爆発したようにことば遣いまでがまるっきり違っていた。ヴィタシュヴィリは卓上に頬杖をつきながら目を閉じて聞いていた。それから端っこに掛けていたアリョーシャに声をかけた。では、アリョーシャ、あなたはどう思うかな。そう、実はわたしもエフィーム漆喰師の言う通り、あまりにもあなたが一変していたので驚いていた。あなたの魂が一回り豊かに実ったとでもいうようにね。問われたアリョーシャは戦慄が走るのを覚えた。ある幻が見えたのだ。八月の稲妻のようにだった。それがどんな幻像だったか自分でもよく分からなかったが直ぐに消え失せた。そして残像が残った。それが良く覚えていない《三位一体》の聖像画であったのか、そしてそこに、顔を黒いヴェールに隠したあの《お方》なのだったか、そうだ、ドロータと言う名の《お方》の像だったのか……。大きく息を吸い、吐いたあとで、アリョーシャは答えた。明日の朝までに老師が戻って来られるにこしたことはないです。しかしそれが叶わなかったならば、当然、わたしたちは師を弁護して勝利しなければなりません。これは賭けです。老師とていまは真の友です、その友の栄誉を守るのがわたしたちの使命です、もしこれに敗北するならば、わたしたちが生きたこの時代の最良の聖像画が失われてしまうのです。たかだかこの世の短かい刻限とか期日と、幾世紀もあとまで残る時代の美しさと夢想と、人々の切なる希望の聖なる画像とを、秤にかけてはなりません。ヴィタシュヴィリさん、明日は公の面前で堂々と申し上げる魂の力を信じようではありませんか。

アリョーシャはそこまで一気に言って、泣きだしそうな戦慄を覚えた。しばらくして、ヴィタシュヴィリが卓上のロウソクの炎を見ながら、静かに言った。ええ、アレクセイ・ボゴスラフ、まったくその通りです、知らず知らずに失っていた若さを思い出させられましたよ、では、何ひとつ恐れることはありません、老師もまた若き友です。聖像画家のはしくれとして真のことばによって打ち勝つことにしましょう。エフィームじいさんも身震いした。死んでなんぼのものか！——と彼はうなった。今夜は飲ませてもらおう。

このあと、アリョーシャは一日の疲労と決心の安堵で、麦畑の中二階の夜以上に深く眠った。きれぎれの夢のなかで、アリョーシャは背の高い、顔面左の額に赤いあざが火傷のように残った端正な顔立ち、白い髭を蓄えたスヴィヤトスラフ公と向き合って、弁論をしている自分の姿を見た。それはどこかで見たような顔だった。夢の中で雨は降り止んでいなかった。どこか父の顔に似ていた……。ことばで打ち勝つ。いや、勝利することではなく、しかし敗れないことだ、アリョーシャ……、そう父のことばが聞こえた。

3　夜明け

アリョーシャが深い眠りから覚めた瞬間、木小屋の戸が激しく叩かれる音がし、大きな声が響いている。ヴィタシユヴィリもみな起きて戸を開けた。あれほどの雨が悪夢だったのかとでもいうような暁の光の帯がしだいに橙色へと移り、夜明けの雨雲は消え去って行くところだった。みんなはダニーリー師の帰還に驚かされた。老師は修道院の馬車で駆けつけたのだ。しかしダニーリー師は実に平静だった。ヴィタシユヴィリたちの決意を聞かされて、感謝する、とひとこと言ってみんなを食卓に集めた。

——分かっている。わたしはまるで若い未熟な画僧のときのように悩んでいたわけだが、いや、まだ画想の根本に至っていない。しかし、ゼムニャツキー修道院長から聞かされて、とにかく駆けつけて来た。迷惑をかけた。分かっている。が、対面がスヴィヤトスラフ公であるといっても恐れることはない。

わたしたちは信仰と美芸という立場がある。公には公の別の立場がある。ちょうどいい機会だと思うがいい。わたしも実は、公の真の考えを聞いてみたいと思っていたのだ。それにしても、あなたたちは勇気があるのう。そうか、アレクセイの提言だったのか？　なるほど。あなたは三日間、麦刈りの労働に来ていたと聞いたが、まあ、よく帰れたものだ。麦畑の管理係の修道士から知らせがあったのだ。ところで、厄介なことが一つ。サーシェンカ・ベズイミャンヌイという若者が、修道院にもソスノヴァの谷間にも帰っておらないそうだ。もし昨日、ソロヴェイの森の道を辿ったとなると、これは大変厄介だとのことだ。徴兵係の一隊がソロヴェイの森の討伐に入ったとかいうのだ。

それはともあれ、わたしは実を言うと、ソスノヴァの庵に隠棲しているネルリ師にお会いしてこの数日間というもの議論を重ねていたのだ。それでもわたしは真の画想の決断に至れなかった。ネルリ師の《三位一体》を超えたいとわたしは願って来た。わたしは自分の晩年の仕事として、どのように師を超えるべきなのか……。そして、わたしは師のおかげで、何とまあ、薬草園にいるドロータ・リャザンスカヤ様に会う事が出来た。めったなことでは会えないのだそうだ。その彼女とともに仕事をしているのが、何と、戻って来ないサーシェンカという若者なのだという。お会いしたときは、そんなことは少しも知らなかった。（このときヴィタシュヴィリが口を挿んだ……、アリョーシャも、ああと叫んだ）で、わたしは彼女に対面し、そのとき突然啓示を受けたのだ。画想について、光がひとすじ見えたように思った。そのあとだ、修道院長からの急ぎの使いが来た。わたしはとるものもとりあえず戻って来た。わたしは、この機会に、スヴィヤトスラフ公にわたしの画想の啓示について、語ってみたいと思う。またとない機会だ。さあ、今日はこれから覚悟の上で、公と対面しに行こう。わたしとしては一人でも少しも構わないが、証言者として、また、必要があれば弁論者として、ヴィタシュヴィリを伴うつもりだ。そして、未来のための証言者として、若いアリョーシャ、あなたも。いいかね。よろしい。なんだか、あなたは、ほら、白樺林でわたしに説教をした若者とはずいぶん違う感じになったね。一体、何が起こったのかかな。ふむ、いや、若いということはそういうことだ、一時間でも人は変わる！

アリョーシャは眩暈《めまい》がしそうだったのをこらえた。スヴィヤトスラフ公と対面するのだ、そして自分がこの対面の証言者となるのだ。もしこの対面が敗北に終われば、万事休すなのだ、いや望むところだ、あるいはブク川に遺体が流されることになるか、あるいは首塚の丘で処刑されるか、そんなことはあとのことだ、いま、今日は、命懸けで、老いた画僧を護ることだ！ ああ、何という幸運だろう。一生に一度あるかないかの対面なのだ。アリョーシャは身震いをした。と、同時に、サーシェンカのことが気がかりだったが、その行方についてはなぜか楽観的に思われたのだった。それにしても、ダニーリー師が啓示を得たというドロータ妃がまるで聖像画のように思われたのだ。リャザン公の姪だとあの開拓村の夫妻の話だった。アリョーシャの中ではそれはすでに心に見えるような気がした。黒い紗のヴェールで顔の半分は隠されている、そして左手もまた長いヴェールで覆われているのだ。三人は慌ただしく用意し、身なりをあらためた。ヴィタシュヴィリ修道士が言った。わたしたちが用いることばを信じる他ない。その信によって心を表わすしかない。同じことばでもかならずしも同じ意味ではない、にも拘らず、わたしたちはことばによって生きる。

4　美しい手

質素な、広間のような応接の間だった。三人は窓の外が見える位置で、大テーブルに向かって掛けて待っていた。窓枠を飾る織布は緋色でその上に黄金糸の刺繍があって、黄金色の麦穂と剣が織りこまれて、午前の光を受けている。ブク川が真下を流れているのをアリョーシャは見た。増水の名残があったが水は青く空を映している。一体どんな対面に展開するのか、アリョーシャは気持ちが高ぶっていた。ヴィタシュヴィリ修道士は物静かに掛けて自分の手をじっと眺めていた。ダニーリー師は目を瞑っている。身なりはいつもと同じ、荒野のヨハネのような袖なし皮衣を着て、下着は仕事着の寛衣のルバシカで、腰には太めの布帯を巻いていた。

突然、足早に、スヴィヤトスラフ公が、入って来ながら、どうぞ、みなさんそのまま、そのまま、と言って、近づき、自分も大テーブルに向かって掛けて、さあ、始めましょう、と切り出した。

緊張していたアリョーシャは一瞬間拍子抜けがした。まったく想像していたのと違う人物だったし、その声と話し方が、誰か見知った人を思い出させた。誰だったろう、そう思ったとき、アリョーシャはユスポフの声を思い出した。すると急に自由な気持ちになった。スヴィヤトスラフ公の顔は顎が張っていて目鼻立ちが大きかった。端正な顔立ちだが、ひどく柔和だった。噂で聞く人とはまったく異なっていた。弓形の眉は褐色で、眼は青みがかった黒だった。髪は白髪に近いがふさふさして金色に近かった。そして彼はアリョーシャにもそっと視線を向け、少しびっくりしたように笑みを浮かべて、それから話し出したのだった。審問するとか、まったくそのような調子でも声でもない。まるで相談や助言を求める者に話しかけるような寛大な態度だった。

――突然の呼び出しで、さぞ驚いたでしょう。いいえ、御心配には及びませんよ。聖堂のフレスコ画、聖像画が遅れているとムーロゾフ家から言われているのですが、それが本題ではありません。わたしはあなたたちにお会いしたかった。この歳になると、聖像画の進み具合とかそんなことよりも、携わっておられるその人に直かに会って語り合いたい、そういう思いで、今日のお呼び立てとなったのです。ああ、あなたがダニーリー師でしたか。これは光栄です。実はわたしはリャザンの、惜しいことでしたが戦いで破壊された、そう、聖母祭寺院の聖像画を見たことがあります。聞くところによると、あなたが描かれたものだったそうですね、そうか、やっぱりそうでしたか。寺院の名だたる聖像画と言ってもその描き手の名は、そうですね、あなたがたの決まりなのでしょうか、みな無名として、名を記さないし、残さないようですが、これは素晴らしい心映えだろうと思います。名を残すということではなく、名を消すということですね。これは高邁《こうまい》な勲というべきでしょう。ダニーリー師よ、お会い出来て光栄です。あのリャザン聖堂の聖像画はほんとうに惜しいことをしました。戦いとはそういうことですが……、いかんともなし難い……、いえ、わたしはあの頃、とても若くて、国を追われて、あちこちと流亡の歳月でしたが、あのフレスコ画は忘れられません。たしか、あれは、内陣中央に、《東方の三博士》図だったですね。そうでしたか。わたしはあのフレスコ画によって、あなたにだけ言いますが、流亡の歳月を凌ぐことが出来たようなものですよ。

ところで、こちらは？　おお、《リチニク》ですか、聖像画の顔を描かれる専門ですね、で、お名は？　おお、ヴィタシュヴィリ修道士、あなたはカフカースご出身ですね。そうでしょう、そうでしょう。ああ懐かしい、これはまた何という出会いでしょう。ご存じかどうか、わたしはまだほんとうに若かった時分、追われてカフカースに隠れ住んでいたことがありました。放浪のグースリ弾きが歌っていましたね。今でも覚えていますよ。おお、カフカース、悩めるわれを　かくまいし　おおダリヤール渓谷よ、わが善き名を癒せと波立つテレクの川よ……、たしかこんなふうに歌っていましたが。で、あなたはグルジアのことばは？　美しいことばでしたね。ところでこちらの若者は？　おお、助手でしたか、お名は？　アレクセイ・ボゴスラフ……、おや、どこかで聞いたような立派な名だ、だれだったか、えっ、旅芸人の一座にいたと？　なるほど……。で、あなたはこの先画僧になるおつもりかな？　まあ、ともあれ、あわただしい前置きはこれくらいにして、さて今日は、ダニーリー師に、今回の聖像画の主題について是非とも伺っておきたいのです。

九月の秋はわずか一日で空は澄み渡り、窓の外は目の覚めるような青の空に白い雲たちが、空の道を散策するとでもいうように静かに語らいあっている。アリョーシャはまさかこのような始まりになろうとは想像もしていなかった。聖像画の進捗ぶりについて厳しい審問が直々になされるものとばかり思い込んでいた。スヴィヤトスラフ公はと見ると、ふと何かの物想いから我に帰るような瞬間があったが、憂愁を振り払うように微笑をたたえて、つぶやく。収穫が終わり、この秋は、いたしかたのないことだが、また難題を凌がなければならない。この一時、みなさんと信仰と美芸について心豊かになる語らいをしましょう。侍従らしい二人の男が大きな陶磁器の壺を運んで来た。さあ、みなさん、東の国からの贈り物です、チャイというものです。これを喫しつつ語らいましょう。

新鮮な香りが立ち昇る。茶器に添えられた小壺にはたっぷりと蜂蜜が入っている。スヴィヤトスラフ公は、蜂蜜を舐めながらチャイを飲むとまた格別です、と言った。麦炒茶とはくらべものにならない美味にアリョーシャは驚いた。いや、あのマリアの駅逓所の一夜に飲んだのと同じものではないだろうか。ヴィタシュヴィリはチャイを美味しそうに啜りながら、懐かしい味です、と言った。ダニーリー師は熱いのが苦手なのか、ふうふう熱をさましながらゆっくりと飲んだ。ふと、暗い表情になったスヴィヤトスラフ公が、命にかかわるべき、またしてもわたしは死にかかわらざるを得ない、なんという宿命でしょう、わたしは魂が重いのです……と言いさした。そこへダニーリー師がチャイの杯を手にしたまま言いだした。

——さきほどはリャザン聖堂のフレスコ画について思いがけないおことばを賜り恐縮しています。あれを描いた頃、わたしはまだ若かったのです。厳しい師から初めて許された仕事だったのです。はい、わたしは《東方の三博士》の聖像画を壁面一杯に描かせていただきました。あのときの喜びはこの頽齢《たいれい》になってなお懐かしいことです。真っ白な漆喰に向かったときの高揚感は忘れられません。画想をすべて任せられたわたしは、あのとき《東方の三博士》図の光景を、思いきって、このルーシの雪野に移したのでした。ですから、聖なるマリヤ様も洞窟も、馬小屋も羊も、そして幼子イイススさまも、まるでこの地の大地における誕生のように描いたのでした。遥かな南の砂漠と岩山とオリーブのたわわに実る地から、わたしはこの北方の雪の荒野の大地へと聖母マリヤ様と幼子をもたらしたいと切に願ったのです。そうです、ですから、後のイイスス・フリストスとて、わが大地にあっては毛皮の衣をまとっていなければならなかったのです。とてもマグダラのマリヤに香油で御足を洗ってもらうときに脱いだサンダルではわが冬の大地では歩くわけにはまいりません。あのときはこの画想のことで大議論が起こりましたが、わが老師がわたしをよしとしてくれたのです。いかがでしょう、わが大地にあっては、生と死についてもいささか異なるように考えていかないとなるまいかと思うのです。

はい、リャザン聖堂の壁画は戦禍で焼失したのですが、いまわたしはあなたから求められた聖像画の画想について、あの今は亡き《東方の三博士》フレスコ画を超えるものをと、あのときの若者のような悩ましさで考えあぐねていたのです。あの遠い誕生の冬の星たち、近在から集まって祝福にかけつけた人々、そしてあれからどれほどの歳月が流れたことか、そしていまはまだまだ動乱の渦中にありますが、この時であればこそ、新しき主変容祭聖堂の画像は、これまでにない解釈が必要だとわたしは思って悩んで来たのです。しかも聖堂の建っている土地は、コマロヴォ野ですから、ここの土層はおびただしい死が埋葬されていると言って過言ではありません、しかも戦士だけならばまだしも、無辜の人々、女子供たちまでが何千という数で埋められている事実です。生き埋め同然なのです。しかもそれらは異教徒、異民の諸族です。この人々の上にこのたびの聖なる寺院が建立された以上、これはただわたしたちに民族の勲を顕彰するものであってはならないと思います。征服者の勝利を誇るための聖堂であってはなりません。その人々の厖大な死と犠牲の上に建つ聖堂なのですから、となれば、わたしの画想はこれまでのようにただ美しい信仰への窓といったような画像では済まないのです。では、この埋葬された厖大な死の現実を生々しく再現すべきでしょうか、そこが問題なのです。それらの厖大な死が奇蹟によるかのように生となって命となって甦るような聖像画の世界とは一体どういう像となりましょうか。ここがわたしのいまの大きな躓きなのです。

この石をどうすべきか。わたしに師は、生涯にわたってただ善のみを描くようにと諭してくださった。

いま、晩年に至ってわたしは、この命題に躓いているのです。スヴィヤトスラフ公、あなたもまたおそらくこの動乱を凌ぐためにふたたび厖大な死をもたらさねばならないことで苦しんでおられるのではありますまいか……。そうそう、ここに伴っているいちばん若いこのアリョーシャですが、彼はわたしがコマロヴォ野の奥の白樺林でこの問題について悩んでいるときに、わたしを迎えに来て、いとも簡単に、にも拘らず善をこそ描くべきですとわたしに論争を挑んだのです。いやはや、若いということは！……たしかにその通りです、が、わたしはそれでもまだ決断がつかず、ここのところ、実は……、とダニーリー師が言い淀むと、スヴィヤトスラフ公が、是非先をお話しください、わたしにとっても何か啓示があるやも知れません、それで？

アリョーシャもヴィタシュヴィリも緊張した。スヴィヤトスラフ公は両手を卓上にのせた。その手の美しさはとても武人には見かけられない手だった。これでどうしてあの重い剣を握るというのだろうか。ダニーリー師の節くれだった手指とはまったくちがう性質の手指だったのだ。アリョーシャはふっと見惚れた。右の薬指にはラピスラズリの玉石が青くきらめく指輪がはめられていた。もちろん、妃がいるからこその指輪なのだが、なぜかアリョーシャには不思議に思われた。まるで聖像画の精霊の手のように、男女の手指とは違う次元にふっとおかれたように見えた。それは指がとても品がよく長く、まるで風の指のようだと思われる不思議さだった。父の手指はどうだったか。まして母の指はどのように美しかったのかもアリョーシャは覚えがなかった。

スヴィヤトスラフ公のその右手の薬指の腹で二度三度卓上が軽く叩かれた。ダニーリー師が先を続ける前に、スヴィヤトスラフ公が、ああ、お話の腰を折ることになりそうだが、いまふっと思い浮かんだことを言わせてください。あなたの画想について聞く前に、わたしから、たっての願いですが、今回の聖像画の画面には是非とも、たとえば、わが大地の野のユリの花、あるいは矢車草《ワシリキー》、あるいはステーピの牛蒡の花、あるいはアザミの花……など、是非とも描きこめないものでしょうか。たしか植物描きの画僧、そう、《トラヴシチク》という専門家がいるのでしたね。野の花なしではわれわれの魂は耐えられないのです。わたしは戦場で、馬上にあって血なまぐさい死闘の光景を眺望しながら、いくたびこうした野の花たちに救われたことでしょう。どのような勝利をおさめても、戦場にあれば、なおすべてを虚しくおぼえたことでした。いいですか、勝利というのはすべて死の上に成り立っているのでしたからね。われわれは血なまぐさい戦いをするが、草の花、野の花は、ただそこに咲き、移動もせず、咲いてそして死に、また春にはすこやかに咲く。ああ、わたしが勝利の戦場で馬を疾駆させるとき、わたしは野の花たちから、あれがスヴィヤトスラフ公だと褒め讃えられたいと思ったものでしたが、そんなことはあり得なかった。戦場の野の花たちもまた血におおわれて、褒め讃えることが出来なかったのです。

これを聞いて、ダニーリー師は、仰せのとおりです。約束いたします。あらためて啓示をいただきました。で、先に話の続きですが、わたしの画想の啓示について、ぜひとも公にお話ししたいというのがこのたびのわたしの主題であったのです。ええ、では申し上げます。ご存じのように、修道院領におかれた開拓村、そしてあの谷間にひらかれたソスノヴァの共生園《コムーナ》のことです。

5　憂愁

　ダニーリー師はことばを選びながらとでもいうように語りだした。スヴィヤトスラフ公は最初、右手で頬杖をついて頷きながら聞いていたので、アリョーシャから見るとその彼の小指と薬指が、頬骨と唇の真っ白い髭の中でかすかに動くのが分かった。深い青色、ラピスラズリの指輪が暗く明るく光る。この美しい仕草にアリョーシャは、ああ、小指は《ミジーネツ》だ、小さきもの、とぼしきものという意味だ、そして、薬指は、ああ、《ベズイミャンヌイ》、つまり名前のないという意味だ、おお、なぜこの大事な薬指が《名前のない》という指なのだ？　とその瞬間に、アリョーシャは何だ、サーシェンカのあのどこにでもある捨て子のような姓は、ほんとうは《薬指》という意味だったのだ……、そして夢うつつのように連想は目の前のスヴィヤトスラフ公とサーシェンカとを親和させたのだった。

　ダニーリー師の話がソスノヴァの谷間に触れて、あの《お方》というふうに声が低くなったとき、スヴィヤトスラフ公はつと席を立ち、ダニーリー師にも促し、二人は広い応接間を散歩でもするように並んで行きつ戻りつし始めたのだった。二人の声は聞こえるが、内容までは正確に届いて来ない。ヴィタシュヴィリ修道士は《リチニク》という専門の直観なのだろうか、二人の語らいの像をまるでいまにも筆を動かすとでもいうように卓上に手筆でなぞる動きをしていた。まさか、それは奇蹟だ、もちろん、ソスノヴァのことは承知していたが、まさか……そんなことがありえようか、――それはスヴィヤトスラフ公の声だった。ダニーリー師の声が引きとった。ええ、隠者となったネルリ・ベールイ老師のおかげでわたしはあのお方に対面が叶ったのです、そして……。二人はまた静かに行きつ戻りする。窓の向こうに秋の地平が広がって見える。スヴィヤトスラフ公は窓の敷居に両手をかけて、ブク川を眺める。そうでしたか……。あの方が、そうでしたか。分かりました。ネルリ師のことも全く知らずにいました。ゼムニャツキー院長は遠慮していたのでしょう。スヴィヤトスラフ公がアリョーシャたちに眼を向けた。憂愁で灰色がかって見え、瞳から淡い輝きが出ている。そしてテーブルに戻って来た。

老師は満足そうに、また重荷を下ろした旅人のようにテーブルについて、チャイの残りを飲みほした。アリョーシャの向かい側には、スヴィヤトスラフ公が飲み干さないままのチャイの杯がそのまま静かに窓からの光を受けていた。その杯の形がアリョーシャにはなぜか菱形に見えた。そしてその前にスヴィヤトスラフの美しい手が、その人差し指と中指が卓上につくかつかぬかのように触れていた。まるで大地に十字を切るとでもいうように、そしてスヴィヤトスラフ公は目を上げて言った。人生はすべてみな鎮魂の歩みに他ならないというように思います。明日わたしはどこの戦場で虚しい骸となるかも分からない立場です。出会いも別れもまたすべて鎮魂に他ならないのでしょう。秋にわたしはまたしてもゆくりなく好むと好まざるにかかわらず最後の戦場に行くことになります。わたしが無事帰還できよう頃までに、ダニーリー師よ、わたしの憂愁のすべてをあなたの聖像画の画想に委ねます。どうしてわたしはあのお方に会える資格があるでしょうか、いや、しかし、無事に帰還したあかつきには、ソスノヴァまでお迎えに上がりたいものです。さあ、みなさん、お若い、アレクセイさん、今日はまたとない喜びの出会いをいただいたことに感謝します。みなさんの正しい仕事に神のご加護あれ。そう言って立ち上がり、わざわざテーブルを回って来て、立ち上がったダニーリー師に腕をまわして抱きしめ、足早に応接間を出て行った。アリョーシャは夢を見ているような気持から覚めた。ダニーリー師も安堵したのか溜息をつくように重い扉の閉まるのを見送った。

城砦の関門脇で、エフィームが荷馬車で待っていた。三人は荷台に乗りこんだ。エフィームは何も訊かないが、手綱を強く打ちながら老馬に上機嫌な悪態を吐き、いよいよわたしの真っ白い漆喰の見せどころですわと振り向いて言った。アリョーシャは胸が高鳴った。帰ったら、早くダニーリー師に、聖像画の画想と、そのお方との関連を聞きたい。一体、白亜の漆喰の画面一杯に、どのような画像が誕生するのだろうか。ダニーリー師は不揃いな敷石の舗道で揺れる荷台で瞑目したままだった。ヴィタシュヴィリがアリョーシャに言った。あの方はわたしたちよりどんなに苦しんでおられることでしょうね。公にこそ神のご加護を！

第八章

1　画想

スヴィヤトスラフ公との対面のあと、これを待ってでもいたかのように早い秋が光の雨を降らせていた。アリョーシャはまだ夢の中にいるような気持ちだった。解きほぐせないほどの運命の糸が絡まってこの先どうなるのか見当もつかない気持ちだった。ダニーリー師はアリョーシャたちを残して自分が仕事場としている庵へと一人で立ち去った。庵は聖堂からほど近くのブナの森の一角にあった。ムーロゾフ家所有の中二階のある小ぶりな建物で、普段ダニーリー師はそこで寝起きしていた。スヴィヤトスラフ公とのまたとない対面が無事に終わり、聖像画の画想について全幅の信頼を得た以上、もうここ数日の内にいよいよ制作が始まるのだ。いよいよ忙しくなる。さまざまな段取りがある。人夫も集めなければならない。ヴィタシュヴィリたちは段取りの用意にとりかかった。アリョーシャは特別に何かを制作する役割がなかった。ヴィタシュヴィリはダニーリー師に連絡事項を用意してアリョーシャを使いに出した。老師の性癖をよくわきまえていたヴィタシュヴィリは、いつ仕事が始まっても万全の用意をしておきたかったのだ。アリョーシャはまだ秋の日が明るい時刻に画僧小屋を出て、師の別荘に向かった。

豪雨のあとの秋は一日でやって来て、あたりを清浄な黄金色に染め上げていた。さんさんと光の雨が降るのに、それはもう夏の強い光熱ではなかった。聖堂脇の草地を白樺林の方へ迂回してアリョーシャはブナの森を目指してゆっくり歩いて行った。ブナよ戦げ、豊かな実を落せ、このあたりは城砦市より高いなだらかな丘陵地なので、市街が一望のもとに見えるように思われた。市中は賑わっているのか静かな音を低く鈍く立て、ブク川が赤い城砦の尖塔の下をひとすじの青い大蛇のように蛇行しているのが分かった。橋梁が二つ、かなり離れた距離でかかり、その距離だけが市の内部だと分かる。川向こうは広大な湿地帯だとでもいうように緑がまだ鮮やかで、果てしなく広がっている。川には小舟が点々と浮かび、大きな艀船が帆をあげて動いていた。市全体がなにやらあわただしく動いているように見える。

アリョーシャは野道を歩きながら、どれから解いたらいいのか分からない問題を、考えるというよりは目に見える像のように捕まえながら考えていたのだった。その筋道は論理的ではなく断片的だった。その断片が別の断片の像と触れるとき、そこに何か足りない断片があるように思ってもどかしかった。一体、あの応接間で、スヴィヤトスラフ公とダニーリー師が二人で歩き回りながら打ち解けて語り合った内容はどういうものだったのだろう。自分たちに聞こえたのはほんの切れ切れの声に過ぎなかった。ダニーリー師は帰ってからも沈黙して、二人の話の内容はヴィタシュヴィリにも打ち明けなかった。一体、どういう聖像画の画想になるのだろうか、アリョーシャは思いがけない展開になるのではあるまいかと想像して気が気でなかった。

野道はただわずかに踏みしだかれてあるばかりなので、秋の草花が夏以上に美しく装い、無事に種子をありあまるほどに身につけ、アリョーシャの膝に触れて喜びの声をあげているのが聞こえるように思った。そうとも、スヴィヤトスラフ公は、たしかに、《あのお方》と言ったではないか。となれば、やはりその方なのだ。その方を公はご存じなのだ。そのお方がよりによってソスノヴァの谷間にいるというのを知らなかったのだ。いや、わたしはダニーリー師にこのことをどうにかして聞いてみたいのだ。それにしてもサーシェンカはどうしたのだろう。いずれ修道院から知らせがあるに違いない。エフィームじいさんが出かけたから、朗報がもたらされるだろう。アリョーシャは胸がつぶれる思いで、その《お方》の像を、顔を、姿を思い描いた。枝を拾い、それで秋の草花についた綿毛や種子を打ち叩きながら、開拓村で世話になった老夫妻の、リャザン公に関係する話題を思い返し、そのお方の名前を反芻しながら、ほんとうにそれはそうなのだろうか、そのお方はそのような難治の病なのだろうか。しかしサーシェンカはそのお方と一緒の仕事をしていると言っていたではないか。疑問がつぎつぎに浮かぶ。いや、これはダニーリー師に会えばすべて分かることだ。ああ、ダニーリー師の聖像画にどのように像として、そのお方が現われるのだろうか。

アリョーシャはまるで、エフィーム漆喰師が用意した真っ白な匂い立つ漆喰壁に自分が今立っていて、漆喰が乾かないうちに、一日分の画像を描き、いまその一筆をそめる瞬間だとでもいう高揚感にとらえられた。いや、ダニーリー師はすべてが頭に入っているので、下描きは無用なのだ。おお、わたしが師の顔料の準備をおこたりなく調合できたなら。ヴィタシュヴィリは顔の表情について思索するだろう、ヨシフ画僧は植物の遠景をどのように描くのだろう。この秋の草花を、その豊かでつつましい声を、そのことばを。草地は深くなり、アリョーシャは繁茂したヨモギのなかを漕ぐようにして抜け、青空を仰ぐ。この空に五百年、いや千年先も、同じようにこの雲たちが流れているのだろうか。そしてアリョーシャは今がその五百年先であっても少しもおかしくないように思った。すべては一瞬のことなのだ、このわたしの若さも、衣服にくっつくこの牛蒡の毬果も、飛ぶ綿毛も、だれがこのわたしのことを数百年先に覚えているだろうか、いや、誰一人いるわけがない、ちょうどこの草の実とおなじように。そしてそのとき初めて、アリョーシャは聖像画を描く画僧が羨ましく思われた。

おやおや、いらっしゃい、若い賢者よ、なにをそんなにふさいだ顔をしているのかね、――と別荘の庭の木卓に向かって掛けていたダニーリー師が言った。アリョーシャはヴィタシュヴィリからの言伝を間違いのないように復唱した。分かった、さああなたもそこに掛けなさい。何もそう焦ることはあるまい。物事は順序立てて考えなければならない。なるほど、三日後にわたしに描き始めよというのだね。さあ、問題はそこなのだ。実はわたしも三日後がいいのか七日後がいいのか、そのことを考え、そして待っていようというところだよ、ふむ、何をかって？　もちろん、真の啓示が皓皓たる満月のようにわたしを包みこむ時だ。わたしの画想のことはすでに言ったはずだが、すべて出来上がっている。一日の仕事分が、ふむ、そうだね、わたしの両腕の幅で二ひろ、つまり六アルシンの長さまで。漆喰が乾いて固まらぬうちに描く分ということだが、まずはそこからだ。そこに何が描き出されるだろうか。画想はすべてわたしの頭の中に入っている、しかしいま言ったように、魂の啓示がいつやって来るのか、この耄碌《もうろく》したわたしにいつ突然、そうとも秋のアントノフカりんごのように落ちて来るのか、いや啓示とはそんな悠長なものではないよ、落雷のようにわたしを襲ってわたしは失神して、そこから生き返るときに、魂の啓示は実現されるのだ、わたしがその恐ろしい啓示に、あるいはその余りにも美しい、超越的な真《まこと》に耐えられるかどうか、まったく自信はないのだ。にもかかわらずわたしは待つ。死を待つようにではない。新たな命を待つように待つ。

しかしながらもうすべては秋だ、ものみなこれから凋落と没落にと進み行く季節なのだ。春のような命が生まれる季節ではない。いいかい、若いアリョーシャ、わたしのような頽齢《たいれい》になると、数知れぬ人々がわたしだけを生き残らせて死んで行った。それぞれの画想と希望を抱きながら、そして巨匠の名を享受しつつも不運にもみな亡くなってしまった。もうこの歳で残っているのは指折り数えるばかりだ。そう、その通り、ソスノヴォに隠棲するネルリ師はわたしよりはるかに年上で、わたしなどはあのお人のことを思うと眩暈がするくらいだ。あの《三位一体》の聖像画の後、あの方は沈黙を続け、そしていま、なんという幸運か、いやなんという不幸であろうか、あのように病にとらわれて隠棲しておられるが、長老のことばを求めて密かに訪ねる高貴の方々や美芸の人々が多い。そこでわたしも今回の制作については師に助言を仰ぎに通う事になったのだ。どんな対話が行われたかだって？　いや、そんなことはあなたには言えないよ。あなたは若すぎるからね。で、わたしの画想の一端でもいいから聞きたいというのかね。いいかい、アリョーシャ、それはもうすべてが出来上がっていても、それがそっくりそのまま実現するとはいかないものなのだ。人間がやる仕事だからね。その画想が確固たるものだと思っておってもだよ、ひとたび啓示が稲妻のようにわたしにひらめき、落雷が落ちようものなら、すべてがご破算となる。その啓示がどのようなものか、わたしにはさっぱり分からないが、画想がこのようにうつつにすでにわたしの眼前にあるとき、しかしその啓示というのは、その成就を助けるような性質に間違いないのだ。わたしはそれを待っている。ほほう、明敏なあなたは、やはり気づいていたのだね、そう、わたしの画想の中心にあるのは、あの《お方》であるのは間違いない……、おお、わたしは、若いあなただからここで言うが、というのもあなたはこの先の未来において必ずやわたしたちのこのように生きたことを書き記す者になるのではあるまいかと思うからだが、わたしがあのお方と対面したほんの短かいひと時のことを、あなたに語っておくべきだと、今思ったのだ。

おお、あのお方はわたしに会ったときに、左半分を覆った顔の黒紗のヴェールをそっと外して、唇にかすかなやわらかい微笑を浮かべ、そしてわたしに肩掛けのヴェールでそっとくるまれた右手を差し出されたのだ……、わたしはうやうやしく礼儀作法にのっとって、高貴な人々のやるように、そっとその御手を自分の右手にのせてヴェールの上から接吻を寄せたのだ。その瞬間、わたしはすべてを悟った、ああ、若い、賢明なアリョーシャ、何ということだろう、ああ、あのお方の、リャザン公の姪であるドロータ妃のその右手は凝固した一個の石のようであったのだ。指は開かない。神経がこわれ指は凝固して拳になったままだったのだ。しかしその薬指には指環が光っていた。わたしは右手であのお方のその右手にヴェール越しではあるが触れた瞬間にすべてを悟ったのだ。

このたびの壮麗な聖像画の制作にあたっては、このお方こそが中心に、あたかも聖なる母のごとくに、幼子を抱き、そして慈しみの微笑を自然森羅万象にもたらす、そのような画想が確固となったのだ。わたしの聖なる像においてはあのお方の凝固された拳が美しい花のうてなのように開き、その指こそが運命の《チャーシャ》に向かって命じなくてはならないのだ、そう思いながらわたしは、あのお方の案内で、コムーナの奥の谷間に広がる薬草園をそぞろ歩きしながら、あのお方のここまでの人生について歌のように聞いたのだ……、あのお方はまるで歌のように話された。薬草園は修道院長の肝入りでつくられたこの地に二つあるかないかというほどのすぐれものなのだ。そうそう、サーシェンカという若者が、あの薬草園の管理を任されているとのことだったが、さて、彼は無事にソスノヴォに戻ったものかどうか。エフィームをつかわしたので判明するだろう。

ダニーリー師の話にアリョーシャは茫然自失の状態で聴き入り、では自分に何ができるだろうかと胸が熱くなった。いや、確かに、スヴィヤトスラフ公はわたしたちと別れしなに、無事に公が帰還したあかつきにはあのお方をお迎えに上がると言ったではないか。あれはどういうことだろうか。アリョーシャは思いきって師に質問した。わたしもそのお方にお会いすることができるのでしょうか。ダニーリー師はしばらく沈黙したが、わたしに最後の啓示が降りる前に、アリョーシャ、あなたもあのお方に会って、あなたの本当の道を探すよすがにしなさい、と言って立ち上がった。

2　遠征

その三日後アリョーシャは市中へ出かけることになった。顔料や画材のことではなく、市中の騒がしい様子を調べて来なさいということだった。スヴィヤトスラフ公の出陣のうわさがここまですでに届いていたからだった。今日明日ということはないにしても、制作に入る以上、正確な情報が必要だった。ダニーリー師から聞いた画想のことは、アリョーシャはそれを率直にヴィタシュヴィリ修道士に言うべきかどうか迷った。《リチニク》つまり聖像の顔について責任を持つ役目のヴィタシュヴィリではあるが、ダニーリー師はすべて自分で細部まで描く筈だった。ヴィタシュヴィリは口をはさむ余地はないだろう。アリョーシャは師が自分に打ち明けたのは、それをヴィタシュヴィリに言うかどうかと、自分を試したのではなかろうかと妙なことを思った。

画想がそうだからといって、それがすべてそのとおりに実現するかどうかは、ダニーリー師が待っている啓示の最後の一閃次第なのだ。アリョーシャはダニーリー師の語った話をヴィタシュヴィリには言わなかったが、ヴィタシュヴィリの方はすべてをもう知っているような感じだった。スヴィヤトスラフ公のこのたびの遠征はなぜか気がかりなのですが、それはとりもなおさず、あの《お方》についてでもあるのです、アリョーシャ、あなたも聞いたと思うが、スヴィヤトスラフ公のお考えはいったいどういうことだったのでしょう。遠征がぶじに勝利に終わって帰還されるときには、あの《お方》をお迎えするということばだったでしょう、これは謎めいて、わたしには分かりかねるのです。ええ、わたしはサーシェンカからもあの《お方》のことは断片的ですが、聞いています。実は、わたしだってぜひ、お会いしてみたいと思っているのです。わたしはダニーリー師の画想に全面的に従いたいのです。老師の晩年の大作ですからね、まったく新しい聖像画の誕生に期待しているのです。そう言ってヴィタシュヴィリはアリョーシャを市中へ送りだした。エフィームは何があったのかソスノヴォから帰って来なかった。修道院にも立ち寄って用事を済ませているのかも分からない。聖像画制作が明日明後日にでもいきなり始まるということになれば、エフィームじいさんの漆喰作りは欠かせない。他の人夫雇いのことも準備が整っていた。

あいにく秋晴れだった空に薄い鱗雲がかかり始め、一気に秋が深まった印象をもたらした。アリョーシャは河岸段丘を下って市内に入ると市中の人々がブク川の橋梁に出る関門の壁までびっしり集まってごったがえしていた。口々に人々はスヴィヤトスラフ公の遠征出陣について話していた。関門をやっとくぐって、橋のたもとに来ると、偶然にもその人だかりのなかに髭切り屋のエゴーロフがあの店の看板の聖像画を胸に抱えて立っている。アリョーシャは人ごみを掻き分けて彼のそばに行った。アリョーシャだと分かるとエゴーロフは興奮して話し出した。わたしだって若ければ、スヴィヤトスラフ公の軍勢に加わって奮戦したいのだよ。わたしが足をひきずっているのだって、若い日に先代の公の軍に雇われて二度も戦場に行ったからだ。あれから何十年になるか、わたしはこんな身になってはいるが、とにかく戦であきるほど血を見て来た。わたしは雑兵だから負け戦だと分かると逃げ出したが、先代公の騎士団となるとそれはみごとなものだった。一騎となっても一歩も退かない。タタールの襲歩など蹴散らして穴を開ける。そして切り通して、さらに本隊に突っ込む。神のみ名をたたえて……そしてどれほど斃れていったか、わたしはこの目でしっかりと見ているのだ。こんどばかりは、スヴィヤトスラフ公の遠征はこの動乱を制する最後の遠征なのだよ。

関門に群れていた人々の歓声が上がった。人々は関門の壁際まで寄って道を開け、またどよめきがあがった。先頭の歌唱隊がスヴィヤトスラフ公の紋章の旗とイイスス・フリストスのみ旗を捧げ持ち、進め、進め、スヴィヤトスラフ、神のご加護は御身のもの、御身のもの、ブク川越えて進め、進め……、歌いながらしずしずと進みゆき、そのあとから、背の高いアラビヤ種の黒馬に騎乗したスヴィヤトスラフ本人の姿が現われた。人々の喚声は二度三度と上がった。エゴーロフは両腕に菩提樹板に描かれた赤い聖像画を高く掲げて叫んだ。神のご加護を！　神のご加護を！　生きて帰り来ませ！　一斉に喚声があふれる。関門をくぐり橋梁に歌唱隊が至ると、スヴィヤトスラフ公の黒馬が後ろ足で立って、嘶《いなな》いた。

スヴィヤトスラフ公は瞑目するように静かに騎乗したまま手綱をひき、アリョーシャとエゴーロフのいる群衆に眼を向けた。アリョーシャだと分かったのかどうか、スヴィヤトスラフ公の視線は煙るようにぼかされていた。ふっと頬笑みかけたのか、咄嗟のことでアリョーシャは人々の喚声にかき消されながら神のご加護をと祈ったその瞬間、夜明けの夢の一片を思い出した。涙で枕が濡れていたのだった。スヴィヤトスラフ公のそれは遺骸だった、戦場の草に埋もれて横たわっている、そして白馬が彼を救いに牛蒡の生い茂る荒野を疾駆して来る、背後から軍勢が黒雲のように寄せて来るのだった。白馬に乗っているのはあのお方ではなかったのか。まるでナスチャのように……。たちまちスヴィヤトスラフ公は過ぎて行った。後続の騎士団は重武装で土埃が川岸の風に巻きあげられた。エゴーロフは感極まって、聖像画を胸に抱いたまま涙にくれている。やがて兵団の長い隊列と最後尾の荷馬車に物資を積んだ輸卒隊がごろごろと鈍く音を立てていなくなり、土埃がおさまり、やがて人々が散って行くと、市中がまるで空虚になったように秋の葉が散り始めた。

みちみち、わけ知りのエゴーロフの説明ではこうだった。この秋の遠征は西ウラリエの最後の異教徒を降伏させ、異民族の国境を確定することなのだ。あれは豊かな国だ。特に鉱物の資源が重大だ。自分は行ったこともないがその山脈は恐ろしいドラゴンのように何千ヴェルスタも北の海から南の海まで伸びている。従って、異民族の国境となすには一番だ。あなたも知っておろうが、モンゴル、タタールの異教徒がわれわれをどのような目に合わせて来たことか。ま、しかし、それを非難したところで何も始まらない。要は、異教徒であれ、異民族であれ、それは両手の指の数以上に、いや、小さいものから言えば、もっと百やそこいらはあるのだから、要するに、仲良く一緒に暮らせるような安定した状態をつくればいい。どの民族であれ、同じ人間で、ごらんよ、タタールの娘だって美しいもんだよ、だもんだから一緒になって血が混ざって、みんなが親類になって行けばいいのだよ。いいかい、スヴィヤトスラフ公が夢見ているのはそのことだ。なにも直ぐにでもイイスス・フリストスさまの教えに入らなくたってかまわない。ただ、血を血で洗うようなことはもう見飽きたのだ。泣きを見るのは女衆ばかりだ。そして数知れない孤児だ。またその孤児たちがたちまち大人になったら復讐をするようになる。あちらでも同じだ。スヴィヤトスラフ公の狙いはそこなんだ。この遠征はその最後の仕上げなのだ。

しかし、心配は残る。雪が来る十月の半ばまでに、果たしてこの遠征が無事に終わるのか。行く先々で軍旅を整えて行くにしても、わたしの昔の経験では酷いものだった。貧しい同胞の村々から食糧も女も略奪しながら進む他なかった。長引けば、とうぜん、いかにスヴィヤトスラフ公が清廉であっても、そうは行くまい。いや、わたしが心配でならないのは、遠征そのものの成否ではない。スヴィヤトスラフ公が不在の間のことだ。もちろんクシジャノフ公国とはすでに協定が出来ているから、背後から襲われることはないのだというが、そこが問題だ。いつ何が起こるか分からない。クシジャノフ公は今回の遠征にも一部騎士団を派遣するということだそうだが、さて、どうだか。わたしの情報は確かだ。地獄耳だから。わたしはただ手をこまねいて、床屋ごときをやっているのでないことは、お若いひと、アレクセイだったね、知っているね。それにしても、あなたは見違えるくらい精悍な若者になった。おお、ついこの間のことであったではないか。ははは、あのダニーリー老師はそれはそれは名匠だが、なにしろ変人で困る。とんでもないことを思いつくからね。で、聖堂のイコンはどんな具合かな。まだだって？　何ということだ。何と？　つい先日、スヴィヤトスラフ公に対面しただと？　おお、神よ、何ということか！　さあ、アリョーシャ、わたしの家に寄って、そのことを包み隠さず詳しく話してくれないか。これはゆゆしきこと——

というようにエゴールの饒舌はどこまで本当なのか、彼の赤ら顔には強いナリフカのウイキョウの匂いがぷんぷんした。アリョーシャとしては、しかし、スヴィヤトスラフ公との対面について語るわけにはいかなかったので、断った。赤い聖像画を小脇に抱えたエゴーロフは大声で笑った。いや、そうでなくてはいけない。信なくば立たずだ、よろしい。で、なにか聞きたいことがあるのではないかな。そんな顔をしている。何？　ソスノヴァだって？　知っていないのか。あそこは聖なる谷間だ。みだりに賤しきものどもが行ってはならない所だ。修道院領だということもあるが、噂では、とても高貴なお方がおられるとか。また、折につけ高貴な方々が遠方からも訪ねてくるとか。で、それがどうしたのかね？おお、アリョーシャ、あなたは行きたいのだね。ここだけの話だが、わたしの昔の仲間でも、あそこに寄せてもらい、それでもやはりこの広大な大地の果てまで流離《さすら》って死にたいとずいぶんと逃げ出したもんだ。別に人さまに迷惑かけるわけでもない。何の因果だというわけでもない。そうか、あなたは知りたいのだね、おおいに知りなされ。知らぬのが罪と言うもんじゃ。われらの大地は広大無辺だから、いつどこでどのように行き倒れても苦しくはない。善き村の人の一人でもおれば、弔ってくださるのだよ。ソスノヴァは、神々しい場所だ。健全人ばかりで美しい町をつくってもどうにもならない。わたしたちが何の上に成り立っておるか、それを知り尽くさねばならんことだ。ふむ。スヴィヤトスラフ公はまさにまさにこのことを知っておられるのじゃ。で、聖堂のイコンの方はさっそくにも始まるのか？　ダニーリー師は何をぐずぐずしておるのか。スヴィヤトスラフ公が遠征から帰って来られるまでに出来上がっておらなければ、いったいどういうことになるのか！　なまけものの耄碌《もうろく》じじいだ。

アリョーシャは饒舌にきりのないエゴーロフに丁寧にお礼を言って別れ、その足で急いで画僧小屋に帰り着いた。エゴーロフの話を話半分に聞くとしても、スヴィヤトスラフ公の遠征中にクシジャノフが留守を狙って強襲するのではないかという説が頭から離れなかった。騎士長ユスポフとの出会いと別れのとき、あの川べりで見た光景がまざまざとよみがえる。万一ということもある、そのときは、とアリョーシャは思いを抱きながらヴィタシュヴィリ修道士にスヴィヤトスラフ公の軍勢の出陣の光景を伝えた。はい、白馬ではなく、黒馬でした。ヴィタシュヴィリはなぜか顔を曇らせた。たしかクシジャノフから贈られた馬だと聞いたことがあります、とヴィタシュヴィリが言い足した。もしエゴーロフの巷の声が本当のことになったら、この聖堂もすべて破壊されるのか、いや、修道院領はどうなるだろうか、ソスノヴォはどういう目に遭うだろうか。万一の場合は、わたしはソロヴェイの森に逃げてでもスヴィヤトスラフ公のために戦うだろう。

すでにエフィームが戻っていた。サーシェンカはソロヴェイの森で徴兵隊に召集され、そのままスヴィヤトスラフ公の遠征軍の先遣隊に入れられて、すでにズシャ川を渡ったということだった。それではだれがあのお方のお世話をして共同の仕事ができるのだろう、とアリョーシャは思った。

3　白樺皮のベレスタ

スヴィヤトスラフ公の遠征がどれくらいの期間になるのか誰にも見当がつかなかった。聖堂の聖像画の制作は公の成功裏の帰還までには完成していなければならないが、この先何が起こるか不安と焦燥が生じた。城市の守備がどうなっているかアリョーシャの情報では明らかでなかった。エゴーロフの言った懸念をアリョーシャはヴィタシュヴィリにも伝えた。ヴィタシュヴィリは十分にあり得る話だと答えた。夕べになって不意にやって来たダニーリー師にもスヴィヤトスラフ公のことを知らせた。ダニーリー師は黙って頷いた。いかがでしょう、いつ仕事に着手いたしますか。ヴィタシュヴィリが聞くと、ダニーリー師は、一言、今少し待たせてくれと答えてどこへとも知れず立ち去ったが、市中へ下りて行ったのに違いなかった。アリョーシャは詳しくサーシェンカのことを聞くために、エフィームの厩に足を運んだ。

厩の上にある丸太組みの寝間でエフィームは休んでいた。アリョーシャが声をかけると上って来なさいと言う。アリョーシャは急な梯子を上って、その寝間にあがった。厩はまだ新鮮な干し草と麦わらの匂いが気持ちよかった。馬はまだ中庭に放されたままだった。エフィームは白樺の皮の文書のようなものを何枚も重ねた束を小台に置いている。アリョーシャはすぐにそれがベレスタと呼ばれる文書だろうと思って聞いてみた。

えらいことなんじゃが、とエフィームは言った。あなたに言われるまでもなく、わたしも人々と同じように、公の留守の間に何が起こるかと心配をしている。十月の最初の雪が来るまでというと、果たして遠征軍は無事に帰還出来るものかどうか。万一、冬を越すという事態になったら、どういうことになるか。勿論、聡明な公のことだから、そこら辺のことはお考えがあるのだろうが、なぜか不吉な予感がする。アリョーシャは気になって、もう一度、それはベレスタではありませんか、どうしたのですか、と聞いた。

エフィームはめずらしく当惑した顔になった。ふむふむ。わたしにはさっぱり読めない文字であるが、これは、ここだけの話だぞ、わたしが、ほれ、サーシェンカの行方不明のことで修道院に行き、ソスノヴォのコムーナにあのお方にお伝えしに行った際に、何と、あのお方から託されたものだ。聖堂の聖像画の制作の成就を祈ったおことばのようだが、これはもちろん、わたしが漆喰の中に厳重に塗り込めるのだよ。これはダニーリー師には秘密だ。いやあ、これは重大な秘密じゃよ。あのお方は数百年のちになっても、もし万一、聖像画のフレスコ画が剥がされてその上書きが行われようときにでも、このおことばが後世に残るようにと思われてのことではなかろうかのう。アリョーシャは驚いた声で言った。数百年後にですか？　あのお方が書かれたと？　アリョーシャはダニーリー師が言ったことばを思い出したので聞き返した。右手の指が開かなくなっているのだ。それはひょっとして、サーシェンカではないでしょうか？　いや、わたしには分からんが、とにかくひどく大事な文書だということじゃ。エフィームが三角の目でアリョーシャに言った。

そうであった、あなたは教会の小難しい文字を読めるのだったな。はい、それとなく小さい頃から父に教わったので、それなりに読めるはずです。わたしは麦刈りのときに、サーシェンカからさらに年代記文書の写本や読解について教わる約束だったのです。おお、そうだったか。しかし、あのお方との約束がある。だれにも読ませるわけにはいくまいて。一体何が書かれているのでしょう、とアリョーシャは興奮した声で言った。いいえ、それは間違いなくサーシェンカが筆記したのですよ。共同の仕事をあのお方としていると彼は言っていましたから。それに、あのお方は右の……、とアリョーシャは言いかけてことばを飲みこんだ。ダニーリー師から聞いたことばがまざまざと見えるように思いだされたのだ。もしあのお方の口述でサーシェンカが筆記したのだとすれば、すべては彼の記憶に残されているはずだった。ふっとアリョーシャは安心したが、またすぐ、もしサーシェンカに万一のことがあったら、すべてがなくなるに等しい。となればここのこの白樺皮のひと束のことばだけだ。このベレスタのことばがすべて数百年後に読まれるのかも分からない。いや、いまわたしたちは生きているのだからこの今の時代のすべてを少なくとも知っているからそれだけでいいけれども、数百年後に今このわたしたちの生きたことばが読まれるということは、何ということだろう！

教会や修道院のような記録のことばではなく、日々の生きたことばで書かれたそのお方の声が数百年のちに、読まれるのだ！　大地に建つものはいずれ破壊され、滅び、その廃墟のうえにまた建てられる。聖像画もまた同じだろう。フレスコ画は剥ぎ取られることもあるだろう、戦火で焼かれることもあるだろう、そして分厚い漆喰の石灰石は残される。その中に閉じ込められた白樺皮のベレスタのことばは腐らないだろう。誰かが読むだろう。アリョーシャの目には、エフィームのこの小屋の二階の不潔で乱雑な寝間の小台が丸太の隙間から入る木漏れ日に輝いているように思われた。せめて表紙の表題、いや顔料で書かれる大文字の飾り文字の、その最初の一行だけでも覗かせてもらえたらと切に思った。エフィームはそれを察したとでもいうように三角の目を厳しくして、自分の背に小台を隠すようにし、木の櫃にしまいこみ、紐をかけた。

で、そのお方はどうでしたか、どんな様子だったかとアリョーシャは聞きたくてならなかった。ダニーリー師から聞いた光景が忘れられない。俗人のエフィームじいさんから見たそのお方はどのようであったのだろう。この上なく高貴なお方でしょう？――とアリョーシャは言った。エフィームは再びアリョーシャを見た。それはそうだが、ソロヴェイ森にある小さな尼僧院のお一人みたいじゃった。別に普通の女ご衆と同じようであったが、質素な麻衣を着ていて、そうだね、お顔は黒い紗のヴェールで隠していた。うむ、それは美しいお声で、ことばがまるでわたしらとは違っている。祈禱の白い歌のようだった。アリョーシャは言った。わたしも一度お会いできることでしょうか。それは修道院長ゼムニャッキー師次第だろう。そんなに会いたいのかな？　はい、サーシェンカとの約束と誓いがあるのです。彼からかならず会いに来いと言われたのです。

おお、そのサーシェンカの拉致とでもいうことかな、そのことだが、とエフィームが膝を乗り出して言い始めた。――それが不思議でならないのだ。わたしたちはソロヴェイの森に森番をたずねて聞き回った。尼さんの寺にも行ったがね。あれはちょうどあなたが麦刈りのあとこちらに戻るときの大雨の日のことだったはずだが、そうだね、あなたは先にサーシェンカを見送ったわけだね。ふむ、そのあとのことだ。ソロヴェイの森には密かにスヴィヤトスラフ公の先遣隊が入っていて、森の悪党どもというべきか、土着の異教徒たちを兵として強制徴用するためだった。どうやらサーシェンカは森の中でその先遣隊につかまった。サーシェンカは修道士身分ではないが、しかし身内同然だ。それで面通しを森番の小屋でやった。森番はサーシェンカを知っているので証明した。ところがだ、先遣隊の隊長が、サーシエンカが首にかけている鎖つきの《オーベレグ》に目ざとく気づいたのだそうだ。要するに、お守りじゃよ。あなたは一緒に麦刈りをしていて気がつかなかったかね？　肌身離さずつけているべきお守りじゃ。ふむ、気がつかなかったか。あ、そう言えば、浅瀬川で水浴びしたとき、何か首に揺らしていました、とアリョーシャは突然思い出した。

そうだろう、それじゃよ、アリョーシャ。隊長はそれに気づいて確認したのだそうだ。そのまま、サーシェンカは先遣隊と一緒に連れて行かれることになった。そのとき森番に、かならずソスノヴォに帰って来るとそう伝えてください。そうサーシェンカは言ったそうだ。問題はそのオーベレグにあるとわたしは思う。何かある。そのお守りの裏には普通、聖なる御本の善きことばの一つでも刻まれるものだが、必ず持ち主の名前が刻まれる。まして銀でできているならば……。どうも分からん。とにかくサーシェンカは拉致とか強制徴兵されたというのではなく、むしろ進んで志願兵のように彼らに随いて行ったらしい。ふむ。これが問題だ。つまり、スヴィヤトスラフ公の遠征の秘密の先遣隊だということが分かったのだ。それに飛びこんだということだ。どうだ、納得できたかな。わたしはこの遠征がそんなにたやすいことではあるまいと感じている。冬が近いからね。アリョーシャは床屋のエゴーロフから聞いた情報をエフィームに言った。何と？　西ウラリエまでだと？　ばかな。あの飲んだくれは手前の妄想を言いくさる。信用がならない……、にしても、もうひと秋待っても遠征はできようものを、スヴィヤトスラフ公にもよくよくの事情があったのだろう。アリョーシャはサーシェンカの銀の《オーベレグ》がたしかに水浴びのとき八月の光にきらめくのを見たように思い出した。

ヴィタシユヴィリがアリョーシャを迎えに来た。秋風が白樺林をそよがせている。秋空はその純粋な青さで魂を清めるようだった。

4　その朝

　翌々日、いよいよ聖像画の制作が開始されるのだとヴィタシュヴィリ以下、早朝にはすべての準備を整えて、聖堂に集結していた。エフィームとアリョーシャは近くの女たちが水場に下りて来ないうちに十分な水の確保もした。エフィームは高揚していたが、それはあのベレスタの文書を、どうすれば誰にも知られずに壁の漆喰塗りの途中でうまく塗りこめられるか思案していたからだった。彼はアリョーシャに密かに漏らした。われわれの事業が成就したなら、数百年後でも、ドロータ様の書かれた文書は滅びないのだ、聖像画が破壊されない限りは永久に秘められたままになるのだ――と老馬に鞭をくれながらアリョーシャに言った。そうですね、白樺皮に書かれたものは、普通でも五十年は保存が効くということですが、漆喰の中ならば……。でも、そんな何百年もあとになって発見されることがあり得るのでしょうか。そのときわたしたちはもう誰もこの世に生きていないですよ。そうアリョーシャが言うと、急にエフィームは機嫌を悪くした。

　わたしたちはこの世に何も残さない、残すものもない、わたしはこの身ひとつ、何ものも所有しない、何も書かない、いや、書けることばも知らん、いいかい、だからこそあのお方が一人で残された書きものこそがわたしたちの生きた証言にもなるのではないか！　だれかが書いておいてくれればいいのだよ、教会だ、修道院だ、公国の書記だなどと言ってもあてになるものか。じぶんにとっていいことしか書き残しやせんのだよ。ほんとうに生きた人々のことは書き残しやせんのだよ。聖像画家ならばまだしも、みなで共同で描くそのフレスコ画が何百年でも、教会や寺院が破壊されん限りは生き残るからいいが、わたしには何も残らない。残るといっても真っ白な雪のように白い漆喰だけだ、おお、なんということか。いいかい、あのお方のベレスタにどんなことが書かれているのかわたしには読めないが、分かるのだ。あのお方のこの世への想いが縷々《るる》綴られていないわけがない。エフィームが急に饒舌になったのがアリョーシャには心配だった。

それで、とアリョーシャは訊ねた。わたしはまったく見てもいないので分からないのですが、白樺皮に何で書いていましたか、インクでしょうね、顔料でこしらえたインクなら、それは漆喰の中に閉じ込められてしまえば、フレスコ画とおなじ原理ですから、そのまま鮮やかな色彩のままで残るでしょう、しかし、エフィーム・オシポヴィッチ、一体どういう文書なのか何ひとつ知らずに永久に漆喰の闇の中に埋葬されてしまうというのは何という不幸でしょう。あなたは読めないが、わたしには読む能力があります。せめて、最初の頁だけ、一枚だけでも、わたしは読んでみたいです。で、あの白樺皮のベレスタは、両面に書かれていたのではありませんか。わたしにはなにか日録のように思われたのですが。いいえ、日々折々に書き継がれた断片ではないでしょうか。というのもあれはまちがいなくあのお方がゆっくり話され、いくら頭のいいサーシェンカでもその場でなんて書けやしないですからね、暗い夜の灯心のもとで一語一語インクでゆっくりと書き、そしてそれが正確であるかどうかを、ふたたびあのお方に読んで差し上げながら諒解をもらったものにちがいありません。いいえ、あのお方には書けませんよ、高貴なお方ですから、それはもちろん、教会スラブ語を書けないわけではないまでも、しかしふだんの生活のことばは、わたしたちと同じように、それはもちろん多少の差はありますが、いずれにしても俗世間のことばも混じっているのはとうぜんのことでしょうね。わたしはせめて最初の一枚でも、この眼で読んでおきたいのです……、エフィーム・オシポヴィッチ、仕事が開始される前に、せめて一枚だけでも、その題名、その書き出しのひとこと、その一行なりとも、永久に埋葬されるまえに、読みたいものです。いいですか、エフィーム漆喰師、そのベレスタだって、インクで書かれたその文字だって、埋葬されるまえにこの世に声を残しておきたいに違いないのです。そう、わたしは読み書きができるのですから、わたしが見ることで、そのことばは命の水を一滴こぼされたように生き返るのです――と、アリョーシャは水場のこんこんと湧くブク川の伏流水をなみなみと汲んでゆれている木桶の耳を抑えながら言った。

エフィームはことばにならないムムーと言うような声をあげた。うむ、あなたの言うのも一理ある、そうとも、わたしは言わば文盲であるから、書かれたものの価値が分からない、それゆえあのお方に頼まれた通り厳格に思っていたが、アリョーシャ、あなたのことばには一理ある。最初の一頁なりとも、何のことかも分からずに、ただ漆喰の闇の底に埋めてしまうのでは理屈にあわない。そうそう、もしや、あのお方は、数多《あまた》おる修道士たちとかではなく、あなたのような若者に読んでもらうのなら、それは許してくれるというような含みを、わたしの裁量に任せたのかも知らんね、まあ、身勝手な判断ではあるが、あなたにそうまで言われると、わたしもそれを知りたくなってしまった。エッフ、よろしい。わたしもまた無関心の罪をおかしてはいけない、あのお方の本心を悟るべきだ。さあ、アリョーシャ、水運びが済みしだい、ぜひとも読んでわたしにも教えてくれまいか。

アリョーシャは厩の前で荷馬車からおろしてもらい、小屋の二階のエフィームの小台からしっかりと紐が掛けられたベレスタの櫃を小脇にかかえて飛び出すと、厩のまわりはさきほどまでいなかった雀の群れが騒ぎ、灌木に群れ、地面には鴉たちが恐れ気もなくのし歩いていた。中に真っ白い鴉も混じっていた。アリョーシャはふっと不吉な予感がしたので、急いで、画僧小屋へと走った。画僧小屋の物入れ櫃に鍵をかけておいた自分の荷物、つまりユスポフの形見の螺鈿の柄の短刀と、コジマ長老への手紙、そこにベレスタをしまいこんでから、人の声で騒がしくなっている聖堂へと急ぐつもりだった。もう仕事が開始されたのだろうか。アリョーシャは櫃の鍵を開けて、中にベレスタをそっと置いたときに、寺院のほうから大声の叫びが届いて来た。

一体何が起きたというのか、アリョーシャは鍵をかけずに、とにかく画僧小屋の木柵まで出てみた。寺院への道を武装した一隊が騎馬を先頭にして進んで行くのが木柵から見えた。すでに聖堂の内陣では、仕事の準備が夜明けから出来あがっていて、ダニーリー師の到着を待つばかりだったのだ。いや、もう師は来ていてさまざまな指図をしているのかもしれない。今日一日で描くフレスコ画の一日分は何アルシンになるのか。一体どのような画像と構図が一日分で現われてくるのか、気が気ではないが、アリョーシャには師の考えを聞いていたので、おおよそが眼に浮かぶような思いだった。しかし、この一隊は何のためだ。あの兵たちの黒づくめの身形はスヴィヤトスラフ公の正規軍の身形ではない。スヴィヤトスラフ公が遠征軍を率いていなくなって、まだわずかに七日ではなかったか！　ひょっとしたら公の留守のうちに何かが起こったのか、あれはもしかしたらムーロゾフ家の傭兵ではないのか、騎馬の先頭者はここのものではない弓なりの剣を提げていたではないか。いや、どうして、ムーロゾフ家の私兵であるはずがないではないか、聖像画の寄進者は水運と貿易の富を一手ににぎっているムーロゾフ家だったのだから。

突然、内陣に足場の組み立てに雇われて来ていた人夫たちらしい人々の叫びが上り、悲鳴が走りまわり、中庭から走りだしてくる男たちの姿が見えた。頭から血を流している一人が途中で倒れた。追って来る騎馬兵が逃げる人夫を馬上から斬り殺し、すぐにまた引き返した。騎馬兵は大声で、一人残らずウラーだ、と叫んで馬を後ろ足で立たせて、また聖堂内へと馬を進めるのが、木柵の葉むら越しに見えた。アリョーシャは蒼白になった。内陣でどんな殺戮が行われているか火を見るより明らかだった。いますぐにもこの画僧小屋まで彼らは来るだろう、アリョーシャは大あわてで自分の背負い袋に、櫃の中のベレスタ、ユスポフの短刀、そして長老宛ての手紙を押しこむと、小屋の裏口から白樺林の草深い中を背をこごめながら走った。白樺林の藪の中に身を伏せたとき、画僧小屋に火の手の上るのが見えた。それからただちにエフィームの厩が燃え上がった。干し草の堆《やま》がさらに燃え上ったのだ。アリョーシャはこの白樺林まで騎馬兵が馬を駆るのではないかと恐れたが、黒づくめの兵たちは森へは注意を向けなかった。アリョーシャが伏せている場所からは、聖堂の真っ白い壁と丸屋根が見え、何事もなかったかのように午前の秋の光を浴びていた。アリョーシャは全身硬直したようにその場からしばらく動けなかった。考えだけは駆けめぐった。ダニーリー師も、ヴィタシュヴィリ修道士も、エリヤとヨシフさんも、そして……、別れたばかりのエフィーム・オシポヴィッチも、みんな斬り殺されてしまったのだ、聖像画の壁の足場の丸太組みに吊されてしまったのだ、そして自分だけが生き延びた、間一髪の偶然によって。

おお、神よ、神よ、わたしはいま何をすべきでしょうか……、アリョーシャは涙も出なかった。わたしのすべきことは聖堂に駆けつけて、みんなの遺体に会い、祈りを捧げ、感謝し、最後の別れを告げ、そして遺体をこの大地に手厚く葬ることだ、それを行わずに、このまま白樺林の道を抜けて逃げることは出来ない。そうでなかったらわたしは人でなしに過ぎない。おおお。しかしそのあとに理性が来た。いや、わたしが現場を確認し証言者になったとしても、ここはわたしもまた殺されるに違いない。一人残らず殺せと叫んでいたではないか、一人として目撃者を生かしておかない。まだ残党が居残っているのではないか。ひょっとしたら、この白樺林のあの天国のような明るい草地にまで探しに？　いや、そんなに彼らは知っているわけがない。一瞬間、夏の驟雨に雨宿りしたあの大きな菩提樹の下で聞いた三人の修道士の声が甦った。

あのとき眼下には雨に輝くスヴィヤトスラフ公の城砦市が広がり鐘を鳴らしていた。アリョーシャの眼に涙が滂沱《ぼうだ》とあふれ頬を伝った。わたしだけでも生き残って、このことを修道院に知らせなければならない。そうとも、ムーロゾフ家独断でこのようなことが出来るわけがない。これは城内で、スヴィヤトスラフ公が不在となったのをしおに企まれたに違いない。このとき、もちろん、すぐにアリョーシャはクシジャノフの仕業だろうと確信した。同盟を結んだとしても、スヴィヤトスラフ公が不在ともなれば、不意に背後から襲いかかるだろう。再びアリョーシャはユスポフ騎士長との別れを夢のように思い出した。クシジャノフの城砦の川べりでの吊し首の光景を思い出した。アリョーシャは日が高くなるのをこのまま待っていられないと思った。後悔を残しながらも、白樺林の奥へと灌木の枝に傷だらけになり必死に分け入った。

抜け切ったとき、あの瞑想していたダニーリー師と対話した明るい草地に出た。草地のへりに置かれた師の木椅子はそのままだった。青い空に雲がぽっかりと浮かび、秋の日差しは、ことに透明に澄んでいた。その光が白樺の真っ白い肌に触れ、枝々の葉むらはもう黄色く色づいていた。光がなおそのように黄金色に着色したとでもいうようだった。この白樺林をさらに何ヴェルスタも抜け切れば、ブク川伝いに行かなくとも、修道院へ行くことができるだろう。アリョーシャはいますぐ眼の前に白い髭をたくわえ、皮衣の胴着を着こんだダニーリー師が目をすがめて自分を見ているように思った。アリョーシャは何と言えばいいのかことばがなかった。すでに死者だと分かっていながら、師に神のご加護を、と口をついて出た。おお、わたしは、あなたが若き日にリャザンの聖堂に描いたというその《東方の三博士》聖像画を見たかった……、そのときわたしはまだこの世にもいなかったのだし、いることになるかも分からなかったのですが。おお、遠征中のスヴィヤトスラフ公はすべてをあなたに一任すると言われて別れて行ったのに！　そしてあなたは、この二十歳になるかならないわたしだというのに、今回の聖像画の画想について惜しみなく語ってくださったというのに……

アリョーシャのあふれる涙に、明るい草地を見守る白樺たちは口碑のなかの乙女たちのように悲しみの歌を黄金色の葉音で歌ってくれていた。アリョーシャは、最初にここに立ったときのように、白樺林の奥から白馬に跨って疾駆してくるアナスタシーアの野性的な姿をうつつに見た。アリョーシャは木椅子に掛けた。足元に、まだ忘れな草の空色した小さい花たちが咲き乱れている。キンポウゲもあちこちに揺れ、矢車草がまだ風にゆれ、イワン・ダ・マリヤの残花がもういっぽうの縁に群れていた。アリョーシャは紫色と黄色の二つの色の花びらが一緒になっているイワン・ダ・マリヤの花むらを眺めた。ああ、そうだった、口碑では、あれは、若者と乙女が愛し合ったが、実は自分たちが兄と妹だったということが判明した、そして二人はこの花に化身したのだ。イワンとマリヤが。いや、別の言い伝えもある。そうだ、この花をしぼって、その液を飲むと、記憶がよみがえるのだ。

　そして数瞬だが、心をゆるやかにして、彼は立ち上がりかけた。そのとき、もと来た白樺林の道の灌木を這うようにかき分けながら、上から下まで真っ白な動くものが這うようにしてこちらに向かって来る。もしかして、一瞬間、アリョーシャは叫んだ。エフィーム・オシポヴィッチ?

5　白樺林を行く

　真っ白いものはエフィーム・オシポヴィッチだった。アリョーシャは駆け寄って彼を支えた。支えると白い粉が草地の風に煙のように舞いあがった。エフィームは息も絶え絶えだったが、アリョーシャだと分かると激しく咳込みながらも話し始めた。

　とにかく草地を出よう。この奥は道はないが、キノコ採りで知り抜いている。一体何がどうなったのか歩きながら話す。彼の袖が枝にひっかかるといくらでも白い粉が出た。消石灰じゃ——と彼は言った。白樺林の中にいったん入ってしまったら、まるで方角もなにも分からなくなる。いま進む方角がそれで正しいのだと思い込むしかない。白樺の木々は細い太いの差はあるが、どちらを見まわしてもみな同じように真っ白い体を真っ直ぐに立てて密集陣の格子縞のように並び、整列し、まだ緑の葉むらと黄色い葉むらを重ね合わせながら、まるで彼らの方がゆっくりと動いているような錯覚にとらわれる。エフィームが言った。白樺が動くわけはない。木が動いたらどえらいことだ。わたしがこんなに白いのはなぜかって？　間一髪だった。それにしても、アリョーシャ、あなたは幸運だった。もしあのときベレスタの話が起こらなかったら、間違いなくあなたもやられていたはずだ。おお、あのお方のベレスタを持って来ただと？　何ということだ、神のご加護があったのだ、ふむ、叩けば真っ白に埃が立つこの消石灰のおかげで、わたしは助かった。というのも、あなたと別れてから聖堂の裏庭に荷馬車を止めて、さて水桶をおろさにゃならんかった。まずは老馬から轅《ながえ》を外し、馬を放してやったあと、さて、木桶を運ぼうとしたところに黒い身なりの騎馬がいきなりウラ、ウラー！　と雄たけびを上げて、開いていた聖堂正面の扉から突入したのだ。中で叫び声が起こった、十人も雇い人夫たちが今日の仕事に足場を並行に組んで渡し板を並べる作業だったのだ。わたしはすかさず聖堂脇に置いてある川砂と消石灰の貯蔵箱に飛びこむと、もう騎馬がこちらにも後足で立ちながらやって来る。わたしは川砂ではなく消石灰の中に埋まって息を殺した。消石灰はわたしの仕事の最良の友だ、いい漆喰ができるかどうかは川砂と消石灰にかかっている、わたしはうつぶせになって息を殺した、これが死ぬほど苦しかった、むせてくしゃみでもしたら一巻の終わりだ。

騎馬はすぐにいなくなった。足場から落とされ斬り殺される人夫たちの悲鳴が聞こえた。わたしはヴィタシュヴィリ修道士たちがどうされたかそれだけが気がかりだった。もう斬り殺されたのではないか。しかし、突然これはどういうことだと石灰に埋もれながら思った。やはり地獄耳のエゴーロフの占った通りではないのか。スヴィヤトスラフ公が城を開けて七日と経たないうちに、これは一体どういうことだ？　内通者が城を開けたに違いないではないか。黒装束の騎馬兵たちのことばはどう聞いてもわれらのことばとは違う、あれはチュルク族の連中だ、傭兵の悪党どもに違いない。わたしは聖堂が静かになるまでじっと石灰の貯蔵箱の中に隠れていた。長い時間だった気がするが、するとそのうちに、大きな声がはっきりと届いた。はたしてチュルク訛りもいいところだった。坊主の親分はここで斬り殺すな、連れて行って水牢に入れろとの命令だ！　残りは綱で引きずって行き、ブク川に投げろ。死体を残すな……そんな叫びだったのだ。わたしはその二人というのはダニーリー師とヴィタシュヴィリ修道士ではないかと直感した。おお、どうしてだかって？　理由は簡単だ。このたびの聖像画の責任者はこの二人だからだよ。何かの報復だ。何の？　ふむ、それは、ダニーリー師の今回の聖像画の画想についてだと思う。そう、内通者というのは、クシジャノフと通じているだれかだ。いや、ムーロゾフ家ではあるまい。要するに、結論から言えば、スヴィヤトスラフ公が実現したい王国の聖像画をなきものにしたいともくろむ連中がいるのだ。

アリョーシャの気持ちは明かるんだ。もしエフィームの言う通りなら、ダニーリー師とヴィタシュヴィリは死んでいない。しかし水牢とは何か。ますます奥が深くなるにつれて白樺の木々も驚くほどの巨木でさえあった。大枝を十字に組んで暗い深草や灌木の藪を見下ろしている。地面はあちこちに泥濘が深く、水が浸み出ている。おお、アリョーシャ、その水牢というのは、これは半端な拷問ではない。出られないほどの深く掘った穴にぶち込まれる。板屋根がかけてあるだけだ。ふむ、枯れ井戸だと思ったらよい。しかし、水が浸みてくるのだよ。踝《くるぶし》までならまだどうにかなるが、時には膝まで溜まることもある。アリョーシャ、わたしが見て来たことのように言うと思うのかい、わたしはよく知っているのだ。お二人は、この秋になってのことだから、一ヶ月もつかどうか。殉教と言ったところだが、お許しくださ い、わたしは本物の修道士ではないのですから、で、だが、修道僧というものは根性が違うから、どうなるかは分からない。足が腐ってでも生きるのだ。魂の力だ。いや、さすがに信仰の力だ。何？もちろん食事は一日一回、縄で吊り下げて与えられる。何？　ふむ、糞尿はいたしかたない、おのれと一緒にあるしかない。病気だって？　もちろん病気になる。それでも生きる。ふむ、それはだ、ダニーリー老師はただの画僧ではない。さあ、アリョーシャ、想像してもみなさい、若い見張りがついているとして、その者は、ダニーリー師に何かと話しかけられるだろう。善き話を師なら幾らでも話すことが出来る。これを繰り返しているうちに見張りは、心が変わるのだ。その結果、なにくれとなく便宜をはかってくれるようになろうというものだ。分かるかい？　助けてあげたくなるのだ。ダニーリー師のことだから、そこらへんはうまくやる。見張り番は彼の信奉者になってもおかしくはない。ヴィタシュヴィリ修道士の方はどうかな。いや、あの人の人柄から言って、カフカースのいい歌などを吟じて、それなりに見張り番と親密になれる。となれば、ライ麦パンの食い残しもこっそり貰えるし、沁み込んだ水は、綱で木桶をたらして汲み上げてもくれようというものだ。心配はいらない。そのようにしてわれわれは生き延びて来たのだ。諦めるな。最後に何があるか、それだけが大事だ。おお、この森は、秋ともなれば、それは熊が出るぞ。恐ろしいかね。ほう、何？　旅芸人の一座で流離っていただって？　ほほう、そのとき熊使いが一緒だったのかい？　ふむ、そうだね、まあ、出くわしたなら、イイスス・フリストス様のお弟子にしてやるかね、こうやって十字を切って、改宗させるかね？　一緒に聖像画に描くかね？

白樺林はどれほど続くのか、アリョーシャには見当がつかない。ブク川伝いの道のりで修道院まで二〇ヴェルスタだとして、この白樺林ならばどんなに近道になるにしても、この先何時間かかるだろう。エフィーム・オシポヴィッチは饒舌のわりには、もう息を切らせて、足もよろけているのだった。真っ白い身なりも次第にこすれて斑らな色に変わっていた。そして非常な空腹が襲って来る。白樺林の中では木の実も見つからない。クマザサが繁茂する辺りは特に恐ろしかった、マムシが頭の上を走って行く。アリョーシャは水を探した。窪地は倒木に苔が生えて、きれいな水が浸み出している。二人は休息して、美味しい水をたっぷり飲んだ。エフィームはクマザサの先端に生えている黒いものを取って食べた。お、三年に一度しかならない笹の実ではないか、そう言って食べて口を真っ黒にした。アリョーシャは運よくコケモモの実を見つけて食べた。美しすぎるように思われた白樺林は、これほど密集してどこからでも取り囲んでしまう、そして大地に白い杭となって打ちこまれている。そんな幻想的な美しさはいつしか消え去った。

進むにつれて、白樺一本一本が名も知られない死者の墓標がそのまま生きて上に向かって伸びているのだと思われるのだった。これで日が落ちたらどうなるだろう。、そろそろ修道院領の境界線の間伐帯《すかしぎり》があれば、もう森番の小屋があるはずだとエフィームが言うのだったが、アリョーシャはそれはこのはるか先に違いないと思った。足もとが暗くなれば熊が出て来るとエフィームが言った。いや、恐ろしいのはオオカミだ。アリョーシャは六人の修道士たちに救われてネルリ川を下ったときの、岸辺での野宿のことを思い出した。一夜じゅう焚き火を絶やさなかった。白樺林なら幾らでも火を焚ける。樺皮なら幾らでもある。ベレスタだって幾らでも剥がせる。いや、水がなければ、白樺の樹液がある。穴を開けて樹液をためればいい。エフィームは自分が手ぶらなことを歎いた。いいえ、わたしはこのように画僧小屋から自分の肩かけ袋を持って来たのです、とアリョーシャは言った。

エフィーム・オシポヴィッチ、絶望しないでください、わたしはこの袋のなかに自分の全財産を入れています。あのお方の大事なベレスタの小櫃《こばこ》。……そして、と彼は一瞬間迷った。ユスポフの形見の螺鈿の柄の短刀だ。そして、袋の奥にこれまでの長い旅路で大事にしてきた火打石があるのを思い出した。アリョーシャはもう歩けないほどに憔悴している老エフィームを励ました。エフィーム・オシポヴィッチ、そう言って、ユスポフの短刀と火打石を取り出して見せた。これです、これがあれば恐れるものは何もないのです、とアリョーシャは言った。ほほう、見せてくれないか、そうエフィームは言って手にとり、しばらくして驚きの声をあげた。おお、何ということだ、これは、騎士長ユスポフ侯のものではないか、ほれ、これがユスポフ侯の紋章だ！　アリョーシャよ、よりによってどうしてあなたはこのようなものを所持しているのだ？　アリョーシャは不覚にもその紋章について考慮したことがなかった。いや、そのゆとりがなかったのだった。ただ螺鈿の柄の豪奢に眼を奪われていただけだった。アリョーシャは事の次第をこの場でぐずぐず述べている時間はあるまいと思った。時間はずいぶんかかって、もう秋の日が暮れかかっているのは白樺林の葉音で分かった。寒くなっていた。

さあ、エフィーム・オシポヴィッチ、急ぎましょう、ともかくその森番小屋まで辿りつきましょう。まさか、あの連中が修道院領まで越えて入るということは先ずあるまいと思いますが、でも分かりません。修道院領に入ったら、当然ながら彼らは薬草園のあるコムーナを襲うかも知れません。それこそが目的であるのかも分からない。アリョーシャは老エフィームを励まそうとして言ったのだったが、言ってしまってから自分の方が不安と恐怖に襲われるのを覚えた。いや、わたしにはこの形見の螺鈿の柄の短刀がある。

《形見》ということばをエフィーム・オシポヴィッチは聞き逃さなかった。よし、行こう、白樺林が千ヴェルスタあろうが歩き通す、おお、ユスポフ侯よ、なんという奇遇でしょう――と彼は白樺の太い枯れ枝を拾い、余計な枝を足で折り、立ち上がった。あなたはいまどこにおられるのか！　わたしはこの若いアレクセイ・ボゴスラフからあなたのことを詳しく聞くでしょう、おお、あのお若かったあなたの剛勇をだれが、どうして忘れられるでしょうか。感激と思い出が一緒になって彼は涙を流し、手で洟《はな》をかみ、アリョーシャには大げさだと思われるほどに興奮した。お恥ずかしいことでありますが、あれから幾星霜、わたしは聖像画のしがない漆喰職人におちぶれてここに至りました、お許しを乞います。さあ、アリョーシャ、あなたはわたしの若さの恩人だ、行こう、かつてわたしたちはユスポフ侯のもとに千ヴェルスタの遠征でも疾駆し、恐れることはなかった男だ。

日が落ちる音が白樺林の遠い奥の奥の空で響いているようだった。鳥の声も白樺林では聞こえなかった。果てしない大地のかなたに秋の日没がひときわ大きく膨張して燃え盛って、地平線を燃え上らせ、そして鎮まるのにちがいなかった。真っ暗になったら、もう進むことが出来ない。日没の音が聞こえるように感じられる仄明かりに向かって、アリョーシャとエフィームは歩き続けた。

ついに日が沈んでしまったと分かったとき、どこかで、何かを叩く甲高い音が聞こえた。二人は歩みを止め、耳を澄ました。鳥でも動物でもない。また鳴った。白樺林の先から風がざわざわと渡って来た。そのとき、アリョーシャも同時にエフィーム老も鼻孔をくすぐるようなほんのかすかな煙の匂いを嗅ぎつけた。鼻孔に甘酸っぱく、またくすぐるようで、煙の匂いに間違いない。いや、焚き火ではない。もっと遠くから流れるような匂いだ。夕べの風があちらから運んできたものだ。アリョーシャはその方向を指して、こっちでしょう、と叫んだ。そして薄闇のなかに一列に並んだ白樺の列を眼で確かめ、方角を特定し、これから外れないようにと、その一列の白樺の幹に歩くごとに手をかけながら隣の列に逸れないように歩き、エフィームの差し出す枝杖の先を掴んで進んだ。どうしてあなたたちはまるで里程標のように並んでくれているのだろう、とアリョーシャは白い樺皮に触れる手の感触をたしかめながらつぶやく。振り向いて、エフィーム・オシポヴィッチ、まるで消石灰のように手が白くなりますよ、と言った。煙の匂いがもう確かなものになったからだった。おお、アンドレイ・ユスポフ侯がおられたなら、という声がする。

第九章

1　修道院へ

急に星空が広がり、白樺林の前方が開けた。間伐帯だ、白樺ではない黒い森の奥にちらちら灯りが見える。そこから犬が吠えるのが聞こえる。ほうれ、狂いはなかった、とエフィームは言い、枝杖を振りあげ、オホホー、コーチク、コーチク、と叫んだ。草地を進むにつれて犬は嬉しそうに吠え、灯りが動き、森番小屋の前まで来たエフィームに長い紐鎖につながれた赤犬が飛びついた。戸口からゆっくりと出て来た黒い人影が、エフィームだと分かって彼と抱き合った。番小屋の入口の間に、小さな聖像画が掲げられていた。聖母マリヤだった。獣脂の灯心がじくじく音をあげて燃えていた。木椅子に掛けると、森番がかまどにかけてある鍋から熱いスープを深皿に入れて出してくれた。エフィームは木の大匙ですくって飲みこみながら、親愛なパーヴェル、これから修道院まですぐにあなたの荷馬車を出してもらえないかと頼んだ。パーヴェルと呼ばれた大男の顔は灰色の髭で覆われていた。眉が濃く垂れ下がり、眼は星のように光っていた。くわしく説明しないでも緊急のことが起きたのだと分かったパーヴェルはすぐに外に出て行った。

やがて馬に荷車の台車をつけて入口に来た。鎖綱を外された犬がエフィームにもアリョーシャにもなついて胸に飛び付く。コーチク、留守を頼んだぞ、と主人が犬を森番小屋の中に入れた。夜明けまでには修道院に着けるだろう。エフィームは荷台の後ろからパーヴェルに話して聞かせていた。パーヴェルの御者台の脇に吊るされた小さな灯りがほんの少し道を照らす。小さな松明が揺れながら燃えているのだった。

森を出ると、やがて平坦な草原の道になった。満天の星空だった。まるでこれまでのことが何ひとつ無かったことのようにアリョーシャは思い、荷台で揺れながらうつらうつら眠っていた。その眠りの中で、ヴィタシュヴィリが水牢にいてカフカースの氷河の歌を吟じていたり、斬り殺されたに違いないエリヤやヨシフ修道士の死体がブク川の淵に浮き沈みしている。そして、ソスノヴォを襲った黒装束の一隊が薬草園をなぎ倒し、母屋の建物に乱入して、病者たちを引きずり出して中庭に坐らせている。あのお方は？――と大きな揺れで目が覚めたアリョーシャは言った。パーヴェルとエフィームとの会話が切れ切れに聞こえる。

ゼムニャツキー院長がどう判断するかだ。スヴィヤトスラフ公にはとてもこの報告は届くまい。もうとっくにズシャ川を渡って、ウラリエの地に近づいているだろう。知らせてもとても間に合うまい。となれば、修道院領としてはゼムニャツキー院長の判断次第だ。修道院領を併合するなどとは前代未聞のことだ。まずそれはあり得ない。しかし、敵は要求するだろう。わたしはクシジャノフを知っているが、間違いなく、ソスノヴォの谷間を要求するだろう。どうしてかって？　それはだ、あの病者たちの聖地を根こぎにしたいからだ。修道院とスヴィヤトスラフ公の考えと真逆の考えなのだ。パーヴェル、とにかく急いでやってくれ。連中は夜が明ければ、開拓村も襲うだろう。あそこには各地からの移住民が集まっている。みな信仰心が篤く、ようやく修道院領のなかに安住の地を見つけたのだ。戦の難民も、高貴な人々の流れもそうとう混じっていると聞く。それよりも何よりも、ソスノヴァの谷間の、あのお方さまを救いださなければならない。そしてあそこに一緒に隠棲なさっているネルリ長老だ。パーヴェル、あなたはあの長老画僧に会ったことがあるね？　あの人はわが国の宝だ。なんとしても生き延びてもらわないといけない。そうとも、あの方の発病は、ずっとお若いころからだったというが、このように無事に生きて、めざましい聖像画の数々を残し、弟子たちも国中にちらばっている。あなたも知っているヴィタシユヴィリ画僧もいまは水牢だ。とにかく師承すじを絶やしてはなるまい……

アリョーシャは切れ切れに聞きながら、春に最初に会ったエフィームがまるで別人に生まれ変わったのではないかという錯覚を覚えるのだった。水場で出会い、そして修道院領の麦刈りで世話になり、聖像画の漆喰職人でありながら、とにかくすべてに亘って面倒見がよく活動して疲れを知らない。かと言えば、市中の怪しい者たちとの付き合いもある。そして白樺林の中で知って驚いたが、このエフィーム・オシポヴィッチは若い頃はあのユスポフ侯と共に戦った人だったとは！　アリョーシャはパーヴェルが与えてくれた分厚い布にくるまっていた。秋の底冷えする夜明けがゆっくりと始まる。修道院が見えだした。

2　共生園《コムーナ》まで

修道院は夜明けからもうすでに大慌てで修道士たちが敷地内のあちこちにそれぞれが集まって、朝の仕事をそっちのけで、対応に追われていた。あちこちで議論が交わされていた。スヴィヤトスラフ公の居城に同盟者だったはずのクシジャノフの部隊が無血で入城したこと、多くの人々が逮捕され即座に処刑されたこと、辛うじて逃げ出した城内の人々や市中のひとびとがブク川を渡って難民となって、その群れが遥かなルインヴァ川向こうの地を目指していること、また一部はブク川沿いに修道院領に逃れようとしてみな途中で黒衣隊に斬殺され、ブク川に死体が投げ込まれたということ。さまざまな情報がもたらされていたのだった。

聖像画の完成を待つばかりの主変容祭聖堂襲撃の知らせがもっぱらの議論の中心になっていた。緊急の鐘が激しく鳴らされ、あちこちの幾つもある建物で甲高い金属の打音が響き、続々と修道士たちが集まって来ていた。修道院のリンゴ畑の果樹園は、腰が低い老木にたわわにアントノフカの実がなっていた。まだ緑色をしているが、その実は大きくて平べったく、重そうに枝が垂れさがり、二人を乗せた荷馬車が修道院の裏手にあたる果樹園の道から入ったとき、アントノフカのいい匂いがぷんぷんと漂っていた。荷台から手を伸ばせばもぎ取れそうだった。形はよくないがでこぼこした実はみな黙って笑っているようだった。リンゴ園のとなりには遠い他国から入ったというマルメルロという実が、これもまた黄金色に輝いていた。剪定をしていないらしく、マルメルロもリンゴの木も、まるで自然林のような眺めだった。果樹園に見惚れる余裕などないはずなのに、なぜかアリョーシャはこの危機状態のことをふっと忘れたのだった。

母屋の下の車寄せに着くと、エフィームは勝手知った古巣だとでもいうようにアリョーシャを促し、あたふたと修道院会議室に向かう老修道士たちに挨拶をして、そのあとを一緒に急いだ。そこは会議室というよりは修道士上層部の人々の食堂のように思われ、アリョーシャは最後の晩餐のフレスコ画を思い重ねた。エフィームとアリョーシャは前席の長いテーブルに並んでいる老修道士たちの所へ導かれた。エフィームは何ひとつ恐れることもなく、中央に坐っている髪も長い髭も真っ白な、粗末な僧衣の痩身の人物に向かってうやうやしく一礼した。アリョーシャにはすぐにその人物がゼムニャツキー院長だと分かった。その人はよく透る美しい声で、エフィーム・オシポヴィッチ、かまいません、同席してください、と言ってから、数列に並んだ長いテーブルについている修道士たちに静粛を求めた。アリョーシャとエフィームは窓際に下がってそこの椅子に坐るように言われた。直ぐに会議が始まり、緊急事態の報告が院長の隣席の書記からなされた。堂内はどよめき、直ぐにまた静まった。いまここで長時間にわたって議論をしている余裕はなかった。

その静けさの中で、静かに立ち上がったゼムニャツキー院長が発言した。さあ、みなさん、普段の今日一日の仕事に戻りましょう。神のご加護がありますように。会議といってもこれで終わりだった。全員は何も恐れることなく退出した。そのあとエフィームとアリョーシャは長い回廊を通って院長の執務室に案内された。アリョーシャはその部屋の質素さと狭さに驚ろかされた。ほんとうに小さな聖像画がテーブルの上方に懸けられ、燭台が一つ、そして卓上にアントノフカのリンゴが一個。そして野花が一輪。細長い両開き戸のある窓の桟で小鳥たちがわきめもふらずに穀粒を啄んでいる。書物も側になかった。二人はラフカを勧められて腰かけた。エフィームが簡潔に自分の見たことを語り終えた。

院長はつと立ち上がり窓の外を眺めた。さて、――とゼムニャツキー院長は煙るような目をもどして言った。わが友、エフィーム・オシポヴィッチ、分かりました。ソスノヴォについて、あなたの意見が正しいと思います。直ちに疎開させましょう。わたしたちは勿論このまま修道院にいて何の恐れることもありません。まあ、下級修道士のなかには急進派もいますが、しかし修道士が抗戦するなど、いかに動乱期であろうと許されることではないでしょう。そうですか、ダニーリー師が水牢とは、しかし、それもまたわたしたちの試練と考えることにしましょう。それよりも、一刻も早く手を打ちましょう。ところで、あのお方、つまりドロータ・リャザンスカヤ様は急遽、ソロヴェイの森の尼僧院にお連れしてあります。あそこまで黒衣部隊とやらが侵入して狼藉を働くことはよもやないでしょう。それにソロヴェイの森にはあちこちに修道院派の悪党集団がいて助けてくれるでしょう。スヴィヤトスラフ公の徴兵隊が連れて行ったのは志願者と言ってもいいのです。ソロヴェイの森の集団はまだ健在です。もちろん彼らはスヴィヤトスラフ公に恩義を受けた自由民です。公は修道院領内にあのソロヴェイの森を彼らの自治にまかせていたのです。

さて、ドロータ・リャザンスカヤ様はこれでひとまずは様子を見るとして、あとはコムーナに残されている聖なる病者の人々をどうするか。仰る通りに、急ぎ疎開させましょう。出来るだけ遠くへ、ルインヴァ川の向こうならば、改宗した敬虔なタタールやその他の諸族の雑居地域があります。その大村に移して時を待ちましょう。スヴィヤトスラフ公が遠征を終えて、いつ帰還なされるか、これは神のみぞ知るですが、わたしの予想では、冬をまたぐほど長丁場の遠征になろうかと思われてなりません。それはそれとして、わたしたちの苦難はひと冬をいかにしてしのぎ切るかです。入城したクシジャノフの要求もそうとう厳しくなるでしょうが、それはわたしたちが十分対処できることです。ここは俗界であろうとも神の思し召しの大地なのです。彼らとて、神なしには民心をつなぎとめることは出来ないのです。彼らの目的はソスノヴォの谷間を破壊することでしょう。領土のゆえにではなく、ソスノヴォという信仰の谷間の、聖なる人々を絶滅させたいのです。

ともあれ、エフィーム・オシポヴィッチ、あなたに遂行していただけないかな。この若者は、おお、アレクセイですか、アリョーシャさん、お二人で急遽、この使命を果たしてくれませんか、緊急を要します。修道士を必要なだけ伴ってください。若い修道士には血気盛んな者たちがいて役に立ってくれましょう。もっとも信頼のおける者たちをつけます。で、いかがですか、エフィーム・オシポヴィッチ、思い出しませんか、あなたは確か、故リャザン公のもとで幾たび会戦に臨んだことか、わたしも知っていましたが、お互い随分な年になった……ここはむかしのよしみ、最後の一戦だと思ってください。おお、忘れるところでした。ネルリ老師のことです。老師はもう齢八十にはなりましたかな。コムーナの隣谷の薬草園に庵室をこしらえて一人隠棲しています。足が萎えているので歩けないが、モッコに乗せて担がせて、修道士や人夫たちを指揮してつくらせた庵室です。さあ、どうでしょう、あの方は動かないでしょう。状況次第ではわたしの方で修道院にお連れすることもできます。まずは相談して決めてください。

エフィームはもうじいさんどころか、エフィーム・オシポヴィッチとして奮い立った。では、フョードル・アンドレエヴィッチ、段取りはすべてこの自分におまかせください。早速とりかかりましょう。

このアリョーシャが見事な働きを見せてくれましょう。院長はエフィームを強く抱きしめた。若かったときの草原の戦場のように、と院長が言った。あれは、どこだったかな、エフィーム・オシポヴィッチ、と言ってはじめて笑った。忘れもしない、タターリンスクの野でしたか、とエフィームが答えた。

二人は院長室を出ると、ふたたび長い回廊を走るように急ぎ、直ちにソスノヴォに向かう準備をした。森番のパーヴェルが駆けつけた三人の若い修道士と一緒に、修道院の荷馬車四台、換え馬二頭を都合してもらい、谷間に向かうことになった。一台に避難者十五人としてこの台数で足りるかどうか。しかし健常人と同じくらいの歩ける人たちは歩いてもらえばいい。ソスノヴォから真っ平な草原を通って、ルインヴァ川まで何ヴェルスタあるだろうか。二日の行程になります、と修道士たちは答えた。雨さえなければ困難な道のりではありません。ルインヴァ川を渡るにはどうしたらいいか、それも彼らがわきまえていた。となればあとは移動の問題だけだ。

いよいよ低い谷間への下り道にさしかかったとき、夢のような光景がひろがっていた。アリョーシャは荷台で揺れながら、うららかな秋の光に埋もれているような共生園《コムーナ》の横の長い、頑丈な丸太造りの建物を眺めた。母屋の裏にあたる斜面には赤松の木々が防風林のように並んで高い梢の針葉の帆が風を受けている。何十本とある帆船のマストのようで、下に並ぶ谷間の建物は、甲板上の船室のように思われた。敷地には尖塔と丸屋根の教会堂が十字架を傾けるようにして日に輝いている。煙があがっていた。アリョーシャは空腹を思い出した。人々の姿がちらほらと動き回っている。先頭の荷台で揺れながら、みんなで避難の段取りを相談した。一緒に来た御者たちはみな修道院に雇われている者たちだが、進んでこの任務に参加したのだ。コムーナの人々についてはよく知っていたのだ。荷馬車が谷間に下りて行くにつれ、園の母屋から人々がぞろぞろと出て来る。大声で叫んでいた。手を振っている。アリョーシャはネルリ老師の係になったので、薬草園はどこですか、と若い修道士に聞いた。修道士はもう一つの小さな雨裂のある谷間を指さし、それはすばらしい薬草園です、夢のような場所です、と眼を細めた。そしてアリョーシャは、あのお方、ドロータ・リャザンスカヤにその薬草園で会えなかったことだけが淡い心残りに思った。薬草園でその花に葉に、そのそよぎに手を触れながら歩いている黒いヴェールのドロータ妃の姿がちらと心に見えた。と同時に、この任務を無事に遂行できたあかつきには……、と思ったのだった。ガタガタ音立てて荷馬車の列は共生園《コムーナ》の門をくぐった。

3　ネルリ長老

アリョーシャたちを出迎えると、直ちにコムーナの管理を任されている年配の修道士が丸太材造りで鮮やかな色彩をほどこした小さな教会堂の鐘を鳴らし、入園者たちを招集した。歩ける入園者たちが元気な歩行ぶりで十数名が集まった。難治の病だというが一見したところ、健常な人々と変わったところはなかった。一緒に来た修道士たちの話だと、薬草園からとれる薬が大変効果があるとのことだった。もうある人々は自分の生まれた土地まで帰って行ってもさしつかえないのだが、ほとんどはここで信仰と労働の日々に満足して、ある者たちは手職を活かして修道院からもらう仕事を担っているというのだった。

会堂の中は祭壇の背後にはイイスス・フリストスの聖像画が壁にかかり、他の壁面には、使徒たちの聖像画が並んでいる。そしてアリョーシャが見て驚かされたのは、入口脇の大きな横長の聖像画だった。この丸太造りには白い漆喰の内壁があるわけでなかったので、聖像画は大きなものであってもみな菩提樹の木から挽いた大板に描かれていたのだった。アリョーシャが見たその聖像画は、聖人たちがその画面のなかにいるのではなく、広大な大地の地平の手前を、多くの人々がつながりながら歩いている光景だった。しかもその人々の顔は、眼鼻立ちも定かでないが、みなにっこり笑っている眼だけで描かれ、足が萎えてこごまって杖を突き、黒っぽい頭巾や赤いプラトークをかぶったり、顔の下半分を布で巻いたり、そして互いに背に袋を背負い、松葉杖を突きながらもお互いを助け合って、アリョーシャの眼前を右手に向かってゆっくり、話し声が聞こえるように、歩いて行くところだった。

大地には薬草園の花だろうか、色とりどりの花、さまざまな葉の形、さまざまな根が、さまざまな種子もが、まるで大地の文様のように絡み合って聖像画を縁取る讃歌になっていたのだった。ひょっとしたらこの部分は、《トラヴシチク》のヨシフ画僧が描いたのではあるまいか。あのひとは聖堂でほんとうに殺されてブク川に遺棄されたのだろうか……、地平線にはいま太陽が昇って来たのか、いや、これから没するところなのか、そして同時に白い鎌のような半月がかかっている。遥か遠くに青い川の流れが細く描かれている。そして手前の大地には黄金の麦が重い穂を垂れてまるで麦穂が一人一人のように描かれていた。麦畑の遠くを黒い測量師のような人物が小さく描かれている。画面はひどく細密に描かれていたので、眼を凝らし、眼をよく近づけて見ないと全体の賑わいが分からない。人々の列には普通の人も、背に袋を背負った放浪者も、襤褸の乞食もただの流離い人も、またよくみかける痴愚行者たちもまざって続いている。小さな子供たちもまた親らしい人に手を引かれて歩いている。

そして右手に辿って行くと、その先頭に立って歩いていたのは、小さな細い羽をつけた空色をした天使が三人、一人は竪笛を吹き、二人は真っ白な百合の花をかかげているのだった。さらに驚いたのはその天使のそばに、大きな熊が護衛のように立っていたのだった。画面には教会スラブ語の文字が書かれていた。アリョーシャはこの画面のどこかに、忘れな草の花のように、聖母が隠されて描かれているに違いないと思ったが、暗くて光がとどかなかった。管理人の修道士が、集まったみんなにエフィームから伝えられた指示をゆっくり大きな低い声で歌うように言って聞かせた。エフィーム・オシポヴィッチも祭壇に立って、これから二日間の行程でルインヴァ川を渡り、タタールの共生地へ避難するのだから、ここは大いに他の人々を助けてやって欲しいと希望を伝えた。集まった人々はすべてを理解し、慌てる風もなく、それぞれの部屋に戻って荷物を最小限整えるために母屋へと向かった。

アリョーシャは彼らの後ろ姿を追いながら、自分もまたあの旅芸人の一座のときは、このようにして歩いていたのだったと思いが甦った。しかし、いまはわたしたちがいる。アリョーシャからは彼らの一人一人が分からないままだが、彼らからは、もしかしてわたしを知っている人がいるのかも知れないと、ふっと思った。この瞬間、アリョーシャは、ずっと大昔に生まれたに違いない《ナ・ロド》ということばが耳底に聞こえた。《ロド》とか、少し母音が訛って《ルド》とかいうことばは、《生む》という意味だ。そして、その前詞に《ナ》が先駆する。おお、するとどうだ。この後ろ姿のように、大地の人々が、《ナロド》という民草《たみくさ》になって生まれ、育ち、麦のように刈られ、落ち穂はまた再生する。このような名も知られないと思われる《ナロド》の大地の上で殺戮し栄華を極める者たちが跋扈《ばっこ》する。しかしそれもまた時と大地が滅ぼすだろう。そんなことを思いながらアリョーシャは母屋に戻る人々の後ろ姿に円光が生まれるように思った。

直ぐにアリョーシャはここで分かれ、レギオンという勇ましい名の若い修道士に案内されて、ネルリ長老の庵室のある薬草園へ行ってくることになった。母屋の前を急いだ。母屋は横に長い、頑丈な納屋や倉庫のような平屋造りだったが、入園者たちはそれぞれが数人ずつ独立した家に住んでいたのだった。その棟には慎ましい花畑がついていて、日々の日用品の木桶と木鍬とか、雨具のミノなどがきちんとならんでいる。足の悪い人たちの移動の面倒は、一緒に来た経験豊かな修道士たちに任せられた。荷馬車を母屋の前に持って来て、それぞれ分乗させるのだ。

エフィーム・オシポヴィッチは若いころの遠征で覚えているためか、食糧と水については特別の指示を出していた。各自に、あるだけのパンなどの食糧を袋に詰め、当分水場には出会わないと分かっているので、木桶に水を必要分用意させる指示を出し、母屋の前で励まし叫んでいた。修道士の助言もあって、万一の秋の雨に遭遇した場合のために、雨よけになるものも荷馬車に用意させた。また草原の夜はオオカミに襲われる恐れがあるので、母屋と納屋に残っている松明も積み込むように指示した。四台の荷馬車でこれだけものを運ぶのだから、歩行ができない園者以外はみな徒歩で行くのだ。ほとんど眼の見えないらしい老女がこごまって出て来て、アリョーシャが見えたのか、神よ救い給えと十字を切り、低く低くお辞儀してくれた。病まざりしならば、ということばが耳に聞こえる。それなりの人であったのかも分からない。思わずアリョーシャは老女の手をとって、あなたとともに神いませ、と言った。

アリョーシャとレギオン修道士は隣の小さな谷間まで細道を急いだ。エフィームたちは寸刻を惜しんで用意が出来たら直ちに出発することになっていた。アリョーシャたちはネルリ長老の説得しだいで、あとからみんなを追いかけるということになっていた。こちらから越えて行くと、やがて小さな谷間が見えた。視界の右手は広大な大地の草原地帯なのに、ここの谷間の幾つかの連なりは、遥か気が遠くなるような太古の時代に、大地が褶曲して徐々にこの小さな谷間がいくつも出来、その中に、青い瞳のような湖が生まれ、雪解け水がそこに集まり、夏も枯れずに残された野に違いなかった。ソスノヴォの母屋の脇にも溜め池のような湖があった。園者が沐浴できる木造りの桟橋までついていた。そこには豊かなヤナギの木々が影をつくっていた。ようやく薬草園の谷間に下りる坂道に来たとき、園の母屋のほうから、荷馬車隊が出発するらしい鐘が二度三度と鳴り響いた。重い余韻だった。さあ後は任務を成功させることだけだ。追いかけるのはそれほど困難ではない。レギオン修道士は近い抜け道もわきまえていた。谷間を下るとき汗がひいて、アリョーシャは想像した。あのお方もまたこの細道を上り下りして、薬草園に至り、日がな薬草の花たちの中を歩き回りながら、いったい何を考えておられたのだろう。どのような帽子を？　きっとリボンのついた麦藁帽子を？　そしてそのとき、あのお方からのこの世の眺めはいったいどんなだったのだろう。栄華が地平線に蜃気楼のように見えたのだろうか？……レギオン修道士が指さして言った。ほら、あそこが庵室です、あの人影はネルリ長老ですよ。杖に寄りかかりながら、こちらを見ているようだ。急いでアリョーシャたちは駆け出した。

走りながらアリョーシャの脳裏に浮かんだのは、蜃気楼のこと、というのもいま地平に低くかかった雲たちはまるで輝く城砦のある市のようだったからで、そしてスヴィヤトスラフ公が別れしなにアリョーシャたちに呟いたことばだった。かならずお迎えに上がる――とはどういう意味だったのか。遠征から戻ったら……。走り下って最後の小道は崖状になっていたので、思わず砂や小石に足をとられて転びそうになった。とたんにアリョーシャたちは庵の手前の菜園に出ていた。マリーナの灌木から鳥達が一斉に飛び立った。

二人の出現に、おお、お若いひとよ、何ごとかな、と杖に体を預けたネルリ長老が言った。お若い客人はうれしい。うむ、なんだか血相を変えているようだが、さあ、中に入りなさい。鐘の音がガンガン鳴るので何が起こったものかと出て来たところだ。中に招じ入れられると、薬草茶らしい香ばしく甘い匂いが立ちこめている。小さな白く塗られた漆喰壁の穴にあるかまどに火が入っていて、ゆっくり湯気が立っている。二室から出来た庵だった。アリョーシャたちが掛けさせられた卓子のある室が居間で、その奥が寝間のようだった。ほんとうに無一物とでもいう室内だった。

さあ、薬草茶で疲れをとりなさい、と長老は言った。あご髭は下を結わえてもいいくらいの長さで、唇も髭に埋まっている。長老もお茶碗に注いだ薬草茶を啜ったが、啜るとき髭を指で持ち上げなければならなかった。その右手に手袋のような布がまかれている。そしてひと口啜ると、髭を撫でた。眼は茶色でこれもまた真っ白いふさふさした眉毛におおわれているので、半眼で微笑しているのか眠っているのか区別がつきかねるのだった。アリョーシャはこの穏やかな居心地良さに避難の話を切り出しかねて薬草茶を啜った。美味だった。レギオン修道士もうつむいて薬草茶を美味しそうに飲んで、話が切り出せない。二人が薬草茶を飲み干すと、長老が言った。——おかわりはいらんかね。もてなしは五杯ときまっておるよ。さて、お若いひとたち、わたしのことは構わずに行きなさい。分かっている。あなたたちが到着する夜明けに、じつはゼムニャツキー院長から急ぎの使いが来た。なにもかも事情は分かっている。わたしはこの年だから、いつどのようにどこで死んでも悔いはない。どうしてこれほど長生きすることになったものやら、みな神さまのご慈悲であったろうのう。

ほれ、わたしはこのように共生園の衆と同じ病が出てからもう何十年になるかな、老いては昔のよしみでここに隠棲させてもらっている。ここがわたしの死に場所だと心得ているのだよ。あの汚鬼《おき》どもがここを襲おうともわたしは少しも恐ろしくない。クシジャノフの汚鬼のことはよく知っているが、現世だけが信条だからあのように汚れ果てる。あの汚鬼の権勢もここ一時のことだ。十年もったところで、どうということはない。その間に殺戮される数がどれほどになるにしても、いや、それこそがたいへんな災厄ではあるが、犠牲ということでは手をこまねくことにもなるが、やがては滅びる。汚鬼どもはそれを知っているからこそ、次々に殺戮を繰り返す。そして挙げ句があの男も殺戮されるだろう。殺す者はまた殺されよう。あなたたちは無辜の人々の殺戮されることに我慢がならないだろう。まして、なんら抵抗もできない女子供、病者を抹殺してこの世を清めるのだという輩はあとをたたない。わたしはこれまで同じ悲惨な地獄図を見て来た。もう見飽きた。ここらで終わりにしたい。心底、さっぱりするだろう。わたしはこの年でもはや最後の聖像画を描くことについても、なんの欲望もなくなった。魂は燃え立つが、体が言うことをきかない。では、これまでの数々の労作とは何であったのだろうか。あの聖像画の世界だけがわたしの生きた世界だったのだろうか。この世の厖大な不幸と悲惨と困窮、死の恐怖を超越するために、わたしは命がけでありし日の労作を生みだしたものであったが、もはや今となっては、ただこの世に一人、目覚めの朝の悲しみに似た思い出と化してしまったかのう。

もはやわたしは瞑想すら何が何やら分からんようになった。しかし、気がかりは残る。言うまでもなく、ここにおられたドロータ・リャザンスカヤ様の行く末だ。あとはお若いあなたたちにあのお方を託すので、命懸けでお護りしてあのお方の想いをこの世に成就させて欲しいのだ。院長の考えで、ソロヴェイの森の尼僧院に避難させたとのことだったが、わたしはほっとした。薬草園で薬草を一緒に育て、お話しする時間は、まるで聖像画の画想をあたためているときのような楽しさだった。悦楽とでも言おうか。おお、そうだ、ダニーリー師はスヴィヤトゴロドの城内で水牢に入れられたとのことだが、それも夢だと思っていなさい。いつか彼は生還するだろう、というのも、ドロータ妃を画想とした聖像画の成就は必ずやなされる運命なのだから。急いではならない。時だけが味方なのだ。スヴィヤトスラフ公の遠征が三年かかろうとも、さしたる歳月ではない。かりに不運にも公が遠征中に倒れられたとしても歎くことはない。必ずまた同じ志の若い人が現われて、その遺志をつぐようにできている。どんなに長くても一時に過ぎない。

さあ、遅れてはなるまい。共生園の人々の生き延びるのを助けよ、彼らがこの世の大地の根だと思わなければこの世は変わらない。イイスス・フリストスのように手を翳して彼らの魂を癒してもらいたい。わたしは、これ、この手を見てごらんなさい、もう画筆も握られないのだが、しかし存分にこの手を使ったからもういい。しかし、彼らはみなそれなりの出自とつまびらかにできない過去を秘めながら、まだまだ生きて報われるべき人々だ。この世の真を語れる人々なのだ。じつにここの薬草で治癒した人々もある。歳月を待ってもらいたい。さあ、わたしの老いのくりごとは埒もないこと、急ぎ人々の後を追って護ってやりなさい。お若いひとと、あなたの名前は？　おお、アレクセイか、だれからか聞いた気がするが、はて、何と、サーシェンカと言ったかな？　あの若者はどうしたかな？　さあ、もういい、行きなさい。これが最後の別れになるだろうが、これが最初の出会いであったことを忘れんでいればいい。この年になっても、あなたたちにわたしの名を覚えていてもらいたい。この埒もない老いぼれに会ったという思い出が、ひょっとしてあなたたちを護ってくれることもあろうか。矜持《きょうじ》と心の支えになってくれることもあろうか……。わたしはわたしの描いた聖像画の中でいつでも待っていよう。

ネルリ長老はアリョーシャの袋の中に、入口の間に干してある薬草茶の束を押しこんだ。老師の右手の指三本は握られたまま硬直していた。それでは神のご加護を、と長老は低い戸口に立ちアリョーシャの手を握り締めた。アリョーシャはレギオン修道士と一緒に土に跪き、その足元に接吻をした。そして走り出した。長老は大きな声で叫んでくれた。もしスヴィヤトスラフ公に会うことあらば伝えてくれ、ネルリ・ベールイはこの谷間で土に還ると！

4　荷馬車隊を追って

アリョーシャと若いレギオン修道士が鹿革のブーツの底を翻すように谷間を下るのを眺めていたのは一体誰だったのだろう。ふとアリョーシャはその人影を見たように思ったのだったが、急ぐので立ち止っているわけにいかない。レギオンのブーツは足首の下の革の括れ方と皺から見てどれだけ健脚でこの谷間地帯を歩きまわっているか分かった。アリョーシャのブーツはとてもお粗末だった。振り返って見ると、薬草園のあった谷間のゆるやかな優しい描線は、誰か画僧が描いた絵のようでさえあった。緑なす谷間と丘や山、それをレギオンは、ふっと笑みを浮かべて、《クルガン》のようだ、とつぶやいた。いや、そのずっと大きな、とも言い足した。アリョーシャも聞いたことのあることばだったが見たことはなかった。レギオンはどんどん足を早めながら、要するに平原のなかの古い古い墳墓というあたりかな、と知らせてくれた。いや、ここの谷間はぜんぜん違う。これほど美しい形状の谷間はそうあるものじゃない。緑なすいのちの谷間と褒め讃えていいくらいだ。

並んでというより、レギオン修道士が先に立ち、谷間を登り下りし、顔で涼しい秋風の流れを切り、遥かな大地に広がるブリヤン草が風を受けて一斉にそよいでいるのを眺め、ようやく共生園の中庭に出た。母屋は静まり返っていた。干し草や穀物倉庫のある一角でニワトリたちが、住人がだれもいなくなったことなどおかまいなく走り回り、雀のたぐいが一度に下りてきてまた飛び立つ。中庭のりんごの木の下におかれたラフカの上には、だれかがやりかけだったらしい手編みのかごが残っていた。そして母屋の建物のそばを通り抜けるとき、まさか避難し遅れた人はだれもいないはずだと思いながらも、念のためにレギオン修道士が大きな声で一つ一つの窓に呼びかけ、両開きになっている窓枠を叩いて、中を確かめた。大丈夫のようだ、だれか一人でも残されていたらすべてが水の泡だ、とレギオン修道士は言った。

あらためてアリョーシャが幾つも並ぶ窓を見て歩くと、その窓の一つ一つがまるで菩提樹の板に描かれた折り畳みの聖像画のように思われた。窓の上の板に彫りこまれた花模様や雨雫模様などが聖像画に書かれた文字のようにさえ思われたのだった。この一つ一つの窓から園者たちが顔を出していたなら、すばらしい聖像画ではないだろうか。しかし、窓には人影のあろうはずはなかった。よし、大丈夫、確認完了、さあ、先を急ぎましょう。レギオンが言って、アリョーシャが後を追った。

　追いかけながら、アリョーシャはまた思った。もしここがクシジャノフの汚鬼どもによって焼き打ちにされなければ、秋が深まり、みんなは無事に帰園できるのだろうか。やがて冬が来るだろう。この無人の母屋はどうなるのだろうか。先ほど谷間を下るときにふっと見たように思った人影のことが気になった。胸騒ぎがするほどのことではなかったが、その人影がここに住みつき、そして、もしその人がただの放浪者でないとしたら、薬草園の庵に残されたネルリ長老のことも、もしかしたら、世話をしてくれることにならないだろうか。アリョーシャは、ネルリ長老が走る二人の背中に叫んだ声がまだ耳の底で波紋をひろげていた。《ネルリ・ベールイはこの谷間で土に還ると！》、そうスヴィヤトスラフ公に伝えよと言ったのだ。心の中でアリョーシャは、雪が来る前に必ず帰って来ます、と誓った。

　やがて二人は荷馬車隊が進んで行った同じ道に出た。悪路だが、雨さえ来なければ、どこを見回しても一面の背の高いブリヤン草が、海のように波立つ中のひとすじの白く乾いた道だった。エフィーム・オシポヴィッチの荷馬車隊の歩行速度を考えると、自分たちの速度ならそれほど苦労せずに追い着く勘定だった。ただ心配なのは、あの同じ黒衣部隊が修道院回りではなくブク川から直接にソスノヴォに向かうということもあり得るということだった。アリョーシャはブリヤン草の風を受けながら言った。レギオン・ロマノヴィッチ、この道を先回りされたらどうすべきでしょうか。レギオン修道士も風から身をそらすようにして答えた。すべて先だって心配してはいけない。いいかい、その黒衣隊が仮に二十騎の傭兵だとして、道は一つしか通れない。必ず修道院の中を通らなければならない。ソスノヴォの谷間への道は、修道院の果樹園から始まっている。従って彼らが谷間を襲うには修道院内を通らねばならない。修道院には、あなたも見たでしょう、言うなれば、武力は用いることはできないが、でも急進派の若い下級修道士たちには異なった意見もあるが、それはそれとして、そりゃあ、じつを言うと、その急進派、つまり荒野派の一人ではあるけれど、それはまた後にして、ともかく、ゼムニャツキー院長の修道院は一個の城砦ですよ、スヴィヤトスラフ公の公都を本城とすれば、わたしたちの修道院はもちろん修道院領ではあるが、兄弟の城砦なのです、だから、ごらんになったでしょう、あの鉄門を閉ざせば、そう容易に突破できるものではないのです。騎馬は平原戦では威力だが、この森林帯では役に立たない。だから、ブク川からというのは心配しすぎです。もちろん、ブク川から来られないわけではないが、距離的に見てそうとう迂回しているので、馬がもちません。換え馬を要求できる駅逓所はあのブク川平原にはないのです。正規軍なら全く別ですが、そこまでやれないでしょう。傭兵にやらせておけば、万一の場合は責任逃れができるのです。

なるほど、とアリョーシャは言って、納得できたものの、まだ心配が残った。ソロヴェイの森は大丈夫でしょうか。盲点はそこにありですね、とレギオン修道士は歩みを止めずに答える。あの森にいる悪党集団ですが、これも院長の仰る通り、もちろん、修道院の恩義もあり、またスヴィヤトスラフ公には多大の恩顧を受けているので、そうそう簡単に裏切ることはないでしょう。しかし、内通者がでないとも限りません。というのもあの森の一党は構成員がごたまぜなのです。篤い信仰者から犯罪者までの混合集団です。いまはモトヴィリ軍長が仕切っているので安心ですが、これが暗殺されたらどうなるでしょう。

さあ、先を急ぎましょう。どうですか、アリョーシャ、あの雲の形は、占ってみてください、夜に雨が来ますか？　そう聞かれたアリョーシャは遥か彼方まで続くブリヤン草のなびき方と雲の広がり、形態、そして動きを遠望しながら、夕方辺りがどうでしょうか、大変ですね、と答えた。おお、正解です、あれはルインヴァ川から流れている横長の低い雲でしょう。秋の驟雨をもたらします。しかし、この先、荷馬車を含めて雨宿り出来る場所はありません。天幕など持っていない。強行軍で雨を突っ切る他ないでしょう。夕方にはルインヴァ川の支流が流れている丘陵地に出ます。そこまで着けば、夜泊も可能です。それからふたたび喉が乾き、空腹だった。アリョーシャは不覚にも食糧を携帯し忘れたのだった。

アリョーシャの歎きに、ふとレギオンの背負い袋から重くて大きなずんぐりした浅黄色のりんごが差し出された。レギオン・ロマノヴィッチ、これはアントノフカですね、とアリョーシャは喜びの声を出した。そうです、捨てるところは殆どない。川魚の透明なエラみたいなカラにつつまれたりんごの種子くらいのもの。アダムとエヴァも食べたりんごです、あはは、とレギオン修道士は笑った。自分は上っ張りの隠しからヒマワリの種をとりだして齧り、つぎつぎに上手に種をはきだした。歯に挟み、そこで割って、舌でヒマワリの種を口に入れると、同時に、唇でカラをぷっと吐き出すのだった。吐き出すヒマワリのカラはブリヤン草の草原でたちまち飛び散らされてしまった。まさに、風はどこにでもある、とレギオンは言って、りんごを齧るアリョーシャに言った。それからまた微笑を浮かべながら、りんごは十字に切って食べる、と言った。そう、十字に、ナイフで切って。あはは、それは愛する人とともに食べる時だよ。アリョーシャはなぜか顔が赤らむ気がした。そこへレギオンが言い足した。わたしたちには無縁であるがね。でも、りんごを十字に切って食べるためには、還俗《げんぞく》でもしないとだめでしょう。

ああ、風はどこにでもある、風よ、わたしの命の中にある風よ、――とレギオン修道士が冗談めかすように言った。風をよけて休息をとろうと二人は道から少し下りてブリヤン草の窪地に腰を下ろした。風は頭の上を渡って行く。倒した分のブリヤン草は褥になり、風は上をまるで二人を覗き込むように過ぎて行き、戻って来てそこで光と一緒になって渦巻いた。まだ一行の姿は見えないが、そろそろ見えるだろう。レギオン修道士は何か急に思い出したように話し出した。

——聞いてくれるかな、アリョーシャ。わたしはなぜいまここにこうしているのだろう。自分でも不思議に思うことがある。わたしの母国はここから遥かに遠いウラリエの地だ。そう、いままさにスヴィヤトスラフ公の遠征軍が山脈西麓地帯の諸族と和平交渉に向かっている大地だ。わたしはあそこの寒村の騎士団の末裔の家だった。父は戦いで死んだ。母と弟と妹がいた。三人の面倒を見る年になって、わたしは母たちを捨てた。わたしはあの寒村でそのまま朽ちたくなかった。父のように騎士として世に出たかった。そうして流浪の末、この修道院に辿り着いた。わたしは僧衣など無縁だと思っていた。わたしはゼムニャツキー院長の面接に合格した。十五でここに辿り着いてもう十年になるんだね。いや、わたしは正式の修道士として疑いを持っているわけではないよ。ただ、この先、わたしはこのまま進んでいいものかどうか迷っている。いまわたしはまだ生き延びているはずの母と弟と妹を助けたい。その後悔と願いで一杯だ。母一人、弟一人、可愛い妹一人助けてあげられずに、修道院で神のために仕事をするのが苦しくなっているのだ。いや、騎士の血が騒ぐとでもいうのだろうか。わたしが修道院で急進的な荒野派に属しているのも、そのような小さな愛の故になのだ、これは哀しくもあるが、本当のことでもある。多くの不幸に苦しみ悩む人々は幾らでも助けるのだが、わたしの血縁の母たちをなぜお前は助けないのか、そういう声がここのところ強く聞こえるようになった。そうとも、このブリヤン草に吹く風は、いまわたしの母たちがいる寒村の小さな木小屋にも吹いているに違いない。

アリョーシャ、あなたはどうですか、あなたの願いは？　おお、あなたにも同じ風が吹いている？母と妹が？　おお、男児ならば、ただ神のご加護しだいでどのように生き死にしようとどうでもいいが、しかし、母や妹となるとそうはいかない。しかし、このように離れていてはいかんともなしがたい。薬草園の庵でネルリ長老と最後の別れを告げたけれども、あのお方もすべてを、母も父も、あるいは兄弟姉妹も捨てた果てだったのだろうか、いや、あのお方は数々の聖像画を成就なさったのだから、数百年だってその世界は残るね、美芸とはそういうことだし、信仰とはそういうことだけれど、わたしのような者には、いまはもっと具体的に助けたい人がいるのだね。

アリョーシャもまたブリヤン草の褥に坐って風の声に耳を澄ませていると、母と妹がいまどこでどうしているか、この秋まで夢中に生きて来て失念してしまっていることに激しい後悔を覚えた。忘れるな、その名を。二人は立ち上がってふたたび風の中に立った。まだ日は空で輝いている。そろそろ荷馬車隊に追いつく頃合いだった。しかし、行く手の乾いた粘土層の道には何の変わりもない。声も荷馬車の音も、そして轍のあとも砂埃で定かでない。いまここを人々が通って行ったという痕跡が感じられない。アリョーシャは不意に恐怖に襲われて、レギオン修道士にたずねる。レギオン・ロマノヴィッチ、何かあったのでは？　こんなに静かなのは変です。するとレギオンの顔が曇った。この道しかない。とすれば、ずいぶん先を急いだか。しかし、園の人々は若くはないし、荷馬車について歩くのだから、どんなに急いでも知れている。妙なことだ。何かが起こったのか？　アリョーシャは自分の不安を口に出した。もし、黒衣隊がブク川からの道を先回りしていて？……レギオンが答えた。それは、しかし、修道院の鉄扉で阻まれて引き返し、浅瀬川を渡って、移住開拓村に抜けて、そこから草原を抜けたのか？　もしそうだったら、あの村も殺戮されているのでは？　とアリョーシャが叫んだ。いや、冷静に考えよう。もし何事か起こっていれば、風で聞こえないわけがない。いや、ソロヴェイ森を抜け、修道院の麦畑を突っ切ったのだろうか、となれば麦畑管理事務所もやられているだろう。

さあ、急ごう。この一本道には、脇道はない。行く手でブリヤン草がまるで川岸のようにそよぎ、波立ち、道の先はゆるやかに隠れて行く。それからほんの少したって、突然後ろの方から人の叫び声が風に乗って来る。それは後ろから車輪の音を鳴らしながらやって来た。聞き覚えのある声が叫んでいる。慌てて振り返ると、先頭に白馬、脇に二頭の葦毛の馬が首をさかんに揺らしている三頭立ての大きな荷馬車が道幅一杯に疾走して来る。御者台で叫んでいるのは修道院の森番のパーヴェルだ。土埃を巻き上げて近付いて来た。馬車には幌がかかっている。馬車はアリョーシャたちの後ろで止まった。大男のパーヴェルが御者台から跳び下りて来た。さあ、急いで乗ってください。幌の中から若い修道士が下りて来た。修道服の上に武装用の皮衣を着ている。一人がレギオンに向かって、レギオン、急いでくれ。

レギオンもアリョーシャもこの先で何が起こっているのか直ぐに悟った。詳しい説明を聞く余裕はない。レギオンは御者台に上り、アリョーシャは幌の後ろから乗り込んだ。三頭立ての馬車は勢いよく走りだした。パーヴェルが馬に鞭をくれている叫びがする。中には十二人の修道士たちが坐っている。そして、ふっと奥を見ると、アリョーシャはこのとき眼を疑ったが、黒い帽子つきの僧衣にくるまって顔を黒いヴェールで覆った人が乗っているのに気がついた。隣の修道士が、リャザンスカヤ様だ、と囁いた。アリョーシャは息をのんだ、どうしてここに？

5　星空

幌のトロイカ馬車は乾いた悪路を車輪の音も激しく上下しながら、ほの暗い幌の中のことばもよく聞き取れないままに、疾走した。若手の修道士たちの興奮が伝わるが、一番奥の御者台の仕切りの近くに腰をおろして居るお方は逆光になっているので、末席にいるアリョーシャにはかすかな円光がかかっているように見えた。黒い頭巾の僧衣だったので並んだ修道士たちと一瞬区別がつかなかったが、それにもかかわらずやわらかな愁いと微笑がしずかにあたりに漂って、馬車の激しい揺れも音もまるで感じられない気になった。アリョーシャは間違いなく黒い紗のヴェール越しに見つめられたのを、淡い光のように感じとった。若い修道士たちはだれもがここで祈りを捧げてでもいるように敬虔な面持ちでどこか、ここにない所を見つめているようだった。アリョーシャはレギオン修道士の同志たちではなかろうかと思った。《荒野派》と言っていたが、こんなに温和な人たちとは思ってもいなかった。血気盛んに徹底抗戦を辞さないというような激しさを想像していたからだった。

アリョーシャは自分の背袋の中に白樺皮の《ベレスタ》の小櫃を持っていたので心は波立っていたが、この場で何かを言うわけにいかない。ヴェール越しに見つめる眼差しがそっと上に動き、するとその方の声が馬車音や御者台からの叫びにかかわらず、アリョーシャにまでよく透って聞こえた。一語一語の輪郭がくっきりとしていて、母音は普通より短めに発音され、しかし抑揚が歌うように、風が植物や花にぶつかって少し渦巻くとでもいうように流れるのだった。そして切れ切れながらアリョーシャは、どうしていまここにドロータ・リャザンスカヤがいるのかが分かった。

　自分はゼムニャツキー院長の気遣いでソロヴェイ森の尼僧院に匿われたものの、しかし自分だけがみんなと同じではなく特別に救われるというのは耐えがたい悲しみだ。わたしこそが共生園《コムーナ》の入園者のみなさんを助けるべき立場にあるというのに。わたしは院長には内密に、ここにいる《荒野派》の若い修道士さんたちにお願いし、いまこのように避難するみんなを追いかけている。できることなら、ここは自分が先頭に立ちたい。この身ひとつで汚鬼たちに立ちはだかり、みなの盾になりたい。もちろんルインヴァ川を無事に渡り、タタールの共生村でみんなと避難生活をするのが一番だけれども、わたしはいまこのようにトロイカで疾駆しているうちに、思いが変わったのです。逃亡をしてはならないのです。ここはもう一度、谷間のわが家に戻り、そこで踏みとどまるのが真です。汚鬼の黒衣隊が、修道院を突破して襲撃して来たなら、彼らに真のことばによって打ち勝つべきだと思ったのです。わたしたちに武器は持てないし、持つ手もこのように不自由しているし、どうしてこのようなわたしたちに武器など必要でしょうか。斬殺されようと恐れるわけにはいかない。ルインヴァ川を渡って、冬が来て、その異邦人の村で、わたしたちはどんなに親切な庇護を受けられたとしても無事に一冬をそこで凌ぐことは出来ないでしょう。一冬をソスノヴァで凌ぐのです。スヴィヤトスラフ公の遠征軍が春になってついに帰還するときまで、ソスノヴァの谷間で生き延びるのです。わたしはソロヴェイの森のモトヴィリ軍長から誓いを得たのです。万一のことがあれば彼らがわたしたちに加勢します。そしてわたしは、このわたしたちの試練に神のご加護がかならずやあるものと信じます。それに、わたしは薬草園の庵に隠棲するネルリ長老を最後まで看取る使命があるのです……——このような主旨のことばが黒ヴェールに隠された口もとからよどみなく語られた。

アリョーシャの心が俄然明るくなった。魂に力が入った。せっかく築きあげた谷間の、この世にまだ二つとはない共生の王国を放棄してはならない。死を恐れるものを死は襲うのだ。生き延びることは第一だが、そのために失ってはならないものがあるのだ。アリョーシャが思いを反芻しているうちに、パーヴェルとレギオン修道士に大きな声が響き、トロイカは吃驚したように止まった。修道士たちがトロイカの幌から跳び出した。アリョーシャもすぐに続いた。トロイカ馬車の馬を撫でながらエフィーム・オシポヴィッチが陽気な声で叫んでいた。ひと雨来そうだ、きょうはここで野営だ。この道は荷馬車で塞いだ。傭兵騎馬が襲っても一騎も通さない。おお、アリョーシャ、レギオン修道士、で、ネルリ長老は？　なるほど、もっともな道理だ。長老の身になれば、もっともなことだ。分かった。さあ、みなさん、早速設営の手伝いをお願いしたい。いま何と言った？　まさか、おお、あのお方が、リャザンスカヤ妃がだと？　おお、何ということだ！——とエフィームは殆ど絶叫して、幌の後部に走り寄った。幌の中から背をこごめるように出て来た高貴なお方に手を貸し、ゆっくりと地面に下りるのを支えた。親愛なエフィーム・オシポヴィッチ、突然で驚いたことでしょう、心から感謝します——その彼女の声をブリヤン草の一陣の風が奪って行った。たしかにブリヤン草の草原の果てに、長い帯状の青黒い横縞のある雲がその範囲を広げていた。

おお、アリョーシャは生涯この光景を忘れないだろう。自分が聖像画家だったら、この夕べのブリヤン草のひとすじの道に佇み、遥か遠くを見つめているこのお方の横顔の憂愁と悲しみを描くだろう、黄土色の乾ききったこの道の終わりに向けて、このお方から花綵《はなづな》のように伸びて行く運命を描きこむことだろう。ブリヤン草が強くしなって風に抗っている。このお方は黒い紗のヴェールの下をそっと押さえる、そしてその掌は開かない。黒い紗のヴェールにくるまれて、拳で端をそっと押さえて喜びを感じ、この自然に、風に、あの雨雲の誕生に、傾く古い古い、年老いた太陽に、じぶんの命のこの世にいま一時あることを、どんなことばも使わずに感謝している。そしてこのお方が内に蔵する財宝は、沈黙のことばの静けさなのだ。リャザンスカヤ妃はトロイカの先頭馬の白い立て髪に左手で触れ、自分がここに来たことを知って、ブリヤン草の中に設営された車座から手を差しのべ、声を上げ、涙を流している園の人々を見つめる。

《わたしはここですよ》という声が風に運ばれて、後方に茫然と立っているアリョーシャに聞こえた。それが、どう風がことばに渦をこしらえたのか一瞬間アリョーシャには、《わたしはあなたですよ》ということばになって聞こえたのだった。その聞こえた声の深い意味を吟味するゆとりもなく、慌ただしさが始まった。エフィームの采配で修道士たちは走り回り、ブリヤン草の窪地を整え、ブリヤン草を刈り取って干し草のように束ねて敷き詰め、あるいは排水の溝をつくると、巣から追い出された鳥たちが飛び立った。エフィームたちの荷馬車からは馬が外され、二台ずつ、道に並べて配置され、向こうからもこちら側に騎兵の馬では跳び越えられないように置かれていた。残りの台車はブリヤン草の中を回り込んで来る騎馬を想定して、防柵用に馬をつないだまま露営場所を取り囲ませた。パーヴェルのトロイカはもと来た道の方に向けて、歩けない園者の人々を乗せたままいつでも走れるように位置させた。パーヴェルがトロイカで運んで来た決死の《荒野派》の修道士たちもリャザンスカヤ妃のいまの決心を受け入れた。もちろん、そうとなれば、ここから直ちに引き返すべきだとの意見も出たが、病気の老者たちには負担が大きすぎた。トロイカの幌馬車はここまでの行程ですっかり弱った老女たちの寝場所にした。男の病者たちで歩行が困難な人々はエフィームたちの馬車に数人ずつ入ってもらった。

設営がどうにか出来あがった頃に、雲の動きが少しずつ速度を増して押して来て、やがて雨になった。ブリヤン草でこしらえた天幕は屋根がブリヤン草で他のところもすべてがブリヤン草づくりだった。支柱には馬の轅《ながえ》が外して使われた。夜の寒さをしのぐには不十分だったが、雨が過ぎれば、焚き火は出来る。放し飼いにした馬で、森番のパーヴェルが焚木を探しに走った。夕食には母屋から持って来たライ麦のパンがあった。水は十分だった。桶の水が無くなれば、その空桶で火を燃やすこともできる。ようやくエフィームの指示に従って、馬車に分散し、残りがブリヤン草の天幕に入った。九月の夕立ちは初めのうちは雨脚が激しく速かったが、雨雲の流れが広大なブリヤン草の草原の上でわずかに方向を変えたに違いなかった。次第に小降りになり、雨脚は逃げ、さらに広大な草原へと移って行った。そして草原がたくわえた熱がひとしきり冷まされると、星空になった。驟雨で清められた大気で星たちは輝くことばで一斉に語り始めたというように満天が賑やかになった。

あのお方はどうなさっておいでかな、とエフィームがアリョーシャに言った。トロイカの幌の中で、みなさんと一緒に話していました、とレギオン修道士が答えた。歩けない足萎えの人たちにもこの星空を見せてあげたいものだ。エフィームが言った。不治の病と言えども一時のことだ、何という永遠が待っていてくれることか、――とエフィームは涙ぐんだ。スヴィヤトスラフ公も同じようにこの星空を眺めておられるだろうか。十月の早い冬が来るまでには遠征から帰還することは出来まい。ところで、レギオン・ロマノヴィッチ、これはゼムニャツキー院長にあとで報告することにしていたが、あなたには、スヴィヤトスラフ公のもとに駆けつけてもらいたいのだが、どうだろう。どのようなこちらの連絡も届いていないに違いない。確かあなたの生地はウラリエだと聞いたが、この任務を引き受けてもらえまいか。決死の旅になるが、それはあなたを鍛えるにちがいない。いや、このことは、あのお方とも相談してみなければならない。レギオン修道士はアリョーシャの方を見た。アリョーシャは頷いた。レギオン修道士は、リャザンスカヤ妃のお許しがあれば喜んでこの使命を果たしましょうと答えた。

草の天幕から出ると、さらに流れ星が多くなった。エフィーム、アリョーシャ、そしてレギオン修道士はトロイカの幌馬車まで行き、ドロータ・リャザンスカヤに声をかけた。万一ということがあるので三頭の馬は轅に繋がれたままで、パーヴェルが馬の首にかけた布袋から燕麦飼葉を食べていた。リャザンスカヤ妃は幌から顔をのぞかせた。エフィーム・オシポヴィッチは、満天の星空を眺めながら、お願いしたいことがありますと言った。すると、語尾がふっと上がるような声がして、パーヴェルがすでに据えたらしい逆さにした空の木桶に足をかけ、幌を出るときに、アリョーシャとレギオンが同時にそばに駆け寄った。大丈夫よ――と闇に声が響く。

ブリヤン草はすっかり寝静まっていた。そしてこれもまた、生涯決して忘れることはないだろうとアリョーシャはこの満天の星空を見上げたのだった。自分たちのたった一瞬間に過ぎないようなこの世の滞在の奇蹟と出会いについて、アリョーシャだけでなくレギオン修道士も思っていたに違いなかった。リャザンスカヤの顔はヴェールが外されて闇に見えず、彼女を真ん中にして、右にアリョーシャ、左にレギオン、そしてその隣に老いて一層元気なエフィームが立って見上げた。星の輝きに洗われ、その星たちが流れ込む。エフィームの提案は受け入れられた。一刻も早い方がいいということで、レギオンは直ぐに支度を始めた。このとき、どんな啓示が閃いたのだったか、アリョーシャはユスポフの螺鈿の柄の短刀を思い出した。レギオン修道士はもちろん身に寸鉄も帯びていないではないか。途中何があるか分からない。そうとも、彼はウラリエの騎士団の末裔じゃないか。ウラルの螺鈿を鏤《ちりば》めた短刀こそふさわしい。アリョーシャはそう思った。アンドレイ・ユスポフ侯の銘がある形見の短刀だ。これを聞いたエフィームは感激した。この螺鈿の柄があなたを救うだろうと言ってアリョーシャは手渡した。レギオンは短刀を左の胸に添えるようにして一礼し、感謝し、急いで背袋にしまい込んだ。ここはもう大丈夫だ、さあ、直ぐに出発してくれ、とエフィームがレギオンを抱擁した。

リャザンスカヤ妃は跪いたレギオン修道士の頭に軽く手をのせ、スヴィヤトスラフ公にすべてを伝えてください、冬が来て春が来るのを待っています、と静かに言った。アリョーシャの耳にはその声が、冬が来て、春が来て……そしてまた冬が来て、とでもいうように聞こえたのだった。レギオンは与えられた予備の馬に飛び乗るとブリヤン草の闇の草原に走り去った。

第十章

1　草の宿

　まことに夜は冷え込んだ。分厚い大地は湿って暖かいのに、もう半ば緑を失って黄ばみを帯びはじめたブリヤン草も寒さに震えているのかもしれなかった。コオロギたちがどこかでしきりに鳴いていた。草の天幕にいた修道士の一人が慈悲深い声で、コオロギの鳴き方をまねてみせた。コオロギはもちろん《スヴェルチキー》というのだが、修道士は語尾を何度も繰り返しては消え入るように言うので、これからの冬の大変さが伝わってきた。アリョーシャにはその音が、《帰って来い》という意味に聞こえた。

　エフィーム・オシポヴィッチはどういう意味だったのか、コオロギから思い出したのだろうか、《どんなコオロギもおのれの炉床を知れ》ということわざを言った。分をわきまえろ、という意味が、この草の宿では妙に説得力があった。すると寝ずの番をする修道士が《暖炉の上のコオロギ！》と言ったので、みんなは笑った。これはあたたかい家というほどの譬えだった。アリョーシャは諧謔が得意ではないが、《コオロギは――わが友》と言って見て、そう言ったことで不意に、旅芸人の一座から逃げ出して流離《さすら》った歳月が思い出された。思い出すのさえ封印された年々……

ところで、とエフィームが訊いた。あのお方や、一緒の荷馬車の人々も寒かろう、パーヴェル・ゴンブロヴィッチ、荷馬車には麦わらを敷いてさしあげたのか。もちろんです。パーヴェルは答えた。幌にはぬかりなく修道院納屋にしまっている麦わらの束を積んで来たのです。まあ、幌ですが、みなさんは《暖炉の上のコオロギ》でしょう。エフィームはさらに問いただした。幌の方はいいが、こちらの荷車の方は、男衆の園者たちだが、麦わらはどうなっているかな？　するとパーヴェルはにんまり笑いを浮かべて、もちろんだと答えたが、その発音が《コネチノ》と聞こえたので、修道士たちが笑った。それは《もつろん》というような訛りだった。森におると訛りますからなあ。ィンダー、頭の上が星空なので、寒かろうと塩梅して、みんなの首のあたりまで刈り取ったブリヤン草で埋めてやりました。旅寝の草の宿でしょう。それからアリョーシャは見張りの番が来たので荷車の様子を見に出て行った。

なるほどパーヴェルが言ったように幌のない荷馬車の方は、旅寝の草の宿で、その中に人がいるとは思われないくらいだった。が、荷台を埋めたそのブリヤン草の中から園者たちの話声がほんもののコオロギのように、スヴェルチキー、ヴェルチキー、チキー、チキーという声でさざめいていたのだった。耳をそばだてると、切れ切れにさまざまな会話がなされていた。こうした夜の遠出もいいものだ……、一度、スヴィヤトゴロドの市中に行ってみたいものじゃ……、バザールの賑わいを見たいのう……、連れあいは今ごろ生きておるのだろうか。わしのせいで村にはおられんようになっただろか……、子供らはどうなったものやら……、などなどといつまでも終わりのない会話がなされていた。

アリョーシャは今度はあのお方が乗っている幌馬車の方へ近づいた。夜の馬たちは神々しい姿だった。漆黒の闇に白馬はまだ立ったまま眠らず、車体の幌のそばで鼻を鳴らした。アリョーシャが手を触れると、とても大きくて体温があたたかだった。すると中から、楽しそうな声が聞こえるのだった。オッフ、アッフ、ドロータ様、さぞかし降誕祭の星というのもこんなであったでしょうか!……すると、《ええ、そうですよ》――と答える声が御者台の方の幌の口から聞こえた。おお、リャザンスカヤ妃の声だ。たった二つのこの単純きわまりないことばが、ただ二つの母音が、このときアリョーシャの耳にはまるで頭上の星空をつつむ永遠であるかのように思われたのだった。

そうとも、この広大なブリヤン草の大地をロバに乗って東方の三博士がその星をたよりに旅をして来るのだ。そしていま、その同じ星がこの、麦わらを敷いて一夜をしのぐ、老いた園者たちの幌の中を覗き込んでいるのだ。わたしが聖像画家だったらと、またしてもアリョーシャは心に思った。この幌の中の病める女の人たちとリャザンスカヤ妃とを描くだろう。わたしの画筆が真の、もとの美しさを甦らせるのだ。こうしてアリョーシャは見張りの立ち番をしながら、サーシェンカのことを思った。スヴィヤトスラフ公のそば近くに仕えているのではないだろうか。あるいはここから別れて疾駆し去ったレギオン・ロマノヴィッチのことを思った。明日には無事にルインヴァ川を渡れるだろうか。渡し舟があるだろうか。馬を曳き浅瀬を渡るのだろうか。そしてユスポフ侯の形見の短刀はレギオンの運命を切り開く助けになるだろうか……

アリョーシャは見張りの時間が終わって、草の宿にもどり、《荒野派》の修道士と交代した。一日どころか連日の出来事で限界まで来ていた。エフィームは少しの疲れも見せなかった。アリョーシャは草の天幕の隅でブリヤン草の匂いに包まれてたちまち眠りに落ちたが、まわりで話し合われていることがすべて分かった気持ちで眠りの銀河に漂っていた。夢なのか現実なのか、エフィームが騎士のような身なりでみなに言っている。騎馬兵は夜の闇を疾駆できない。従って、襲って来るとすれば夜明けだ。ブク川を渡ってこちらへ向かっているのなら、彼らもどこかで露営している。そこから夜明けに一気に襲撃して来る。ブリヤン草の中は疾駆出来ない。谷地坊主や湿地で馬が脚を折る。従って、必ずこの道の向こうから夜明けとともにやって来る。そこでだ、わたしたちは何をなすべきか。夜が明ける前にここを撤退する。先頭はリャザンスカヤ妃を乗せたトロイカだ。次に、荷車隊。これには歩ける園者もみな乗せる。そしてとにかくソスノヴォの谷間のコムーナまで届ける。

さて、そこで問題は、園者が無事にソスノヴォに着くまで、黒衣隊にここを通させない。わたしたちだけでここを塞ぐ。しかし武器はない。《荒野派》のみなさんはどうですか。やれますか。身に寸鉄を帯びず、汚鬼どもの一隊を壊滅させられるか。何でもってわたしたちは彼らを阻止できるか。わたし一個はここを死に場所としてなんらの悔いもない。あのお方たちが無事で谷間に帰り着きさえすれば、修道院からの助けもある。リャザンスカヤ妃が仰っていたようにソロヴェイの森からモトヴィリ軍長が手勢をひきつれてソスノヴォを守るだろう。ソロヴェイの森の一団はスヴィヤトスラフ公に誓いをたてた人々だ。森の悪党ではあっても信仰者だ。さて、それでは役割を決めておこう。パーヴェルはここに残る。御者は修道士の一人に委ねる。残りの荷車馬車の御者は、園者の中に手慣れた者たちもいるので委ねる。あとは全員ここにとどまる。

ところで、このぐっすり眠っているアレクセイ、アリョーシャだが、これは本物だ、こんなときにこんなに熟睡しているくらいだから。このアリョーシャはわたしの恩人だ。彼をここで死なせるわけにはいかない。いずれリャザンスカヤ妃の右腕ともなるべき若者だ。修道士ではない。まだまだ旅の身の上だ。わたしたちの巻き添えで死なせるわけにはいかない。わたしたち亡きあとのソスノヴォのことは彼に委ねたい。さて、《荒野派》のみなさんは、どう思うか。異なる意見があれば発言してくれ。《荒野派》のみんなはゼムニャツキー院長に無断でここに駆けつけてくれた。つまりルインヴァ川を渡って無事にこの聖なる園者たちを救いだすことを選んでくれた。衷心より感謝したい。そしていまは、このように事態が変わった。この判断は間違っていない。あのお方の真のことばだ。ここは死を賭して戦う他に道はない。しかし武器はない……、さらにエフィームのことばが続き、その切れ切れがふくらんだりしぼんだりしながら、アリョーシャの中に流れ込んでいた。それから、《荒野派》のゲンリフ修道士にちがいないが、声をあげている。やりましょう。

エフィーム・オシポヴィッチ、ご安心ください。そんなこともあろうかと、わたしたちはあの一台の荷の中に武器を隠して持って来たのです。何と？——エフィームの声が言っている。武器と言っても剣でも槍でも弓でもありません。石です。投石です。投石にかけてはわたしたちに適うものはいないでしょう。何と、石だと？　はい、そうです。殺す武器ではありません。まず馬を撃つ。次に騎兵を撃つ。三段構えで投石を繰り返す。から荷車を二台残しておきましょう。彼らの馬が越えられないように。ブリヤン草の中に回る者がいても大丈夫です。速度が遅くなるので、命中率が高い。わたしたちの技術は飛ぶ鳥でも撃ち落とす。白兵戦など以ての外です。わたしたちは殺さないし、無駄死にもしない。神がお許しになるでしょう。わたしたちが僧衣を着ているのは、そういうことなのです。命がけの僧衣でなくて何のための僧衣でしょうか……。そしてアリョーシャは石がびゅんびゅん飛ぶところで眼が覚めた。そして叩き起こされた。夜明けのわずかな薄明りが地平に生まれていた。一度に慌ただしさが始まった。

修道士たちは駆け回った。ただちにトロイカに馬が繋がれた。荷車の馬車にも馬が繋がれた。先頭の幌馬車からリャザンスカヤがエフィームを呼んだ。エフィームは大声で、何と？——訊きかえし驚き、否定した。そしてさらにエフィームはアリョーシャをトロイカに乗せようとした。アリョーシャは断った。夜明け前の道はすっかり濡れていた。ブリヤン草の大地はまだ黒々と眠っていた。

　荷馬車が動き出すと期せずして朝の祈りのことばが長々と流れていった。荷馬車がいなくなると急に辺りが広くなった。修道士たちとパーヴェル、エフィーム、アリョーシャが青黒い影のように立って夜明けの地平線から黒い影が現われるのを待った。空に赤みが生まれ、光の輻《や》が草原の上を滑るようにやって来たとき、エフィームの言った通りに、すべての静寂を打ち叩くような騎馬の音が遠くから聞こえ始めた。水をぶちまけて空にした木桶に石が分配され、配置された。エフィームは不眠不休のはずなのに陽気で元気だった。馬を撃つのはもったいないが、仕方ない。騎兵の急所は顔面と首だ。眼を潰せ。手足でも胴でもない。修道士たちは三段構えに分かれた。褶曲した草原の道には大きなうねりがあり、やがてそのうねりの中から騎馬の姿が一騎また一騎と、ゆっくりした規則正しい速歩で夜明けの色を背負いながら現われた。

　現われた先頭の馬体が少しずつ大きく見えるにつれて、その馬は白く、騎馬兵は槍のように空色の旗竿をかかげていた。そして彼らの衣服は聖像画の赤色のように赤かった。アリョーシャはエフィームに叫んだ。エフィームが荷車の後ろから跳び出して来て叫んだ。おお、おお、何と、何と？　あれはスヴィヤトスラフ公の旗ではないか！　ほれ、十字に麦だ！　赤騎兵はスヴィヤトスラフ公の秘蔵っ子だ！石を詰めこんだ袋を肩から前に掛けた修道士たちも茫然として眺めた。まるで夜明けの青黒い雲間から騎馬が光をまとって降りて来たとでもいうようだった。

2 七騎士

安堵と驚きでアリョーシャたちは道端にへたばりそうに思った。緊張がほどけると極端な疲労が甘美な陶酔に変わった。赤い親衛兵の七騎士はみな馬から下りてアリョーシャたちを一人一人抱擁した。エフィームは感激のあまり大粒の涙をぼたぼた垂らして、ことばも意味不明瞭なくらいだった。七騎士たちはパーヴェルに飼葉の残りがないかと訊ねる。パーヴェルはすぐに道を塞いでいた荷台から燕麦と干し草を持って来た。一体騎馬でどれくらいの距離を走って来たのだろうか。四日かかりました、と彼らは平気な様子で答えた。エフィームも感激を鼻水と一緒にのみこんで訊ねた。すると赤い親衛兵の隊長が答えた。パーシャ・ゴリツィンですと彼は言って、エフィームの手を両手で強く握り、あなたがこの荷馬車隊の指揮者だったのですね、と話し始めた。公にかわって感謝します、神のご加護で、お会いできました。ええ、そうです。わたしたちは四日走りましたが、馬はこの通り大丈夫です。スヴィャトスラフ公はもっと遠くの前線にいます。公にある知らせが届いて、それで後詰にいたわたしたちが、ソスノヴォへ援軍に急行するよう命じられたのです。ソスノヴォの谷間、コムーナの防衛を指揮する任務です。

ほほう、この木桶の石は？　ははは、投石用ですか？　おお、修道士のみなさんで？　驚きましたね。

何ですって？　《荒野派》ですか、なるほど修道院政治にあきたらない若い世代ですね、そうですか、下級修道士たちですか、分かります。ところで黒衣部隊は何名くらいでしたか？　エフィーム指揮官、そうでしたか、それは百人部隊でしょう。傭兵でチュルク訛りでしたか。飲みこめました。わたしたちが遠征に出るときに、じつはうすうす公も気づいていたのです。それでも遠征に踏み切ったのには理由があるのです。それはさておいて、わたしたちは城内のことは知り抜いているので、安心してください。

——パーシャ・ゴリツィンという指揮官は背が高く無精ひげを生やし、何事にも驚いたように眼を大きく開き、ちらと眼尻に微笑をよせるのだった。

修道士たちと一緒にアリョーシャも彼らを取り囲んで、打ちとけた思いで質問を投げかけた。アリョーシャは真っ先に、サーシェンカのことと、レギオン修道士の消息を訊いた。その答えにアリョーシャは喜びで小躍りしたくなった。彼はアリョーシャをじっと見て言ったのだった。ひょっとして、あなたがアレクセイ・ボゴスラフ、アリョーシャではありませんか？　おお、そうでしたか！　これは嬉しいです。公から聞いています。遠征直前に、聖像画家の二人が公に招かれたでしょう。わたしたちに公はあなたたちのことを話していたのです。では、順序立ててお話しするまえに、おーい、ペーチャ・ニコラエヴィッチ、水をもらってここでチャイを沸かしてくれないか、みんなでここで夜明けのチャイを飲んで出会いを祝おう、茶器も各自革袋から取り出してくれ。いや、さすがに喉が乾きました。飲まず食わずでしたからね。ええ、チャイです、貴重な飲みものですが、あちらではだれもがふんだんに飲んでいる灌木の葉っぱです。淹れると色が黒くなるので、チョルヌイ・チャイと言うのです。パーヴェルでしたか、ペーチャの焚き火を手伝ってやってください。おお、ご存じでしたか、アリョーシャ。おお、公がお会いになったときふるまわれた？　そうでしたか。ペーチャ、できるだけ熱い湯を頼むよ！
で、お訊ねのことですが、サーシェンカでしたね、これはソロヴェイの森軍の人々と一緒に志願して到着して、とても賢明な若者でした、それで、いまは公の秘書として遠征軍の記録係に任命されていますよ。ええ、それにこれは驚きましたが、サーシェンカ・ベズイミャンヌイでしたね、公もその姓に呆れていたのですが、しかし彼が首にさげていた魔よけの銀の《オーベレグ》にある刻印から、何とまあ、サーシェンカは公のかつての亡友の遺児であることが判明したのです！　彼のことはまたゆっくりお知らせしましょう。さて、次はレギオン修道士のことですね。ええ、彼にはここに来る途中、タタールの村で出会いました。それで、ここの状況も手に取るように分かり、急ぎました。彼はそのままタタールの村で馬を取り替えて、公のいる前線まで先を急ぎました。ええ、あっぱれな勇者ですね、レギオン・ロマノヴィッチでしたか。ウラリエの騎士団の出自とのことでしたから、遠征先で大いに公の役に立ってくれるでしょう。

あれほど危機感と緊張ではりつめていた気持ちが夜明けの輝かしい曙光に包まれ、みんなの影が道や、ブリヤン草まで長く伸び、馬たちまでも嘶き、そしてまたたくまに熱い湯が出来、熱いチャイの茶器と一回り大きな皿がみんなに回された。アリョーシャたちは鉄器の大皿からふうふう冷ましながら飲み、となりに回した。この上ない美味だった。あの薬草園でこれが栽培できたらどんなにいいだろう。谷間がチャイの葉でおおわれるとしたら。そうアリョーシャは思った。

エフィームは音を立てて飲んだ。そのとき七騎士の馬たちは荷車の轅に繋がれていたが、ふっとアリョーシャはペーチャが湯沸かし器をおろしてきた白馬が気になった。馬のほうでもこちらをじっと見つめているような気がしたのだった。しかしそれもすぐに忘れた。ふと思ったことだったから、あとでまだとても若いペーチャ・ニコラエヴィッチに聞けばいいのだ。パーシャ・ゴリツィンは朝日を浴びて立っていた。赤の騎士衣が色あざやかに燃え立った。革帯には剣が少し低い位置に吊されていた。美味なチャイが終わると、彼が荷台の縁によりかかかり、みんなを前にして話し始めた。エフィーム・オシポヴィッチは彼の前にうやうやしく立っていた。残りはゴリツィンが何を話すのか待った。アリョーシャは頭の中で話の内容をまとめながら聞き耳を立てた。

——公の命令はこうだ。公は十一月の初めには遠征の成果を得て、必ず帰還する。すでに雪が来ている頃になる。公はすぐに城砦を包囲して奪回し得るとは思っていない。それは春が来てからとなるだろう。さて、わたしたちに託された任務は、公が帰還するまでに、ソスノヴォの周囲に空堀をつくり頑丈な逆茂木をめぐらし、一歩も敵をコムーナに入れないことだ。つまり、ソスノヴォは修道院領のものであるが、ここをひとまず冬の陣営とすることだ。そうなると、ソロヴェイの森、修道院、そしてソスノヴォのコムーナという三つの拠点ができあがる。これからソスノヴォに行き、修道院の助力も得、ソロヴェイの森の一団にも願って、園を中心とした冬の砦を造る。

わたしはスヴィヤトスラフ公から直にお話をうかがった。それは、夢のような図面だった。つまり、このソスノヴォの谷間にこの世では実現できないような小さくとも完全な真の信仰の市を造るということだ。中心に共生園があり、教会がおかれ、日々死者とともにある墓地がおかれ、まわりには近在の開拓移住民の住居を配置し、バザールを設け、戦乱の孤児たちのための学舎をつくる。十年後にはその子らがこの夢の市を支えるだろう。各地から巡礼者が訪れるだろう。病と死と信仰、そして生と生活、異なる民族であれ移住民が共に暮らせる谷間にする。信仰の自由は当然のことだ。あるものはイイスス・フリストスに帰依しても、またあるのものはわが大地の古来からの迷信的な信仰を保持しようがかまわない。そこにも大地と人間についての知恵がある。混在であれ混血であれ、ともに生きているうちにそれぞれが寛大になり自然に溶けあうような谷間の市とする。修道院の考えとは異なるにしても、この谷間のソスノヴァは、世俗の権力の王城市と、修道院権力との中間に位置する。これからはこのトロイカの馬車で疾駆することになるだろう。これまでの厖大な死の浪費をもうこれ以上してはならない。特にここを強調されていた。そしてわがスヴィヤトスラフ公の願いは、このソスノヴァに建てられるべき未来の聖堂においても、まことの聖像画を若い世代の聖像画家たちに描いてもらうことなのだ……云々。

若い世代の聖像画家と聞いて、エフィームはかぶっていた毛皮帽子で膝を打って同感の意を表した。老いたりとは言え不肖エフィーム・オシポヴィッチはフレスコ漆喰塗り師だ、ここにいるアリョーシャもまた未熟とは言え、ダニーリー老師に一目置かれた若者だ。これでヴィタシュヴィリ画僧たちが生きていてくれておれば、公の願いはわたしたちが成就できるでしょう。パーシャ・ゴリツィン、彼らの救出の方面も方策をめぐらしていただきたい。ええ、聞いています。水牢だそうです。あそこは分かっています。任せてください。ただちに王城の内偵を始めます。

出発の準備が始まったが、アリョーシャはパーシャが話した絵図面について夢想すると気が遠くなる気がした。その新しい市の中央に墳墓がだって？　それは日々、死を思いなさいということだとしても、若い者にとっては何と鬱陶しい重荷ではないのか？　いや、その墳墓は人々みんなの共同墓地だが、そこは日々の暮らしの憩いの場になるのに違いない。つまり、人々は死を遠ざけず、今は亡き人と日々語りあうのだ。忘れている記憶を思い出し、死んだ人々からこの世の話を、実話を、耳を澄ませて聞くことなのだ。そして墳墓は大きな花園になるのだ。墓地の小道には果樹がたわわに実を実らせている。わたしたちの祖先は、死は火で浄化して遠ざけたが、いまでは大地にそのまま眠ってもらい、復活するのだと言う。しかし、その復活というのは、その死者がそのまま甦るということではないのではないか。その人のことばが甦るのではないだろうか。肉体ではないだろう。魂だ、その魂の根源はことばだ、ことばをこしらえている息そのものだ。アリョーシャの眼前にその架空の市が現《うつつ》に見えた。

共生園はどの辺りに？　薬草園は？　長老の庵室はどうなるのだろうか。リャザンスカヤ妃はどこに？　そして新しい聖堂は？　聖像画のフレスコの漆喰はすべてエフィーム・オシポヴィッチの最後の仕事になるだろう。そうとも、わたしがこの背袋に保管するあのお方の《ベレスタ》記録は、その新しい聖堂のフレスコ画の漆喰の中に、数百年先の人々の発見に托されるだろう。そして解読されるだろう。ことばは生きていたことの形見なのだ。わたしたちはひたすら生きる、そして死ぬ。わたしたちはほとんど何も残さない。まるですべての痕跡を残さないとでもいうようにいなくなるだろう。しかし生きるのだ。いま、時代のことばを記録としてことばに出来る人はほんのわずかだろう。ことばが死を越えて生き延びる……

アリョーシャがこんなことを思いながら荷物の手伝いをしていると、出発が告げられ、騎士たちがそれぞれ繋いでいた馬の手綱をほどき、素早く跳び乗り、先頭に立つためにアリョーシャの横を通った。最後があのチャイを沸かしてくれた一番若いペーチャだった。そのペーチャ・ニコラエヴィッチがアリョーシャに声をかけた。やはりあの白馬だった。白馬がその澄んだ大きな瞳でアリョーシャをちらと見て瞬きしたようだった。アリョーシャに痺れに似た喜びが走った。アリョーシャはとつぜん思い出したというようにペーチャを見上げながら言った。何だい、この馬かい、これはタタールの村で手に入れた。あれは何という大村だったか。で、どうかしたのですか？　アリョーシャは、いや、と答えた。知っている馬のように思ったのです。ペーチャはさも愉快そうに笑った。白馬はとてもみな似ている。特徴は覚えているのですか。アリョーシャは夢見るような気持ちで、いやいや、と答えた。

七騎士が先に立って動き出した。歌いだしたペーチャの声が聞こえる。のんびりとした歩みだった。ブリヤン草も生気を取り戻し、すべての露を払い、輝きを増していた。歌は行軍の歌なのか、アリョーシャには、《われら行く　白樺の墓標を大地に立てて　神のご加護をわれに賜れ　進め進め……》というように聞こえた。《荒野派》の修道士たちも夜明けの勤行のように祈りのことばを唱え、アリョーシャは後ろからついて行った。エフィーム・オシポヴィッチは全精力を使い果たしたとでもいうように、パーヴェルが御者になった荷車の荷台で木桶と一緒に揺れていた。いびきをかきすっかり眠り込んでいるようだった。

3　ヴェールをぬぐ

その夜に七騎士を先頭にしてアリョーシャたちはソスノヴォの谷間に入った。園者たちが小さな教会に集まって一行を迎え、沢山の御明かしの火が灯され、いにしえからの歌が、聖歌と一体になったことばで歌われた。憂愁で胸がふさがるように歌われたがまた同時に抑えた喜びが旋律の底を流れているようだった。園者たちはここでは顔も、手も、特別に秘め隠すことはなかった。小さな聖堂には聖像画が描かれ、壁に架けて灯された明りの炎が聖像画と人々とを同じ姿にしているように見えたのだった。共生園《コムーナ》の業務を管理する老修道士がまるで自分の真っ白な長い髭をしごくようにして、神への祈りの唱句をながながと唱え、それから馨しい芳香をふりまく煙の香炉を人々の左右に揺らしながら行きつ戻りつした。他の七騎士たちは園者の不自由な肢体にも少しも驚かなかったし恐れもしなかった。アリョーシャの隣に立っているペーチャはむしろ感激していたのだった。アリョーシャが、ペーチャ・ニコラエヴィッチ、ほんとうにいいですねと言うと、彼は、何という純粋さだろう、と答えて、アリョーシャに微笑を返した。――というのも、わたしたちは公の命令であちこちへと戦いにも救出にもよく行くのですが、この谷間は幸せなりです、まだまだたくさんの同じ病の人々がこの大地を流離《さすら》っているのです。行き倒れになって斃れるまで流離って。健全人から忌み嫌われてですがね、しかし、わたしたちの大地はそればかりではありません。それとなく彼らを助けてやり旅の無事を祈り、そしてまた行き倒れの彼らを見つけたら、白樺の墓標を立てて手厚く葬ってくれていました。そうですね、かつては権勢この上もない人物であったのかも分かりませんが、しかしこの大地の流離《さすら》いの旅先で病んで土に還る。無知によって忌諱《きき》される病だからといって、いかなる病も、何の違いがあるというのでしょう。どうです？わたしなんかは騎士団ですから、いつどこでどこの戦場で斬り殺されるかも分からない。しかしそのことを少しも恐れていません。いや、少しもと言うと言い過ぎですが、いまここのコムーナの教会堂でこうして歌い祈っている人々となんら変わるところはないのです。

考えてもみてください、わたしどものことばで《祈る》ということばの本来の意味は、《ことば》を言うという意味なのです。だれに向かって？　それこそ、この世界を遥かに超えた方に向かって、すなわち、わたしたちがいま神と名付けているその方に向かってですね。願いを言うとでもいうべきでしょうか。わたしたちのような輝かしいと呼ばれる騎士団であっても、野の花、いや明日にでも火にくべられるような野の草となんら違わないのです。この方々はたまたま症状によっては手や皮膚が変形していますが、何よりもいのちの野の花であり、野の草であるのになんの違いもないのです。そして問題は、野の花たちは来春には、この大地が無くならない限り、また復活します。野の草はもっと旺盛に甦りますね。しかし人たちにこの植物の譬えがあてはまるのでしょうか？　え、アリョーシャ、あなたはどう思いますか。

わたしは、まったく同じだと思うのです。だからこそ、その祈願の想いがあるからこそ、復活が成就するのだと激しく思うことなのです。では、その復活はどのようにしてなされるのでしょうか。いいえ、肉体の復活そのものではありません。肉体にはそれこそ奇蹟なしには復活はあり得ないでしょう。しかし先ずは《魂》の復活ですね。これならどんなにか多くの場合可能でしょう！　ご存じの通り、わたしたちのことばでは《魂》ということばは、《呼吸、息》ということばが根本義でしたね。いや、みんながこのように憂愁にあふれたいい歌を歌って祈願している最中に、あなたにこんな長広舌では失礼しましたが、要するに、わたしの言いたいことは、わたしたちは忌み嫌われる病によって死ぬのではないということです。《魂》の死によって死ぬのですね。ですから、この《魂》に本来の息をもたらすならば、死はないし、復活が可能なのです。ああ、なるほどアリョーシャ、あなたは独特な考えをお持ちですね。

なるほど、薬草園ですか。つまりこの人々は薬草園の薬で魂から治癒する、もしくは病勢がとまる、というのですね。もちろんです、事実そうであるし、それもまた新しい奇蹟と言ってもいいですね。多くの人々は疫病のペストなどと同様に間違って考えているのですよ。無知なこの歪んだ考えを払拭するのはまことに大変でしょう。イイスス・フリストスの時代から、そうですね、千三百年ほどもかかって、まだこの世の偏見は打破されていないのですが、いや、この偏見をこそ自分たちの利益のために利用するといった偽善者どもこそが問題なのです。

この祈りが終わったら、鼻と口のあいだがつまって子供らしい顔をしたほとんど黄金色のふさふさした髪のペーチャともっと語り合いたいとアリョーシャは思った。その時、なにかの理由で遅れたらしく、聖堂の扉から星空が入って来たとでもいうように扉が開かれ、あのお方が二人の園者の老女と一緒に入って来たのが判った。振り向くとさっと風が流れ込んだので壁の御明かしの炎が幾つも揺れ、聖像画がいっせいに動き出したように見えた。その中を、リャザンスカヤ妃がまっすぐ前を見ながら歩んで来て七騎士たちに一礼して、歌い止み、祈り止み、香炉の動きが止んだ修道士のそばに並んだ。アリョーシャには、彼女の背後にある聖像画のそこに描かれた像からことばの光が生まれるような瞬間に思われた。リャザンスカヤ妃の口元からことばが静かに生まれた。ブリヤン草の野の露営の夜に星空をともに眺めたときのその人とは別人のようでアリョーシャは驚いた。顔の半分を斜めに覆い隠していたはずの黒いヴェールはかぶっていなかった。御明かしの炎の暗い光に照らされた彼女の顔にはどのようなゆがみも、あるいはまた皮膚のひき攣った痕跡も見えず、まるで背後に掲げられてある聖母子像のその生神女のようにアリョーシャたちを見つめているようだった。あの方ですよ、とペーチャがアリョーシャにささやいた。いったい何が起こったのか、とアリョーシャはつぶやいた。じっさいアリョーシャはこの夕べから夜の数時間のうちに何が起こったのかと茫然自失する思いでリャザンスカヤ妃を見つめた。何が？　奇蹟が？　まさか、どうしてそんなことがあり得ようか？……いや、もともとヴェールの下には同じこのお顔があっただけだったのだろうか？　いや、そんなはずはない。それは確かだ、とすれば、引き攣れのある口もとのゆがみがいまはもう消え失せてしまったのだ。その髪の色は暗い明かりのなかで暗い褐色に見え、瞳の色もまた雀色のように淡くにじんで見えた。アリョーシャが茫然自失している数瞬間のうちに、彼女からことばが生まれ、それはとても簡潔でやわらかく、力強く内陣の壁に響くようだった。

それは、思い悩むことはありません、というように聞こえた。そのあと幾つかの短かいことばが続き、感謝のことばが繰り返され、そして、最後にアリョーシャの耳に残ったのは、ほとんど歌うようなことばだった。わたしたちはこの世の野辺を歩いて行き、そのとき野辺の花たちから、ほらあの人よと言われるように生きましょう、どうして人々からあの人よと言われることが必要でしょうか、有名であることのみにくさからわたしたちは離れてこの世の野辺の花とおなじように、ここの稀なる薬草のようにたえず復活するのです、みなさんに神のご加護を、名もないとされるけれどもそれぞれに名のある草の花のように、――そのようなことばが彼女の唇から流れ出て、それがアリョーシャの心を懐かしい、遥か遠いときの聞き覚えのあることばと声のようになって潤したのだった。

ペーチャ・ニコラエヴィッチの鼓動が聞こえた。リャザンスカヤ妃はそれからまた二人の老女の園者とともに歩み去るとちゅう、アリョーシャたちに頷くようなまなざしをそそぎ、微かに笑みを浮かべた。

ペーチャ・ニコラエヴィッチは身をふるわせ、すぐかたわらを歩む彼女の右手に手をさしのべ、左足の片膝をつくようにして挨拶をした。アリョーシャはこれにびっくりした。彼女は手を差し出したがそこにはヴェールもなく、黒い紗に白い草の刺繍のあるレースの袖と、こぶしの凝固していない、薬指に指輪のある手指が美しすぎるくらいにふくよかにあるだけだった。ペーチャは騎士らしくだろうかその手に唇を寄せる仕草をして、また立ち上がった。するとパーシャ・ゴリツィンが彼女のかたわらに来て、わが若者をお許しくださいと言った。リャザンスカヤ妃は、いいえ、若い方はいつもこうでなくてはなりません、パーシャ・ゴリツィン、どうかこの先ソスノヴァの谷間を頼みますよ、と言った。ゴリツィンは右手を胸にあてて一礼した。彼女は彼にそっと十字を切った。彼女の後から聖堂を出て行く園者たちは、このときまるでどこにも病気の痕跡など何ひとつない人々のように、聖像画の壁に見守られながら楽しげに歩み、そして堂内はアリョーシャたちだけの静かさに戻った。

エフィーム・オシポヴィッチは一部始終を眼にして感に堪えないくらい感銘して茫然自失の状態だった。いったいどのように解釈すべきか、と彼はアリョーシャにつぶやいた。アリョーシャもまた、いったい何がなぜこのように起こったのか、ことばでは説明できないが、すべてあるがままに、とだけ答えることしかできなかった。七騎士たちもまた見たままに受け入れた。ペーチャ・ニコラエヴィッチが彼女の手に触れたことがゆるぎない証明だったのだ。やれやれ、きみほど優雅にご婦人の手をとれる勇者は他にいまいね、とパーシャ・ゴリツィンが言った。

森番のパーヴェルを除いて、修道院の《荒野派》の修道士たちはすでに修道院に引き返していた。九月の秋も深まり、この先のなすべきことを迅速に行わなければならない。パーシャ・ゴリツィンはその実務の段取りですでに頭が一杯だった。明日から忙しくなる。アリョーシャと七騎士たちは園内の仕事納屋を宿舎にしてもらい、ともかく夜食をとって明日からの行動に備えることになった。

穀物庫に急ごしらえした板寝床と干し草、麦わらの寝床で、アリョーシャはエフィーム・オシポヴィッチとペーチャと並んで寝ることになった。エフィーム老は、わたしたちは試されたのだ、とつぶやいた。信じる者であることを試されたのだ。まちがいなくリャザンスカヤ妃はあの病から癒えたのだ。何という奇蹟か！　疑いようがない。そうではないかね、ペーチャ・ニコラエヴィッチ、あなたはあのお方の左手ではなく右手に触ったではないか、いや、あなたの純粋な気持ちには驚かされた。いやいや、たんに薬草の力で治ったということではない。神のみ心と、祈る人の魂の力だという他はない。どれほど他の園者たちの励ましになったことだろう。エフィームが洟《はな》をかみながらそう言うと、ペーチャ・ニコラエヴィッチは明朗な声で答えた。いいえ、驚くことはありません、よくあることです、実際にわたしはこの国の奥地で経験していますよ。理由は分かりませんが、じっさいにそうなのですから。そのことばにアリョーシャは生き別れした父の姿を重ねた。そうだ、運命が求めれば、父もまたリャザンスカヤ妃と同じことが起こるのではあるまいか……

豊かな夜は更けて行った。どこかに満月がかかっていて皓皓と窓の外を照らしていた。アリョーシャは眠りにおちる境界で、あの懐かしい遠いときのことばと光景を見ていたのか思い出されていたのか、果てしないステーピの草の花たちに手を触れながら歩いて行くと、過ぎ去った小さな名も知らない花たちがささやいて風に運ばれて来る。ほら、あの方よ、と。その歩いて行くのはアリョーシャ自身のようでもあり、父のようでもあり、またあるいはだれかとうの昔に知っていただれかのようでもあった。ただ、その草の花たちの声が聞こえたときの喜びは殆ど至福に近いものだったが、同時にふっとその人が振り向いたらと思うと、空恐ろしいようにも思い、いやそんなことはない、その顔はすでに聖像画にある顔でなければならなかったのだ。アリョーシャの意識は、牛蒡が灌木のように生い茂るステーピを、槍を構えて白馬に乗り谷間の洞窟に向かって疾駆していて、白い谷間には赤い花が血のように咲いているのだった。真っ黒い集団が谷間に向かって押し寄せ、洞窟ではドラゴンが口から火の舌をだして瘴気をあげていた。

4 アリョーシャの夢

アリョーシャはそれからどれくらい長い夢の続きを見ていたのか、自分は夢のすべての場面でこちら岸にいてそこに加わっていないで見ているだけだと気がつきながら、すべての場面の時間があちこちに飛躍しては一つになり、流れているようでありながら渦巻き戻り、また切り替わり、つぎつぎに暗い光景がときどき色彩の光を見せては黒い絵になって、自分とは無関係に展開して、彼はその外側でその時間の渦巻きに見惚れていたのだった。アリョーシャは自分でもはっきりと意識しなかったが一度目が覚めて穀物倉庫の急ごしらえした板寝床から起き上がって、明かりとりの窓辺に凭《よ》って中庭の闇をのぞいたのだ。それからまた寝床にも戻ったはずだが、そのとき、闇の中に一つだけ窓に灯りがともっている場所を見たのだった。それがどこなのかは分からない。自分がそこで集まって祈願した聖堂だったのだろうか、そんなことはない。いや、どこか別の離れになった独立の小さな聖堂だったのか。寝床に戻ってからその灯りの内側が夢の中に入って来た。

エフィーム・オシポヴィッチは鼾をかいて眠っていたし、ペーチャはすやすやと甘やかに闇の中で眠っていた。さきほど見ていた夢は途切れてどこかへ消え去ってしまった後に、今度は今しがた起きあがって、目に入ったどこかの離れの翼屋の小窓の灯りの、その中が見えて来た。それはとても小さな部屋だったのに、天上の小部屋のようにきちんと整っていた。たったいままで誰かが仕事をしていたのだ、だから窓敷居の緑色の小皿に蜜蠟の火が静かに燃え、小卓の上に白樺のあの《ベレスタ》皮が小さく広げられ、そこには綺麗な文字が刻むように記されていた。もう一つの卓上には両手におさまるくらいの小さな三畳みの聖像画が飾られていた。アリョーシャはこの部屋に入りしなふっとその聖像画に描かれた細面のとても美しい女性に気がついたが、それはまちがいなく聖母に違いなかったのに、ふっと見かけただけだったので、ここには姿が見えないリャザンスカヤ妃の今は亡き母像の面影であるかのように直観した。そうだ、ここはリャザンスカヤ妃のために用意された翼屋だったのだ。

窓辺でマリーナの茂みがやわらかい葉むらに触れて揺れていた。その下にだれかがいるようだった。小声が聞こえる。その声がアリョーシャには分かった。おお、生きていらしたのね？　ええ、こうしてやっと辿りつきました。あの美しい漆黒のチェルヌハに乗って？　いいえ、あれはある若者にまかせて、わたしはこのような襤褸《らんる》の身なりになって三千ヴェルスタは流離っていたでしょうか。ゆくりなくこの谷間へと神に導かれたのでしょう。どうしてあなたがこの谷間におられるなどと想像できたでしょう！　さあ、ヴェールをとってお顔を見せてください、お久しゅうございます！　このときアリョーシャの耳には《スコーリコ・リェート、スコーリコ・ジーム》とマリーナの灌木が風に鳴ったのだと思った。幾夏幾冬！――と言う意味の喜びに満ちた吐息だった。

アリョーシャは確かにここがリャザンスカヤ妃の翼屋の小部屋だと分かっていながら、このマリーナのすでに赤い実が熟している茂みから、自分がこの谷間まで至った長い旅路の最初の、父との離別の場所、あの遠い遥かなネルリ川にふっと舞い戻っていた。するとまた声がする。ええ、たくさんの冬も過ぎ去ったのですね。おお、お顔を見せて下さるのですね。やはりあなたでしたか。やはり、少しも変わらず。いいえ、ここの変形したところは闇に隠れて見えないだけですよ。いや、あなたはもうすっかり治癒なさったのです。なんという奇蹟が起こったことでしょう！　ええ、ほら、この握りしめて開かなかった右手の拳が、ほらこんなふうに開きます。この手のひらに魂の愛が乗せられるほどに、忘れな草の花を乗せられるように。やはり運命がありましたね？　で、ああ、やはり右手の薬指には変わらずに指輪が！　ええ。旅の途中で耳にしました。あなたのスヴィヤトスラフ公が最後の遠征に出られたのだと。ウラリエの地まで。アリョーシャは小卓の《ベレスタ》皮の前に立って、その声がアンドレイ・ユスポフだったのだと気がついて喜びで一杯になった。アリョーシャは小部屋から外に出ようと思った。しかし入って来たはずのドアがどこにもない。小卓の奥の左手に彼女のほっそりした質素な寝台があった。いそいでアリョーシャは右手へ走ろうとした。そのときふたたび卓上に飾られていた三畳みの小さな聖像画が目に入った。細面のうつくしい聖母像が低い位置から室内を護っているようだった。そこにも出口はない。どこかに秘密の出口があるにちがいなかった。

ようやく出口がみつかると、そこにこの部屋のリャザンスカヤ妃の履物にちがいないサンダリヤと黒革の靴がならんでいた。皮革なのか布なのか分からないが、靴先はヴォルガ川の小舟の舳先のように反って花模様の刺繍がほどこされていた。ああ、やはりこの声はユスポフだ、彼がここに来ているのならすべてが解決するだろう。谷間は救われるだろう。でも、あの白い馬はどうしてしまったろうか、生きているのだろうか、いや、馬塚でとっくに白骨になっているだろうか、いや、タタールのどこかの村で生きのびていてくれるのだろうか。そうだ、あの十八歳の彼女、野性のナスチャの白馬はどこへ行ったのだろう。そしてナスチャはいまどこに？　このときアリョーシャはいまにも白馬に乗ってではなく、ぼろぼろにやつれ疲れ果ててこの小部屋に帰って来て、寝台に倒れ込むのだと思ったのだった。となれば、いったいこの声が聞こえるリャザンスカヤ妃は、同時に誰だったのだろう。

樅の木が、いいやあのお方はもう百二十歳だと激しく揺れて騒めく。そんなはずはない。しゃれこうべのはずがない。いや、ユスポフその人も同じく？　いや、あの騎士長であった人がどうしてあのとき百年の流亡の身になることを選んだのか。あのナスチャがユスポフの落とし子だったのではないのか。タタールを征服したときに彼が生ませた子ではなかったのか。そしてその子の母は？　リャザンスカヤ妃だとでも？　アリョーシャは自分が混乱しているのが分かっているのにどうしようもない。おお、ではわたしの母と妹はどこにどうしているだろうか。そうとも、まだわたしは、ウソリエという母たちが生きているはずのタタールの村の名を忘れていない。まだ何年かかるかも分からない。あのときネルリ川で生き別れとなった父はわたしに、この春の夕べに似た人となれ、とひと言残して蹌踉《そうろう》として荒野へと立ち去って行ったが、わたしのその由緒ある善き名とはいったい何の意味だったのか……あの父はほんとうにわたしの父であったのだろうか。それもいまでは分からない。それから夢の続きで、大きな川の岸辺の家で婚礼が行われていて、アリョーシャがその窓をのぞいていると、中から見覚えのある女が出て来て、アリョーシャを見つめるのだった。アリョーシャ？　いいえ、わたしの婚礼ではないの、でも待っていてください、約束通り、いますぐ戻って来ます、さあそれから一緒に舟に乗って行きましょう。いいえ、灰色のオオカミに乗ってわたしたちの婚礼よと言って中に隠れた。アリョーシャが知っているがどうしても名前が思い出せない彼女を待っていると、そのわずかの間に、別の見知らない女が崖から川に身を投じたのが見え、アリョーシャは大慌てで崖っぷちの道を走り下りて水に飛びこみ彼女の手をつかむと、川はほんとうに浅瀬で、その先が激流だったのだ。彼女は濡れた薄衣一枚でほとんど裸身に近かった。それからアリョーシャはどこへ行ったのか夢はちぎれ、目覚めたときにはもう穀物倉庫の寝板にだれもいなかった。

5　黄金秋

そして谷間に黄金秋が来て、やがて十月の雪を迎えた。そのあいだに谷間は修道院の森から伐り出した白樺や樅の木で、三重の逆茂木《さかもぎ》が谷間の低地にめぐらされて、人々は激しい労働をした。修道士たちのほかに、ソロヴェイの森からも悪党団が駆けつけた。浅瀬川伝いの修道院領の移民開拓村からも人々が駆けつけた。アリョーシャも激しい労働で鍛え上げられた。黄金秋の中で谷間はまるで宮殿のように輝いた。ため池までのナナカマドの並木道や木椅子は落ち葉で埋め尽くされた。ため池の水面もまるで金メッキされたようにきらきらと輝き、ゆっくりと波打った。黄金秋のうちに、多くの薪がつくられ、薪片は母屋の周囲の建物の壁ぎわに山のように積まれ、さらに空地にも焚木用に伐られた丸太が山積みにされた。

朝寒、夜寒がしだいに強くなり、共生園《コムーナ》ではあたたかい煙が幾つも立ち昇った。煙の匂いが甘く香ばしいくらいだった。人々はこの秋の谷間を大慌ての忙しさで走り回って仕事をした。園者たちのうち、歩ける人たちも小さな仕事に加わった。人々のために毎日毎日新鮮なライ麦のパンが焼かれた。大きな鍋大に焼かれるライ麦パンにはフスマが混ぜられた。その触感は労働した舌にはたとえようもなくくすぐったかった。森のフメーリの花が九月の下旬には真っ白に咲き乱れるので、その花を手かごに山のように摘んで、陰干しし、それをぐつぐつ煮て、跳び上がるくらい酸っぱい液にし、荒びきのライ麦粉をその液につけて発酵させる。それがライ麦パンのタネになるのだ。園者の女たちがパンを焼いた。焼き立てに塩をちょっとつまんで付けて食べるだけで元気がでた。この九月のフメーリの花は、《酔う》という意味だった。花の中に一個だけついている黄色い芯は指についただけで人を酔わせるくらいの強い芳香があった。男らは隠れて自家製の酒に混ぜてアルコールの強度を増すように工夫した。もちろん労働のあとで、修道士も神父も焚き火にあたりながらライ麦パンを肴に、あるいはアントノフカの黄色いリンゴをかじりながら密造酒を飲んだ。立ち上がって眺めると、谷間は二重三重に迷路のように逆茂木《さかもぎ》が、どんな騎兵でも跳び越えて侵入できないほど強固な砦の様相を呈していた。薬草園のある谷間には防柵は必要なかった。背後に密集した針葉樹の森からは到底侵入出来ないからだった。

この激しい労働のさなか、アリョーシャは一度もリャザンスカヤ妃の姿を見かけることがなかったが、少しも心配しなかった。アリョーシャは機会がなかったので、エフィーム・オシポヴィッチから預かった《ベレスタ》の小箱のことを言わないで来てしまった。寝場所になっている穀物倉庫の大箱の底にしまいこんでいた。読んでみたかったが、ためらわれた。というのもそれは約束されたことで、数百年でも、先の時代になってから発見されて読まれるために書かれたものだったからだ。あの主変容祭聖堂の聖像画の漆喰の底に埋められるはずの《ベレスタ》だったのだ。聖像画が描かれず未完成のままの建物は、いまどうなっているだろう。あそこまでは修道院領であったのだが、あの丘までがすでにスヴィヤトゴロドの僭称者の支配地になっていた。騎馬兵たちが関門を設けているので修道士たちでもそこを経て市に至ることはできなかった。市の情報は、ブク川の対岸から迂回してはるばる修道院まで届いていた。雪が来れば侵入はありえないことだった。すべては春に始まるだろう。

アリョーシャは激しい労働の間、七騎士たちと一緒に、まるで兵営にいるかのように穀物倉庫に寝起きしていた。急拵えのペチカが倉庫を温めた。森番のパーヴェルが造ったのだ。お湯もしゅんしゅんと音立てて沸き、貴重な《チャイ》ではなく、薬草園からとれた薬草茶がふるまわれた。そして、その薬草茶を飲むときにつかう《チャーシャ》をアリョーシャは大事にした。葡萄酒を満たして飲む杯だったのだから。この薬草茶の杯を手にすると、きまってアリョーシャは《チャーシャ》の転義である《運命》という意味を思い出した。七騎士たちはまるで晩秋の夜空の北斗の七星のようだった。それは窓からその星座が見えるからではなかったが、ふとした瞬間に、彼らが空から輝いて降りてきたそれぞれの星たちのように思われたからだった。七つの星たちが一つになって柄杓のかたちをつくり、その柄杓にはまるで尽きない命の水が満ちているような気がしたのだった。この七つの星たちが北極星のまわりをゆっくりと回っているのだ。そう思うと、アリョーシャはそれでは自分はどの星なのだろうかといぶかりながら夜の眠りに落ちるのだった。

そして十月の雪が黄金秋を白くおおい始めた。谷間の逆茂木は白樺の木で出来ているように真っ白になった。谷間にあたたかい煙が幾条も立ち昇るようになった。荷馬車も橇に変えるべき時がやって来た。最初の吹雪が来たときはまだ十月の半ばだった。園内の並木道はナナカマドの赤い鈴なりの実だけが鮮やかな色彩になった。鳥たちは森に姿を隠して出て来なくなった。

アリョーシャたちもこれから長い冬の準備に入るのだった。仕事は幾らでもあった。ペチカを囲みながら、七騎士たちはスヴィヤトスラフ公の遠征について毎夜のように話し合っていた。ぷつりと連絡は途絶えてしまっていた。十一月帰還ということはあり得まい。まして十二月はほとんど不可能だ。ウラリエの山脈は凍てつく寒さで一日数ヴェルスタも進むことは出来まい。公はわたしたちにこの冬をまかせたのだ。この冬の間にわたしたちはなすべきことをして、大きく成長しなければならない。そして雪解けの春に、河氷が流れだすときに、スヴィヤトスラフ公をお迎えするのだ。七騎士たちもソロヴェイの森の軍団と同じように、毛皮を着用するようになった。アリョーシャも鹿のなめし皮を着るようになった。兎皮の帽子をかぶった。パーヴェルやエフィーム・オシポヴィッチはキツネの毛皮の襟巻をしていた。ペーチャ・ニコラエヴィッチは高価なテンの襟巻に熊の毛皮だった。ソロヴェイの軍団長から敬意を表して贈られたものだった。夏があって、冬が来て、この長い長い冬が魂を熟成させるのだ、わたしたちのこの国では。そして最初は様子見だった降雪がしだいに大胆に、横暴に、勝手気ままにふるまい、やがて狼藉三昧に至り、雪は大地を真っ白におおい尽した。

ついに大地は死衣をまとった。いや、雪が死衣であるはずはなかった。雪が降るや否やすべての植物の種子は春に甦るために冬眠に入る。不思議なことに、ここで時折り、赤子の泣き声が聞こえることがあった。アリョーシャは驚いた。子供達の声も聞こえることがあった。園の施設長の老修道士が真っ白い髭をしごきながらアリョーシャに教えた。数人だが、若い人たちが園内で結婚したというのだった。そして子供が誕生していたのだった。で、病気は？　健康なのですかとアリョーシャは訊いた。

神父は満面の笑みを浮かべて答えた。まったくだ、まったく健康だ。神の思し召しは深い。病者の子がまた病者となって生まれるとか、だから結婚してはならんのだとか言うのはまったく迷信に過ぎない。あの子たちはもちろん、わたしが教父となって洗礼した。お若いひとよ、冬の日の洗礼は、まことに赤子にとっては寒かろう。というのも、いいかね、水を一杯にためた大きな木のたらいに、赤子をいきなり水につける、すると赤子は吃驚して泣き叫ぶ、この世の不幸にびっくりしたように泣き叫ぶ、わたしはすぐに赤子を水から取り出す、赤子は泣き止む、これが洗礼というものじゃ、こうしてわたしたちはこの世に生まれるのだ。そしてすぐにあたたかい布に大事にくるんで、この世に神の子の一人として誕生した赤子を、母の腕に渡すのじゃ。そのときの母たちの涙と喜びを知ると、わたしは生きていることの至福を覚える。男親だって、まさかと思うが、わが子になんの病気もないことに改めて驚き、感謝するのを見ることほど嬉しいことはない。

何だって？　おお、いい質問だね、そうなのだ、あのお方がここに来られてからのことじゃよ。以前までは、園者はここではもちろん結婚など出来ず、かりに愛しあう絆になろうとも、これは許されないこととはいえ、密かに堕胎の罪を犯させてきたのだが、そのために、ほれ、あなたも見たことがあろうが、谷間の入口に小さな森があるね、あそこに小さな白樺の墓標がかたまってあるだろう。あれはそうした赤子の魂の墓標なのだ。まるでこの園者たちを護るとでもいうように。しかし、あのお方がここに来られてからすべてが変わった。園者で愛し合う者たちは夫婦になり、若ければ子を産むこともできるようになった。このような話に耳を傾けている冬の夕べに早い太陽が沈むと、アリョーシャは限りない憂愁と悲しみ、そしてかならずやってくるはずの春への憧れが育っていった。

アリョーシャは寝起きする穀物倉庫の窓辺の書き机に向かって坐った。それぞれがそれぞれの仕事をしていた。アリョーシャは修道院の修道士から写本に使う貴重なパピルスと呼ばれる紙を手に入れることができた。インクは煤とにかわのり、そして顔料を混ぜてつくってもらった。《ベレスタ》よりも書き易い。その大きな一枚を使い切ったら、《ベレスタ》にしよう。白樺の皮ならいくらでも手に入る。何を書くべきか。冬の夕べ、穀物倉庫の中はふんだんな薪をくべてペチカは燃え、炉にかけた鍋から湯気が上がっていた。頬づえをついて目を閉じる。旅芸人の一座で流離っていた子供時代のことが思い出された。

あの人々の中に口元がまがったグースリ弾きの人がいた。その歌は自分で自然に考え出した歌だった。アリョーシャは、あれは何だったのだろうかと思い出そうとしていた。耳の底にまだ残っている響きだった。悲しみに満ちているが力強い響きが美しい旋律になって聞こえる。そうだ、たしか、《ライデンライデン……》――そのあとが何だったか、《夜》の意味の《ノーチ》ではなかっただろうか、いや、あれは《ナッハット》という音ではなかっただろうか、そのとき何も分からなかったが子供のアリョーシャの耳は、《夜をこえて……》というふうに聞こえたのを覚えている。あのグースリ弾きはあれからいなくなってしまったが、わたしたちのことばをまるで片言のようにしか話せなかったのでみんなはよく笑っていた。遠いネメツの国から流れ着いた人だったのだ。

いま、雪が降り出した窓の外を眺めながら、インク壺に削った羽根ペンを浸け、しきりに思い出そうとした。ライデン、ライデン……、一頭の馬が夜の中を疾走するのだ。このとき、まだ十二月に入ってすぐだったが、アリョーシャは突然そのグースリ弾きの思い出の声から、おお、スヴィヤトスラフ公が遠征軍の生き残り部隊をひき連れて、吹雪の中を走って来る光景が現《うつつ》に見えだした。思わずアリョーシャはそれぞれの夜の仕事をしている七騎士たちやみんなに叫んだ。降誕祭に、スヴィヤトスラフ公は帰って来る！　その叫びにみんなはびっくりした。

アリョーシャは大慌てで、パピルスの紙に最初のことばを歌うように書きつけていた。ペーチャ・ニコラエヴィッチがアリョーシャのかたわらに来て覗き込んだ。アリョーシャは紙面の余白を惜しむように小さい文字で書きだしていた。わたしたちの叙事詩でも書いてくれるのかい？——とペーチャが言った。アリョーシャのかたわらで獣脂の炎が燃えていた。書いているうちに眼の前に、姿は少しも見えていないのにだれかの後ろ姿が見え、翼のように両肘を広げて、それがだれなのか。アリョーシャはまるで魂がむせぶような気持ちになって書いていた。

詩章

アリョーシャが書いたベレスタ

1

春の夕べに出会って愛し合って別れた者たちは
みんないなくなってしまった
病で行き倒れ　戦いに敗れ　畜生のように殺戮され
眼を抉られ　鼻を殺がれ　吊され　女たちは
老若問わずみな犯され　沼沢地に遺棄され
目撃した白樺林も　雲も　雨も　風も
すべてを知っていたが語らない
殺いだ耳を紐にぶらさげて報告して
パンをもらい、また荒野に人間狩りに出る

連れを殺して喰い　逃亡する
これがこの国の成りたち人間の地獄
あなたの母も妹も悪鬼たちの餌食となって死んだ
わたしの父はネルリ川のスゲ生い茂るそよぎの中へ
あの春の夕べの彼方へ立ち去った
どこで行き倒れ　どこで白樺の墓標一つでも残されたか
わたしのまことの父はどこにいるのか
いま冬夜の彼方からまことの父なるひとの命の
赤い馬が疾駆して来る　ここへ　いまここへ
いなくなってしまったひとびとをすべて引き連れて
そして彼らはわたしに見知らないことばで挨拶するだろう
わたしはそのすべての名を新しく名付けるだろう
いまわたしの冬夜は　死はなからん、死はなからんと
七騎士たちが眠っている穀物倉庫の窓を敲く　起きていよと

2

あなたは十八歳だった　いや十七歳だった

白馬に乗って草原の丘にのぼった
わたしに道はなかった　わたしは餓えて死にそうだった
長い流浪の旅路だった
わたしはあなたの馬に後ろから跨って走った
ブリヤン草のステーピを奔放なナスチャ姫よ
異民族の混血のあなたの黒い瞳に
海のように草原は波立ち渦巻いた
その大渦の底で
わたしは呪術師の家にみちびかれた
苦ヨモギの煎じ茶を飲みご宣託を聞いた
この酒杯を過ぎ去らせたまえとは言うな
この乙女は五十年後におまえのまえに現われよう
この野性の乙女は果てしないこの大地をくまなく
あたかも最初のエヴァのように流離《さすら》い苦しみ子を生み
子を捨て去り　また流離い
襤褸《らんる》の旅死にをくぐりぬけてまことの乙女となって現われよう
そして乙女は白い裸馬に乗って草原の果てに立ち去った
いま冬夜

ふたたび雪闇に埋もれた小さい聖堂小屋に
星のような　御明かしが灯っている
いなくなったあの乙女はいまどこを旅しているのだろうか
あと五十年を待てというのか眼腐れの優しい祈禱師よ
待てない歳月ではあるまいに　ほんの一瞬のことだ
かならず乙女は同じ年齢のままで現われるだろう
そのときそなたは右の薬指に指輪をしていてはならない
いま冬夜は深くなる
聖堂の小部屋で泣いているのはだれ？
おお、リャザンスカヤ妃よ　おお　あるいは無垢なる乙女よ
わたしはそのために聖像画を描くべきなのだ

3

谷間の大地に逆茂木を打つ労働は魂を鍛え上げた
修道院領の麦畑の夏の日
わたしの友はわたしを鍛え上げて立ち去った
いま酷寒の山岳地方で鹿皮を着て生き延びているのか

友よ　あの一粒の麦　あの風車の脱穀の響き
わたしもまたその遠征に加わるべきだった
いや　孤児のわたしにはこの大地の旅死にしかないのだ
どのような勲《いさおし》もわたしにあってはならない
遠征の途次で斃れても悔いのない友のことを
わたしが記憶する役目なのだ
わたしはわたしの由緒ある名を見いだしたときに
酷寒の底で毛皮帽子に氷柱のさがる友のもとに
炎の馬にまたがって疾駆するだろう
途中　いくたびも氷河のなかで
飛ぶデーモンに会い　マンモスに会い
乙女の辿った酷寒の旅路の痕跡を見つつも
友よ、あなたのもとへ疾駆するだろう

4

冬夜の谷間の　そのまた谷間の小さな庵の木小屋で
老いた師は晩年の病を癒しながら

過ぎ去った歳月の花々のまどろみにあるだろう
過ぎし日の栄光を語るなと
あしたには火にくべられる　野の草に過ぎないと
明日の栄光も蜃気楼《ファタモルガーナ》にすぎないと
にもかかわらず老師はすでに見えぬ眼でわたしに告げるだろう
ただひたすら蜃気楼を追いかけて永遠に到りつけと
凍りついた師の窓に銀河よ舟を出したまえ

5

おお、わたしの白樺林と未完の聖堂よ
あなたの真白き漆喰の生膚にもろもろの聖像を描くのは
だれだというのでしょうか
だれに命ぜられるのでしょうか
白樺林に幻映した白馬の乙女が
黄金秋の金色の輝きをまとって後ろ立ちになるときに
おお、ひともとの臈たけたる白樺を愛せよと
そのベレスタを螺鈿《らでん》の柄ある短剣で剥ぎ取れと

そしてそこに墓碑銘を記せよと
その道しるべこそが冬の旅から春の野に立つのだと
願わくは若きわたしにその任務を与えたまえ

6

いくつもの解釈があり得ようともすでに亡きひとよ
乙女の肩甲骨を螺鈿の柄の短剣でこじ開けることの残酷さを
言ってはならない
それこそが命の愛であったということを
なぜならこじ開けたその世界に
穀物もリスもテンも蜂蜜も満ち溢れて
そこから愛された乙女の運命の旅路がリボンとなって
大地の道となるというのだから
この冬夜の吹雪に道を失った旅人はあなたの
そのリボンをたよりに旅を続けられるのだから

7

生きることの虚無《ニトシチ》を問うてはならない
虚無を越えて生きることの喜びを思え
あの小さきものたちの白樺の十字架が見える森辺に
大きなナナカマドの木がたわわに赤き実を保っている
秋グミよりも渋苦いその赤き実でさえ
春の来る前には鳥たちの最後の食べものとなるのだ
一本の木とていたずらに実るということがあるはずがない
ましてあなたはことばによって
あの銀河を渡って行かなければならないのだから

8

あの高貴なるお方のベレスタの白樺皮に
何が記されているか誰も知らない
それは数百年先に、いやもっと遥かな先に
わたしとおなじ若い孤児によって発見され

解読されるだろう　そこには切れ切れに文字が
欠落しつつも　罪と喜びと　その罰が記されているだろう
しかし数百年先の　いやもっと先の未来は
その時代の罪と罰を
馨しいハシドイの花の美しさと豊かさに変えるだろう

9

水牢に閉じ込められた二人の師は生きているだろうか
もちろん生きているとも
なぜなら両足が腐って切断されようとも
わたしたちの魂は膝でいざってでも進むのだから
そう信じ切ることでわたしたちはここまで生き延びて来た
降誕祭の夜までに
かならず二人の師は雪を蹴散らして走って来るだろう
信仰に目覚めた見張りの番人たちの馬橇に乗って

10

神よ　わたしはいつまでこの谷間にいるべきでしょうか
いや、わたしはこの豊かな慈愛の谷間さえも
あとにすべきではないでしょうか
わたしはこの広大無辺な大地をさらに流離って
助けるべき人々に出会わなければならないからです
もはや聖ゲオルギーの時代でないまでも　しかしながら
わたしは洞窟で瘴気《しょうき》を吐いて
貢物に乙女たちを求めるドラゴンの正体を見極め
相打ちであろうとも戦い死ななければならないのです

11

おお、眠り込んでいるペーチャ・ニコラエヴィッチよ
老いたる戦士のエフィーム・オシポヴィッチよ
槲《かしわ》の木のような豪傑の森番パーヴェル・ゴンブロヴィッチよ
起きなさい　起きなさい　聞こえるではないか

風に乗って　あれはトロイカの軍勢ではないか

12

おお　降誕祭の夜に　この冬夜に
あの冬夜のように　あなたは帰って来る
馬たちのいななきが聞こえる
あれはまちがいなくスヴィヤトスラフ公の遠征軍だ
無事に帰って来たのだ
トロイカ橇にのせられ棺が見える
いや　そんなことはない
降誕祭の星たちがさんざめいている　わたしは世界へ飛び出そう
スヴィヤトスラフ公のまつ毛が雪におおわれている
そして手袋を投げ捨てた右手をあげて　トロイカに立ち上がる
その右手の薬指に螺鈿の青い石がはまった指輪が煌めく
白いうすもののうえに毛皮衣をうちかけたリャザンスカヤ妃が
雪夜に走り出す
…………

くどう まさひろ

1943 年青森県黒石生まれ。北海道大学露文科卒。東京外国語大学大学院スラブ系言語修士課程修了。現在北海道大学名誉教授。ロシア文学者・詩人。
著書に『パステルナークの詩の庭で』『パステルナーク　詩人の夏』『ドクトル・ジバゴ論攷』『ロシア／詩的言語の未来を読む』『新サハリン紀行』『ＴＳＵＧＡＲＵ』『ロシアの恋』『片歌紀行』『永遠と軛　ボリース・パステルナーク評伝詩集』等、訳書にパステルナーク抒情詩集全 7 冊、7 冊 40 年にわたる訳業を 1 冊にまとめた『パステルナーク全抒情詩集』、『ユリウシュ・スウォヴァツキ詩抄』、フレーブニコフ『シャーマンとヴィーナス』、アフマートワ『夕べ』、チェーホフ『中二階のある家』、ピリニャーク『機械と狼』（川端香男里との共訳）、ロープシン『蒼ざめた馬　漆黒の馬』、パステルナーク『リュヴェルスの少女時代』『物語』『ドクトル・ジヴァゴ』など多数。

アリョーシャ年代記
春の夕べ

2019年4月25日初版印刷
2019年5月15日初版発行

著者　工藤正廣
発行者　飯島徹
発行所　未知谷
東京都千代田区神田猿楽町2丁目5-9　〒101-0064
Tel. 03-5281-3751 / Fax. 03-5281-3752
［振替］　00130-4-653627

組版　柏木薫
印刷所　ディグ
製本所　牧製本

Publisher Michitani Co, Ltd., Tokyo
Printed in Japan
ISBN 978-4-89642-576-5　C0093